LES MOUTONS ÉLECTRIQUES

« LA BIBLIOTHÈQUE DES VERTIGES »

Publication originale : *The Persecution of Madhav Tripathi*

Ouvrage traduit par Alice Ray, choisi, relu et mis en page par Mérédith Debaque, relu par Erwan Cherel, sous une couverture de Melchior Ascaride.
Notes de bas de page par la traductrice

Nos parutions sont soutenues par la région Nouvelle-Aquitaine

www.moutons-electriques.fr
Diffusion-distribution : La Diff / Hachette Livre
ISBN 978-2-36183-834-8

ADITYA SUDARSHAN

LA PERSÉCUTION DE MADHAV TRIPATHI

Pour N. J.

« Si tu es rendu furieux par chaque coup reçu,
Comment deviendras-tu un miroir sans avoir été poli ? »

– Djalâl-od-Dîn Rûmî, *Mathnawî, La Quête de l'absolu* I : 2970
Traduit du persan par Eva de Vitray Meyerovitch et Djamchid Mortazavi

1
LE POLICIER

Ce soir-là, confortablement installé dans sa berline bleue, Madhav Tripathi descendait le long des rues de la ville, perdu dans ses pensées. Une nouvelle décennie lui ouvrait ses portes. Il avait atteint l'âge qui marquait la fin de la jeunesse, une décennie redoutée pour la plupart, mais pas pour celui qui avait travaillé dur, bien réussi et qui, en plus, avait su en profiter. Il laissait derrière lui de nombreuses années d'efforts judicieux, de nombreuses déceptions surmontées avec ténacité et la poursuite constante du plaisir. À présent, il se sentait finalement prêt pour une longue période de bonheur, plus ou moins sans efforts. Envahi d'un léger sentiment de suffisance, pour lequel il se pardonnait entièrement, il se rendit compte que cette voiture, qui accélérait aussitôt la pédale frôlée et filait à vive allure à travers la circulation calme du weekend, représentait un microcosme de son propre univers. On pouvait dire, sans aucunement exagérer, que ce dernier était à ses pieds.

Néanmoins, il fut bientôt saisi d'un sentiment de malaise. Une sensation semblable à celle de l'oubli, de celui qui vous ronge, comme lorsqu'au cours d'une conversation, on garde dans un coin de sa tête une pensée précieuse, mais une fois l'attention de son interlocuteur obtenue, on la perd et ne reste alors que le souvenir de l'avoir oubliée. Madhav reprit le fil de ses pensées, mais il n'y trouva aucune idée précise ni la sensation d'une pensée cachée. Tout à coup, il s'aperçut que le problème n'était pas là.

Il était perdu. Au cours de sa rêverie, il avait oublié de tourner vers le pont autoroutier qui menait vers chez lui. Cela devait déjà faire un bon moment qu'il l'avait manqué et qu'il n'avait pas fait attention à son environnement, car les rues dans lesquelles il se trouvait lui étaient parfaitement étrangères. La route était couverte de poussière, bordée de boutiques délabrées qui semblaient exclusivement dédiées à la téléphonie mobile. Derrière ces cabanes, des hectares de terrains vallonnés s'étendaient, parsemés d'arbustes et de buissons sauvages. Le paysage était identique de l'autre côté de la route, bien qu'il n'y eût aucune voiture. De son côté, la circulation était dense (probablement en route vers des parties plus développées de la ville) et en constant mouvement, ce qui le gênait à présent qu'il voulait un peu de temps pour voir où il était. Enfin, il remarqua le blanc et bleu d'un panneau de signalisation à la prochaine intersection. Le lettrage n'était pas encore lisible. Il appuya sur l'accélérateur pour rejoindre rapidement le panneau. La seconde suivante, il enfonçait brusquement la pédale de freins : un policier, qui s'était calmement avancé en travers de sa route, le regardait, debout, les bras croisés.

Lorsqu'il retrouva ses esprits, sa première pensée fut de se donner une claque imaginaire sur le front. Il ne savait pas quelle infraction il avait commise (conduire sans ceinture, peut-être), mais s'il avait été dans sa voiture de fonction prêtée par le gouvernement, cela n'aurait pas eu d'importance. Il aurait pu conduire avec ses pieds sur le volant et cet imbécile aux airs suffisants serait resté sur le bas-côté en le saluant. Pourtant, il détestait l'Hindustan Ambassador qu'on lui avait allouée, la lourdeur de ses mouvements, sa carrosserie imposante (lui-même courait cinq kilomètres par jour et il ne connaissait personne de plus en forme que lui), même ce sentiment de lassitude d'être dépendant d'un chauffeur. Néanmoins, c'était ainsi que cela se passait dans le pays. Avoir du goût était un handicap. Il allait devoir à présent le payer de son temps et, sûrement, de sa poche.

Une fois le moteur éteint et la fenêtre baissée, il attendit sur son siège que le policier se rapproche. L'homme n'esquissa pas le moindre mouvement, écrivant attentivement quelque chose dans son petit carnet qu'il tenait ouvert sur sa paume. De temps en temps, il levait les yeux vers la voiture arrêtée.

Pendant ce temps, la circulation s'adaptait à l'obstacle. Madhav jeta un œil sur les véhicules qui roulaient de manière inconsciente, et pourtant inconsciemment calculée. Ses bras étaient négligemment croisés sur ses genoux pour montrer sa résignation face à la situation, mais il arborait un demi-sourire patient pour indiquer qu'il y était préparé. Il entrevoyait le visage des gens uniquement du coin de l'œil, mais juste assez pour remarquer quand quelqu'un lui renvoyait son regard. Il aimait savoir quand on le regardait et de quelle manière. Mais tous le regardaient. Une famille de cinq, coincée dans une Maruti fatiguée, le dévisageait dans un silence solennel. Derrière eux passa un pousse-pousse automatique dont le conducteur et la passagère avaient tous deux les yeux rivés sur lui. Sans raison apparente, la main de la femme vint recouvrir sa bouche. Un motard fit une embardée de l'autre côté de sa voiture, afin de mieux l'observer derrière son casque noir impénétrable. Puis, il sembla à Madhav que même les commerçants sur le bord de la route avaient arrêté leur marchandage pour le regarder bouche bée et que leurs clients, qui auraient dû s'impatienter du service, s'étaient eux-mêmes retournés pour lui faire complètement face. Des rangées entières de silhouettes occupaient sa vision périphérique ;

toutes se penchaient pour le dévisager, comme si des ailes lui avaient poussé dans le dos.

Cette pensée le fit rire, mais les gloussements dans sa tête moururent vite, étouffés par la surprise. Madhav s'aperçut soudain que le policier de l'autre côté de son parebrise, dont les yeux ne cessaient de passer de la voiture à son carnet, n'avait jamais regardé, ne serait-ce qu'une seule fois, sa plaque d'immatriculation. C'était lui, son visage, qu'il scrutait entre deux prises de notes tranquilles. C'était son visage qu'il décrivait dans son carnet. Et lorsque Madhav croisa son regard avec incrédulité, le policier sembla aussi prendre note de cette nouvelle expression. Sur un dernier coup dramatique de stylo, il ferma son carnet et lui fit signe de la main.

Madhav rassembla les documents habituels : l'assurance, le certificat d'immatriculation et une attestation du contrôle de pollution, qui n'était plus valable depuis deux mois, mais cela n'aurait pas d'importance. D'ailleurs, aucun de ces documents n'aurait d'importance une fois qu'il aurait clairement expliqué qui il était. Il le savait bien, mais le fait de devoir maladroitement récupérer ces papiers fit naître en lui une profonde indignation, qu'il avait bien l'intention d'exprimer. Il sortit de la voiture pour aller à la rencontre du policier, claquant la portière derrière lui.

« Que se passe-t-il ? » demanda-t-il d'emblée.

Le policier inclina poliment la tête. « Je suis à votre service », dit-il, ce qui surprit Madhav, non seulement à cause de la teneur de la phrase elle-même, mais parce que cette dernière avait été exprimée dans un anglais fluide et sans accent.

« Est-ce là l'idée que vous vous faites du service ?

– Je suis heureux, répéta le policier, d'être à votre service.

– Et moi, déclara Madhav d'un ton irrité qui laissait transparaître une indignation tout à fait appropriée, je suis un officier du Ministère. »

Ils se tenaient près d'une camionnette blanche de police. À travers la vitre teintée, il apercevait la silhouette du conducteur. Il était avachi et portait une casquette rabattue sur son visage. Comme lui, le reste de la rue ne regardait plus Madhav à présent. Les voitures roulaient sans faire attention à eux. Les gens dans les magasins s'occupaient de nouveau de leurs propres affaires. Il aurait dû être soulagé d'être libéré de leur regard, mais Madhav se sentit étrangement vidé, comme un comédien dont les spectateurs seraient partis pour de bon à l'entracte. La chaleur de la poussière désertique tourbillonnait autour de lui. Persévérant, il se prépara à continuer sa tirade. À ce moment précis, le policier, d'un mouvement constant et inexorable comme celui d'une machine, tendit son bras et lui saisit le poignet.

Le frisson qui parcourut l'échine de Madhav, qui floula son champ de vision et perturba le son constant de la circulation d'un côté et de l'autre, ne ressemblait à aucune autre des sensations qu'il avait connues jusqu'alors. Pourtant, son esprit fut soudainement assailli par les souvenirs : une nuit venteuse, alors qu'il était en formation à Shimla, il observait depuis le sommet d'une montagne les armées fantomatiques d'arbres qui le rattrapaient de toutes parts, il luttait contre le terrible désir de laisser son corps glisser dans l'abîme sous ses pieds. Une autre fois, des années plus tard, sous la chaleur intense du soleil de midi, il marchait à travers les ruelles étouffantes d'un bidonville et ce qu'il y avait vu avait ébranlé l'idée qu'il se faisait d'une habitation humaine et avait perturbé tout son être en lui montrant ce qui aurait pu être.

Le visage du policier s'incrusta dans son champ de vision. Il était doux et large, gras et impassible, les cheveux coupés courts et les yeux à moitié fermés. Ses muscles ne montraient aucun signe de contraction alors que son emprise sur le poignet de Madhav était aussi dure que de l'acier. Et à travers ce point de contact inflexible se déversèrent les vagues de sa propre peur, comme une perceuse qui aurait atteint une source d'eau. Il était en train de s'y noyer et, par désespoir, il tenta de s'accrocher à la bouée de sauvetage que constituaient les faits solides. « Vous n'avez aucun droit de me toucher ! » cria-t-il ou pensa-t-il crier. « Vous n'avez pas l'autorisation. Lâchez-moi, pour l'amour de Dieu, ne savez-vous pas qui je suis ?

– J'ai bien peur, répondit le policier, que vous vous dirigiez dans la mauvaise direction. Vous n'étiez pas concentré sur la route. » Sa voix était enjouée et forte, si forte que Madhav ne pouvait plus s'entendre penser. « J'ai bien peur que vous deviez venir avec moi. » C'était un beuglement dans sa tête.

Madhav fixa furieusement la circulation en mouvement. « Ce n'est pas la mauvaise direction ! hurla-t-il. Ne voyez-vous pas ? Regardez toutes les voitures ! Êtes-vous devenu fou ? Quel est votre nom ? Montrez-moi votre pièce d'identité ! Je suis Madhav Tripathi, de l'I.A.S.[1], je travaille au Ministère. Je vais déposer une plainte contre vous, vous verrez. Vous me faites mal !

– S'il vous plaît, ne luttez pas, dit le policier et son ton était empreint de supplications murmurées. S'il vous plaît, s'il vous plaît. Vous n'aurez pas mal si vous arrêtez de résister. » C'étaient là le jeu d'acteur le plus audacieux et la moquerie la plus indolente. Son emprise sur Madhav, loin de se détendre, l'obligeait à présent à se pencher vers la camionnette.

Le conducteur s'était réveillé. Derrière la vitre teintée, il maniait les portes du van. Elles s'ouvrirent tout du long. L'intérieur était gris et sombre dans la lumière déclinante du soir.

Madhav tordit son corps vers la rue, son poignet bloqué tombant sans défense derrière lui. Les yeux révulsés, il croisa de nouveau le regard des commerçants, de leurs clients et des visages

---

1. I.A.S. est l'acronyme de « Indian Administrative Service », la fonction publique administrative indienne. Le Secrétaire du Cabinet est le plus haut fonctionnaire d'Inde, directement sous la responsabilité du Premier ministre. NdT.

dans les voitures. Aucun d'entre eux ne faisait le moindre mouvement, comme des statues, à l'exception d'une vieille dame à l'arrière d'une Sumo, qui murmurait des mots imperceptibles, comme des prières. Il ouvrit la bouche pour crier à l'aide, mais alors, à travers le même murmure que le glissement d'une couverture, un engourdissement l'envahit. Il s'agissait d'une paralysie d'un genre particulier. Aucun de ses membres ne faillit et ses muscles retinrent leur tension, ou du moins pensait-il, car il ne les sentait plus du tout. Ils semblaient appartenir à un autre corps, un corps malléable.

« C'est mieux, dit le policier. S'il vous plaît, restez avec nous… encore un tout petit peu. »

Madhav tomba docilement sur un siège rembourré. Une porte claqua et la lumière du jour devint terne et inconnue. Alors que le moteur s'emballait, tout devint noir.

2
L'HOMME LIBRE

Un entracte suivit pendant lequel plus rien n'était tangible à part les émotions qui l'assaillaient. Il semblait nager dans des ténèbres qui se balançaient et tourbillonnaient en doux courants. Il essaya de se tourner, mais sans aucun repère pour le guider, il trébucha, désorienté. Il essaya de crier, mais à la pensée que personne ne pouvait l'entendre, sa voix retomba d'elle-même, silencieuse. Il se sentit complètement seul. Puis, alors que les ténèbres s'enroulaient autour de lui, il se sentit soudain confus…

Il ouvrit les yeux sur une agréable pensée : il était chez lui. Une vague de soulagement l'envahit, comme la sensation de la chaleur du soleil sur des draps propres, d'une sécurité absolue et d'une journée entière de bonheur devant lui. Mais alors que son esprit se libérait peu à peu du sommeil, ce sentiment s'estompa horriblement.

Il n'était pas chez lui. Le lit sur lequel il était allongé était coincé dans l'angle d'une petite pièce aux murs décolorés et au carrelage daté. Un unique ventilateur pendait du plafond bas, vrombissant calmement. Les seuls meubles consistaient en un petit bureau en bois et une chaise. Une porte close représentait l'unique sortie.

En levant les yeux, il vit des rideaux d'un bleu clair, danser dans la brise. Le soleil matinal se déversait à travers la fenêtre.

Ce n'était pas une jolie pièce, mais elle était propre et fonctionnelle, et il avait l'impression qu'elle avait été aménagée ainsi pour lui. Madhav fut traversé par cette pensée macabre avant même de se souvenir qu'il avait été enlevé et de lents battements de terreur envahirent son cœur.

Il essaya d'imaginer ce que tout cela signifiait. Il avait été kidnappé, bien entendu. Aucun doute n'était possible : ses kidnappeurs voudraient une rançon. Mais pourquoi l'avoir pris lui comme cible ? Il n'était pas riche, à peine riche comparé aux très riches. Et combien demanderaient-ils ? Et à qui ? Ses parents, qui étaient chacun dans un pays différent ? Son frère ? Shivani ?

Ces questions étaient déconcertantes. Ensuite, elles devinrent ennuyantes. Madhav étira ses membres et se releva pour s'asseoir sur le lit. Par la fenêtre, il pouvait voir s'étendre de vastes plaines désolées brillant sous la lumière du soleil, aussi vides que son esprit. Il les observa pendant quelques instants, jusqu'à ce que l'éclat du jour lui blessât les yeux. Il jeta alors ses pieds nus sur le sol. Il était chaud et doux. Il resta assis dans cette position pendant plusieurs minutes, à sentir le soleil de plus en plus chaud dans son dos et à regarder de minuscules grains de poussière danser dans la lumière.

Dans un sursaut, il s'aperçut qu'il perdait son temps. Il regarda partout d'un côté et de l'autre pour tenter de se débarrasser de l'étrange torpeur qui l'avait saisi. Il avait réussi et s'était décidé à se mettre debout, quand la porte s'ouvrit.

Un jeune homme entra dans la pièce. Il portait une simple chemise blanche aux manches remontées et un jean bleu. Il était rasé de près, ses cheveux, bien peignés, étaient bruns et brillants et quand il sourit à Madhav, il montra des dents impeccables. En un seul geste, il tira la chaise vers lui, s'assit et croisa les jambes.

« Je suis très heureux de votre venue, dit-il. Avez-vous bien dormi ? »

La voix correspondait parfaitement au visage. Elle était enjouée, à la limite de l'arrogance. Madhav ne répondit pas. Une lumière avait jailli dans un coin de son esprit, la légère étincelle d'un souvenir.

« Oui, déclara son ravisseur. On s'est déjà rencontrés. On s'est même déjà disputés. »

Il changea de position sur la chaise et tira sur les doigts de sa main gauche avec sa main droite. Il fit ce geste une deuxième fois, puis encore et encore, resserrant l'étreinte à chaque fois, avant de libérer ses doigts. Entre chaque geste, il fixait Madhav d'un regard encourageant. « Vous souvenez-vous ? » semblait-il lui dire, en tentant de faire émerger le souvenir avec ce geste répétitif. « Essayez de vous souvenir ».

Comme il regardait les mains de l'inconnu se verrouiller et se déverrouiller comme les ceintures d'un avion, Madhav sentit monter en lui une terrible indignation. Il lui semblait que cet homme le traitait avec condescendance, qui plus est au sujet d'une activité à laquelle il ne souhaitait absolument pas prendre part, ce qui ne faisait qu'amplifier l'insulte.

« Qui êtes-vous ? dit-il avec mépris. Je ne vais pas faire fonctionner ma mémoire. C'est à vous de vous présenter. C'est à vous de vous expliquer. »

Le jeune homme parut déçu. Il reposa ses mains sur ses genoux. « Vous êtes très susceptible, soupira-t-il.

– Je suis un officier du Ministère du Gouvernement central, répondit Madhav. Et je ne suis pas venu ici, comme vous dites, j'ai été traîné ici par la force. Je n'ai pas l'habitude d'être traité de cette manière, et je n'ai aucun désir de jouer à des jeux. À présent, s'il vous plaît, voulez-vous bien…

– Ce n'est pas un jeu, rétorqua le jeune homme. Il y a une raison.

– Absurde ! répliqua Madhav que l'interruption exaspéra encore plus. Il n'y a aucune raison concevable qui justifie l'enlèvement d'un homme libre dans un pays libre ! »

Il ne ressentait à présent plus aucune peur, même après avoir exprimé à haute voix ce qui venait clairement de lui arriver. Une légèreté inattendue l'envahit, lui remontant le moral et le dispensant du besoin de s'appesantir sur le danger. Il lui sembla soudain que s'il se levait, il pourrait envoyer balader ce dandy, la table et la chaise d'un simple geste de la main, et qu'il pourrait sortir librement par la porte.

Cependant, l'effervescence qui émanait de lui sembla frapper son ravisseur tel un vent glacial. Le jeune homme se redressa et croisa les bras. Il fixa ses yeux sombres sur Madhav, comme s'il voulait l'enchaîner à l'endroit même où il était assis.

« C'est exactement de cette manière que vous vous êtes exprimé la dernière fois que nous nous sommes vus, dit-il d'une voix à présent basse et grave.

– Il me semble me souvenir, répondit Madhav. » En effet, le souvenir lui revenait. « Nous nous sommes rencontrés à la fête de Vinay, n'est-ce pas ? En décembre dernier ? »

Le jeune homme hocha la tête dans un geste d'approbation.

« Bien sûr, c'est ça ! Nous avons discuté également ! À propos…

– À propos de l'ennui de nos vies.

– L'ennui de nos vies ! » Madhav partit d'un éclat de rire. Il était soudain de très bonne humeur. « De quoi d'autre ? De quoi d'autre parle-t-on à une fête de Vinay ? Mais j'ai oublié votre nom.

– Et de l'avenir du pays.

– Oui, c'est le deuxième thème, gloussa Madhav.

– Vous disiez, continua le jeune homme, qu'un sentiment d'ennui est inévitable quand on est riche et privilégié sans problème de vie ou de mort à affronter. Pas de grandes batailles à mener pour soi-même. Pas de grands maux à conquérir.

– J'ai dit ça ?

– Et qu'en tant que privilégiés dans un pays si pauvre et arriéré, nous devions porter en plus le fardeau qui consiste à montrer la voie. Que ce fardeau pouvait être lourd et épuisant parfois, que cela ajoutait à notre fatigue, mais que connaître son importance – et avoir un sens de l'humour – nous permettrait d'avancer.

– Des paroles pleines de sagesse, déclara Madhav, ça doit donc bien être de moi. »

La chaise du jeune homme tomba violemment sur le sol. Il s'était levé d'un bond, la renversant dans sa maladresse, mais la vague d'émotion qui l'assaillait était si forte qu'il ne parut pas s'en apercevoir.

« C'est un mensonge ! hurla-t-il. Le moindre mot !

– Ah ! grimaça Madhav avec joie. Je me souviens de votre nom maintenant. Sachin quelque chose, non ? Vous êtes le nouveau gars du magazine *Outlook*, n'est-ce pas ? »

Les scènes de la fête lui revenaient à l'esprit, colorées par des nuances douces et agréables. La soirée avait été merveilleuse : il faisait froid sur la terrasse, mais l'alcool avait réchauffé les corps ; la brume de la ville cosmopolite obscurcissait les étoiles et s'installait confortablement au-dessus de la fumée des cigarettes et des bavardages faciles du groupe d'amis habituels. Ils se connaissaient tous très bien, ils savaient qui ils méprisaient, il n'y avait aucune surprise.

À l'exception de ce jeune homme propre sur lui, le même jeune homme qui se tenait devant lui à présent, tremblant de passion. Vinay l'avait présenté à la compagnie avec un air de bienfaisance amusée ; de toute évidence, le jeune homme avait pris au mot une invitation purement fortuite et Vinay ne se souvenait peut-être même pas de l'avoir invité. Mais le monde était petit, c'était encore plus flagrant en ville, et Sachin fut bientôt intégré dans le groupe ; des connexions variées, plus ou moins distantes, furent bientôt établies. Étonnamment, ou peut-être pas, la personne qu'il connaissait le mieux se trouvait être la plus jolie fille de la soirée : Monica Sharma, dotée d'une bouche malicieuse et d'une vive intelligence. À un moment donné au cours de la soirée, ils apparurent tous deux devant Madhav et ce fut alors que le jeune homme montra toute son immaturité.

« Ne participez jamais à un débat philosophique si vous allez le prendre sérieusement. Je me souviens bien avoir dit ça. Vous vous en souvenez ?

– Oui, répondit le jeune homme, toujours debout. Et c'était le plus gros mensonge de tous.

– Vous savez, vos pensées… » Par habitude, Madhav tourna la tête pour s'adresser à des spectateurs, mais il n'y avait en face de lui que des murs nus. « Vos pensées sont douloureusement littérales. La *légèreté* leur manque, la rapidité, l'esprit. Eh, écoutez, sourit-il avec bienveillance, je suis désolé qu'elle ait été là.

– Ce n'est pas *elle* le problème ! hurla Sachin, bien que ses muscles contractés semblaient dire le contraire. C'est vous. Vous faites paraître tout si *trivial*. »

Elle n'avait cessé de rire et de rire encore, se souvint Madhav, son visage ovale rayonnant de plaisir alors qu'il démontrait sa supériorité au jeune vantard. Même à l'époque, il s'était senti un peu coupable. Néanmoins, quand une femme est impliquée, même de loin, il incombe à un gentleman de donner le meilleur de soi-même.

« Oh, je prends simplement les choses comme elles viennent », déclara Madhav. Alors qu'il parlait, il s'allongea sur les draps, reposant son dos sous la fenêtre, étalant ses jambes et croisant ses bras sur ses genoux. En réalité, ce n'était pas une position confortable, mais il savait qu'elle en avait l'air et son intention première était de paraître confortable, car c'était ainsi qu'il se sentait.

« Comme elles viennent ! continua le jeune homme énervé. Oui, comme elles viennent ! Mais sans jamais faire face ! Vous fuyez le champ de bataille parce que vous avez peur de vous battre, puis vous déguisez votre lâcheté en sagesse. Vous êtes perdu et pourtant vous insistez pour montrer la voie ; vous êtes seul et désolé, mais vous vous croyez désirable ; et ce que vous montrez au monde, sous couvert de compassion, est votre propre indigence sordide !

– Ça fait beaucoup de choses, dit Madhav de manière indolente. Mais je vous l'ai dit la dernière fois, Sachin, ce n'est pas une façon de faire valoir vos arguments. En fait, c'est encore pire aujourd'hui. C'est *ad hominem*, purement rhétorique. Où est l'introduction, la déduction, où est la preuve ?

– La preuve ? » Le jeune homme s'arrêta net. Son visage se transforma en une expression de pur étonnement.

« Bien sûr, la preuve... de ce que vous essayez de prouver, peu importe ce dont il s'agit. Laissez-moi vous expliquer. Quand je dis que les problèmes de nos vies ne doivent pas être exagérés, je peux le prouver : avec le verre dans ma main et les vêtements sur mon dos. Quand, en toute modestie, je dis que je suis admiré, voire convoité, je peux le prouver : avec les lettres que je reçois, les emails que l'on m'envoie, les files d'attente à l'extérieur de mon bureau. Et quand je dis qu'il n'y a pas besoin de *se battre*, que nous pouvons régler nos désaccords de manière démocratique, que tout ce discours autour du champ de bataille est particulièrement et horriblement juvénile, je peux également le prouver : avec l'efficacité de mon propre discours de paix. Les jeunes hommes tels que vous, continua-t-il avec un sourire épuisé, vous souhaitez bien faire, je le sais, mais j'ai peur que votre radicalisme soit au mieux complaisant et au pire dangereux. »

Il se tourna une nouvelle fois, arborant un demi-sourire et hochant involontairement la tête vers des spectateurs toujours absents.

Le visage de Sachin avait retrouvé sa contenance et était marqué par une étrange concentration. Il s'assit de nouveau.

« Dans ce cas, dit-il, pourquoi vous sentez-vous si apathique ?

– Ce n'est pas le cas. Je me sens heureux et fier. »

Madhav agita alors sa main avec légèreté.

« D'ailleurs, l'ennui est un symptôme de maturité.

– Même en cas de danger mortel ?

– Ne parlons pas de manière hypothétique.

– Vous entendez-vous parler ? demanda lentement le jeune homme. Est-ce que vous savez seulement où vous êtes ? »

Il se pencha alors en arrière afin d'observer les conséquences de ses mots. Ils fonctionnèrent comme une drogue. Madhav eut la sensation, non pas de revenir brusquement à la raison, mais au contraire, de sentir son cerveau se liquéfier, sa perception se transformer sous les affres de l'intoxication. Tout autour de lui, les couleurs devinrent vives : le noir des taches sur les murs, le rouge des motifs sur les draps, le blanc des dents de Sachin inondèrent la pièce en brillant comme des aquarelles. Il pouvait entendre des sons auxquels il n'avait pas fait attention auparavant. Un oiseau gazouillait à la fenêtre. Un vent fort soufflait sur les plaines.

« Qui m'a amené ici ? murmura-t-il, étonné. Le van… le policier… qui étaient ces personnes ?

– C'est mieux, acquiesça Sachin. C'est bien plus raisonnable. »

Madhav se ratatina au bord du lit. « Que voulez-vous ? demanda-t-il avec difficulté, la panique lui bloquant les cordes vocales.

– Tout d'abord, répondit le jeune homme. Je veux vous apporter la preuve que vous désirez. Vous voilà assis, perdu, seul, ignorant et impuissant aux yeux de tous, et pourtant, ces dix dernières minutes, vous avez parlé comme si vous étiez chez vous. Voilà votre problème. Ensuite, je veux vous en débarrasser. »

Il avait prononcé ces mots de manière décontractée, mais ils frappèrent Madhav de la même manière que le choc de l'étreinte du policier. Le désespoir l'envahit, accompagné d'une pellicule de sueur froide.

« Quant aux présentations, continua le jeune homme, ce policier n'était pas réellement un policier. Mais peut-être l'aviez-vous déjà deviné. Lui et moi faisons partie d'une certaine organisation, très spéciale. »

Il s'interrompit. Madhav ne trouva pas les mots pour construire ses questions, mais sa bouche et ses sourcils se tordirent nerveusement. Le jeune homme parût pensif.

« Je ne sais pas quoi vous dire d'autre. Nous n'avons pas de nom. Nous n'avons pas de bureaux. Nous partageons certaines croyances et nous avons des ressources. Nos ressources sont en fait plutôt illimitées. Ce n'est pas la meilleure des descriptions, mais j'imagine qu'on pourrait porter l'étiquette de… groupe de société civile.

– Société civile ? Madhav partit d'un éclat de rire nerveux et bruyant.

– Oui, répondit Sachin sans aucune ironie. Même si, comme je l'ai dit, ce n'est pas la meilleure des descriptions. »

Madhav avala. Il sentit sa voix lui revenir, en équilibre sur les ailes de la peur. Son esprit et son statut social composaient ses deux armes les plus fiables et il utilisa les deux du mieux qu'il put pour se défendre.

« Non ! dit-il. En effet ! Parlant d'expérience, je dirais que vous n'êtes ni civil ni social. Si vous aviez une plainte à mon égard concernant notre conversation à la fête de Vinay, ou quoi que ce soit d'autre, eh bien, il y a une manière raisonnable de régler ce problème. Il n'est ni civil ni social de m'enlever au beau milieu de la rue et de m'amener à vous de force. Laissez-moi vous rappeler que je suis un bureaucrate, et un bon, si je puis me permettre. Je gère des conflits et des désaccords à longueur de journée. Si vous m'aviez simplement appelé, vous auriez été bien reçu. Mais ça ! Ça, c'est la manière des racailles et des criminels ! Honnêtement, vous me surprenez ! Vous êtes jeune, mais vous avez une certaine éducation et j'oserais même dire que vous êtes plus ou moins intelligent ! La décence vous importe-t-elle si peu ? La dignité et la liberté de votre concitoyen ?

– Vous parlez toujours, déclara gentiment Sachin. Vous savez que vous ne devez pas faire ça. C'est un véritable outrage.

– C'est la meilleure manière de résoudre un problème ! s'exclama furieusement Madhav. La manière civilisée ! »

Sachin grimaça, ses dents étincelaient de manière peu naturelle. « J'ai bien peur, répondit-il, que notre groupe ne croit pas vraiment au bavardage et à la discussion. Nous croyons en l'action, immédiate, rapide et impitoyable. Exercer notre autorité n'est pas un problème pour nous, comme vous pouvez le voir. »

Il se leva de sa chaise et se déplaça inexorablement vers Madhav qui gisait à présent recroquevillé sur le lit. Avec la même solennité qu'un prêtre lors d'un rituel, il le toisa. Puis, de la poche de son jean, il sortit un morceau de toile de jute. Il était vieux et rugueux, de couleur safran mais taché de rouge. Il le tint de manière à ce que la brise qui passait par la fenêtre le fît s'agiter. Comme il se penchait pour l'appuyer sur la bouche de Madhav, ce dernier écarquilla les yeux d'angoisse.

Madhav prit conscience du bâillon qui se resserrait, de la texture rêche du tissu, et de Sachin, penché au-dessus de lui, qui murmurait des mots doux imperceptibles. Mais, étrangement, son cœur qui avait battu la chamade se calma, et il ressentit même une sorte de paix l'envahir, comme si la raideur de son corps était drainée à sa source. Alors qu'il voyait tout à l'envers, le plafond s'assombrit, comme si le crépuscule se rapprochait. Puis, il essaya de parler et se retrouva à haleter, à étouffer et à déchirer le bâillon.

« Non ! s'écria Sachin. Non, s'il vous plaît ! » Mais Madhav s'était déjà redressé. D'une poussée, il envoya le jeune homme chanceler vers la table. Le tissu taché tomba sur le sol et il courut vers la sortie, cognant son genou contre la chaise dans sa hâte.

Il courut à corps perdu le long d'un grand couloir, sans faire attention à la douleur, vers une porte qui oscillait tout au bout. Elle s'ouvrit facilement et il se précipita dehors dans l'agitation chaude des étranges ruelles.

3
LE CHÂTEAU

Aussitôt qu'il eût passé la porte la tête la première, il se retrouva directement propulsé sur le siège arrière d'un pousse-pousse automatique. Il s'accroupit, accélérant pour se mettre à l'abri le plus vite possible et scrutant les alentours pour comprendre où il était. Les résultats étaient encourageants. Il était toujours dans sa ville. Même si le lieu où il se trouvait se révélait loin de chez lui, et même s'il n'avait jamais eu l'occasion de visiter cette partie de la ville dans sa vie quotidienne (Dieu merci), il la connaissait bien de nom.

À présent, il murmurait ce nom au vent, la tête à l'extérieur du pousse-pousse pour contempler la distance parcourue. Quelque part dans ce fouillis de bâtiments à la peinture écaillée ou inexistante, devant lesquels s'alignaient des séries de commerces enchevêtrés dans des rues serpentines, se trouvait le repère d'où il venait de s'enfuir en toute hâte. Pourtant, il n'avait aucun souvenir du chemin qu'il avait pris, ou par quels détours il s'était échappé, à travers le bazar jusqu'à la route. Ce n'était qu'à présent qu'il essayait de s'en souvenir qu'il se rappelait avoir vu une foule en effervescence, des ruelles couvertes de crachats et des choses pâles grésillant dans des énormes cuves d'huile. Pourrait-il retracer sa fuite affolée pour amener les autorités jusqu'à la porte de son assaillant ? Il ne savait pas.

En tous cas, il n'en avait pour le moment aucune envie. La pensée qu'il devrait rester et « prendre des mesures » lui effleura très faiblement l'esprit. Cela provoqua seulement en lui un instant de vive consternation, avant de l'envelopper dans l'étreinte ignoble d'une angoisse généralisée.

Plus tard, quand l'homme vint tapoter sur son épaule, il se rendit compte qu'il s'était endormi d'inquiétude. Il se réveilla dans le véhicule arrêté, près du conducteur qui attendait patiemment et des tours d'un château qui s'élevaient fièrement à l'horizon.

Le château était nouveau dans le quartier. Madhav se demanda à qui il pouvait bien appartenir. Il soupçonna un riche homme d'affaires pendjabi dont l'idée d'une bonne architecture était un mélange bâclé de tout ce qu'il avait pu voir dans les magazines d'aéroport. Non pas qu'il s'agissait là de la première monstruosité tout à fait déplacée que ce type de personnes faisait émerger dans la ville. « Le bon goût ne s'achète pas », murmura Madhav à haute voix tandis qu'il se dirigeait vers son propre immeuble, simple mais moderne. Cependant, sur un coup de tête, il décida d'aller voir de plus près.

Les grilles du château étaient hautes et hérissées de piques. Une silhouette corpulente y était adossée, portant une chemise bleue amidonnée et un pantalon froissé. Elle observait le ciel entre deux bouffées de cigarette. C'était Vinay.

« Salut, accueillit-il Madhav avec un hochement de tête amical.

– Salut ! Qu'est-ce que tu fais ici ?

– Ma nouvelle maison est presque terminée, répondit Vinay. Donc j'emménage. Tu aimes ?

– Ce truc est à toi ? »

Au ton empreint d'un étonnement manifeste, Vinay jeta sa tête en arrière et rit.

« C'est quelque chose, hein ? Mais elle a ses avantages. Viens, je te montre. »

Il écrasa sa cigarette avec son pied et se tourna vers les grilles massives. Grâce peut-être à un signal que Madhav ne remarqua pas, elles s'ouvrirent pour révéler une cour, les hauts murs du château et un petit homme débraillé avec une moustache en trait de crayon, qui s'inclina de manière obséquieuse à leur passage.

« Bonsoir, monsieur. » La voix de l'homme était douce et mielleuse. Tout son corps se tortillait avec servilité .

« Oui, bonsoir, répondit précipitamment Madhav.

– Je sais que c'est un peu différent d'un barsaati[2], dit Vinay, mais je suis dans cette ville depuis trop longtemps. J'essaye l'exubérance pour changer. »

De grandes dalles de pierres pavaient toute la cour, à l'exception de deux carrés d'herbe où des chaises en rotin avaient été installées pour l'heure du thé. En revanche, il n'y avait aucune protection contre le soleil éclatant et, tout en marchant, Madhav dut se protéger les yeux à la fois de l'éblouissement et bon gré mal gré, de ce grand amas de pierres qu'était le château luimême. Il entendit bientôt la voix de Vinay le prévenant de faire attention où il marchait.

Ils se retrouvèrent à l'intérieur. Ils montèrent une volée de marches en pierres taillées à l'ancienne, pour se retrouver sur une terrasse absolument magnifique dotée de balustrades finement sculptées. Ici, le vent était vif et froid et la vue était impressionnante.

Ils reposèrent leurs coudes sur le mur du parapet. Ils regardèrent le sommet des arbres qui semblaient former un tapis de végétation, sous lequel, Vinay l'avait remarqué un soir (en

2. « Barasaati » est une petite habitation précaire installée sur les toits plats. NdT.

fumant sur le balcon de Madhav), les gens de la colonie[3] avaient été chassés à juste titre. Au loin, s'étendaient les bidonvilles et les gratte-ciels de la ville, décolorés et scintillants au soleil.

« Quand on se retrouve en hauteur, déclara Vinay avec tristesse, on aime mieux le monde, car on le voit petit. Pour qu'on puisse aimer quelque chose, il faut la voir petite. Les marqueurs d'affection, tu remarqueras, sont toujours des diminutifs.

– Je sais, cher ami, répondit Madhav.

– Touché. Et, bien sûr, on est mieux protégés. »

Ils se rendirent dans un salon qui était, sans aucune hésitation et de manière surprenante, très moderne – même s'il y avait là abondance de coussins. Vinay expliqua :

« C'est pour que le style des *Mille et une nuits* ne soit pas complètement perdu. Oh, je vais adorer vivre ici ! Laissons les historiens et les esthètes déblatérer tout ce qu'ils veulent et vous aussi, les intellectuels ! Je vais me faire plaisir ! »

Il rit et ce rire jovial et crépitant, empreint d'autosatisfaction, eut l'effet qu'il avait toujours eu sur Madhav. Il fut immédiatement et irrémédiablement admiratif. Aucun travail émérite, aucun revenu conséquent, ni même son intelligence qu'il savait supérieure, ne pourraient jamais altérer l'équilibre de pouvoir qui s'était installé à l'époque de leurs études à l'université.

« Vinay, dit-il en faisant tourner son verre pendant qu'il organisait ses pensées. Je suis vraiment content de t'avoir croisé.

– Qui ne l'est pas ?

– Non, je suis content pour une raison bien spécifique.

– Sauf mes ennemis, bien sûr.

– Écoute, dit-il, quelque chose d'étrange m'est arrivé aujourd'hui. »

---

3. Le terme « colony » est utilisé en Inde pour décrire les quartiers en dehors de la ville. NdT.

Puis, il raconta toute l'histoire à Vinay tel qu'il se la rappelait. Quand il eut fini de parler, la lumière dans la pièce avait décliné pour presque disparaître. La nuit était tombée. Les canapés encombrants surgissaient des ombres, les coussins du dessus ressortaient comme des piques sur le dos de bêtes préhistoriques.

Vinay se leva et appuya sur un interrupteur. Une douce lumière jaune se déversa des ampoules cachées dans les murs et redonna aux objets leurs silhouettes familières. Il se versa un autre verre, s'assit et le sirota pendant de longues minutes. Puis, il déclara :

« C'est extrêmement inquiétant.

– Je sais, répondit Madhav. Je n'arrive toujours pas à croire que c'est arrivé.

– Mais c'est arrivé. Ah ! Qui aurait pu penser… ? » Vinay plissa les yeux et, pendant un moment, Madhav le reconnut à peine. Ces traits respiraient toujours la joie de vivre et étaient très rarement entachés de rancœur ou de colère. « Ce petit avorton ! dit-il nerveusement. Et je l'ai laissé boire mon alcool !

– Tu le connais bien ? s'inquiéta Madhav.

– Pas le moins du monde, dit Vinay. J'ai dû le croiser brièvement, quelque part, et sans trop savoir comment, il s'est retrouvé à ma fête. Mais on peut le retrouver assez facilement. Ce n'est pas ce qui m'inquiète. »

Il fixa pensivement son verre. Dans la pièce, tout était parfaitement immobile à l'exception d'un rectangle de clair de lune scintillant sur le tapis. Dans cet immense calme, Madhav fut envahi par la sensation inquiétante d'être assiégé. Une sensation certes perturbante, mais également glorifiante. C'est ainsi, pensa-t-il, sous une lumière pâle et dans une pièce magnifique, que les grands rois et princes d'hier restaient assis à discuter, tandis que des armées d'ignobles envahisseurs se rassemblaient devant leurs grilles.

« Ce qui m'inquiète, déclara Vinay en interrompant le silence, c'est la signification de toute cette histoire. Que veulent-ils ? Ce groupe… secte… peu importe ce qu'ils sont.

– Je ne sais pas, répondit Madhav. Ce jeune homme s'est à peine expliqué. Je ne sais même pas le nom qu'ils se donnent.

– Est-ce que c'est quelque chose que tu as dit ? Sur Twitter ou ailleurs ?

– Vraiment je ne sais pas, dit Madhav avec sincérité. Je n'ai rien dit sur quoi que ce soit de controversé… pas récemment, en tout cas. Le dernier article que j'ai écrit et qui m'a valu des lettres de menaces était à propos de cette mode ridicule sur la censure des livres.

– Ça doit être ça, supposa Vinay.

– Peut-être, oui. Mais ce gars, Sachin… il semblait…

– Oui ?

– C'est juste *moi* qu'il semblait haïr. La manière dont je débats, par exemple. Nous nous sommes disputés à la fête, pour un rien, mais il n'a retenu que le négatif. Cette femme, Sharma, était là également. Je pense que ça a dû le piquer au vif. Je te l'ai dit, non ? Qu'il avait essayé de me bâillonner ? Littéralement. Il m'a mis un bâillon. »

Les lèvres de Vinay se retroussèrent de dédain. Il se redressa soudainement, vida son verre et, encore tout tremblant, rit à gorge déployée, révélant toutes ses dents.

« Des enfants ! cracha-t-il. Ce sont des enfants donnant des coups de pied pour attirer l'attention. Ils ne sont rien ! Viens.

– Où vas-tu ?

– Viens, je vais te faire visiter. »

Le château était plein d'escaliers abrupts, de pièces coiffées de dôme, dotées de balcons baroques et d'une décoration du XXIe siècle, et de petites vérandas pour laisser respirer le tout. Enfin, ils arrivèrent au bureau. Là, les murs étaient recouverts de panneaux en chênes contre lesquels s'alignaient des étagères remplies et séparées par une douce et fine moquette. Un fauteuil était prêt à accueillir le lecteur et, près d'une fenêtre qui encadrait les lumières de la ville, un bureau était installé pour accueillir l'auteur. Sur le bureau, un ordinateur portable attendait, ouvert sur une page pleine d'un texte magnifiquement typographié, et encadré d'un côté d'un verre de whisky doré et de l'autre, d'une lampe allumée. C'était tout ce dont avait besoin Madhav pour arrêter d'avancer et s'installer ici pour toujours.

Vinay parcourut la pièce du regard avec fierté et révérence. « La plus grande littérature de tout ce foutu monde, annonça-t-il. Il y a tout, de Tchekhov à Joyce en passant par Kafka, tous les numéros du *New Yorker, Granta* et du *New York Review*... Ce qui me rappelle, je dois te montrer cette prise de bec entre Nabokov et Wilson, c'est du lourd. Et voici aussi les plus grandes musiques : Chopin, Bechet, Beethoven, Hari Prasad Chaurasia. Le plus grand cinéma. Tout de Bergman à Satyajit Ray, et...

– Woody Allen ? demanda Madhav avec espoir.

– Oui, oui, Woody Allen aussi. Et dans la pièce suivante, j'ai installé ma galerie d'art. Mais je ne vais pas te la montrer, jeune philistin. »

Madhav rit, mais assez nerveusement, car il ne s'agissait pas d'une simple blague. Aux côtés de Vinay, il avait toujours ressenti qu'il avait des manques culturels, que ses goûts étaient trop banals, son érudition trop limitée. Lui aussi aimait les bonnes choses de la vie, mais Vinay était un hédoniste pointilleux, passionné par le plaisir. Ainsi, il n'osa pas demander si une copie de son propre roman, qui avait été écrit durant la pause traditionnelle suivant un premier poste au fin fond de la campagne et publié l'année précédente, se trouvait dans les environs.

« Et maintenant, déclara Vinay en le prenant par le bras. Allons, toi et moi... sur les Grands Remparts ! »

Il s'agissait de la même terrasse par laquelle ils étaient arrivés, bien que la vue fût transformée à la nuit tombée. Les arbres ressemblaient à autant de fantômes et le ciel qui surplombait la ville semblait, aux yeux de Madhav, empli de menaces. Cependant, la voix de Vinay était plutôt calme :

« C'est pour ça qu'ils nous haïssent. » Ses yeux s'étaient assombris, mais conservaient une sorte de calme. « Parce que nous avons l'art, les idées et la liberté de penser et de nous exprimer. Mais l'intolérance et la bigoterie grandissent, Madhav. Dans tout le pays, on voit des groupes puritains proliférer. Tous ces Sena, Sevak et Karamchaari. Des hindous conservateurs et détraqués. »

Madhav hocha la tête. Dans les ténèbres au loin, les gardes de la colonie avaient allumé un feu de camp. Il fixa les flammes tourbillonnantes qui lançaient des étincelles rouges dans la nuit.

« Tu penses que ce groupe en fait partie ?

– J'en suis certain, répondit Vinay. C'est la même méthode employée de toute manière : violence et intimidation. Et ça a toujours été la méthode des esprits fermés. Tu ne t'en es peut-être pas rendu compte, Madhav, et je n'aime pas le dire, car ça me fait paraître arrogant, mais les gens comme toi et moi, nous représentons une menace sérieuse pour ce genre de groupes. Nous sommes libres, tu vois. Nous ne sommes pas retenus par les chaînes de l'autorité, comme ils aimeraient qu'on le soit. Nous sommes des libéraux, nous croyons en la raison et le débat, ils croient en la force brute. Nous voulons que le pays embrasse les discours civilisés et intellectuels, ils veulent que nous retournions à une ère atavique d'ignorance où eux et leurs adeptes pourront régner en maîtres. Des eunuques ! s'exclama-t-il de manière dramatique, qui veulent interdire l'entrée de notre Jardin du Paradis terrestre. Mais ils ne gagneront pas. »

Madhav tendit une main pour toucher le mur du parapet. Il ressentit sa force et il comprit soudainement que ce château n'avait pas été construit seulement pour son aspect esthétique. Cette pensée le réconforta.

« C'est inacceptable, s'écria-t-il avec indignation, de *kidnapper* quelqu'un !

– C'est effroyable, acquiesça Vinay. Malheureusement, c'est aussi séduisant... pour un certain type de personnes. Notre ami, Sachin, par exemple.

– Il devrait être mieux informé.

– Ah, soupira Vinay, cette nouvelle élite moderne... ils me désespèrent ! Ils manquent de patience pour apprécier la liberté et le débat. Tout ce qu'ils veulent ce sont les richesses et ils les veulent toutes d'un coup. Ils échangeraient tous nos droits démocratiques pour le PIB de la Chine si on leur en laissait la possibilité.

– Je ne suis on ne peut plus d'accord », déclara vigoureusement Madhav.

Le silence retomba entre eux, un silence qui vit les premières peurs de Madhav se dissiper pour ensuite se déverser dans le soulagement enivrant qui submergea tout son corps. C'était libérateur de voir où étaient les choses, où il était : derrière ces remparts, au service de la liberté, en compagnie d'un camarade. Sa joie le submergeait tellement que l'angoisse le saisit à nouveau – une angoisse née de l'idée qu'il se devait d'être encore anxieux.

« Que suggères-tu, alors ? demanda-t-il pour se rassurer. Dois-je appeler la police ?

– Ils sont pénibles.

– Je sais bien, mais quel autre choix ai-je ? Et ils peuvent agir sévèrement contre ce faux flic aussi ! »

Vinay se tourna vers lui, un demi-sourire apparaissant sur ses lèvres.

« Es-tu inquiet ?

– Non, répondit Madhav, mais c'était loin d'être agréable.

– Ne sois pas inquiet, lui dit fermement Vinay. Comme je l'ai dit : ces groupes sont l'équivalent d'enfants inadaptés faisant des caprices pour réclamer de l'attention. Écoute, je vais faire mon enquête sur Sachin. Je vais m'occuper de lui. Mais ne t'inquiète pas. Il vaut mieux ignorer ces gens. Autant que possible, il vaut mieux les ignorer.

– Et s'ils s'en prennent encore à moi ?

– S'ils reviennent, déclara Vinay, si ces *crétins* d'extrême droite osent montrer de nouveau leurs visages, je les jetterai aux crocodiles ! »

Son visage était pâle de rage.

« J'ai un donjon là-dessous, dit-il avec satisfaction. Et il y a un lac dans le donjon. »

Soudain, Madhav en prit conscience. C'était une certitude : dans les entrailles de ce château se trouvait un donjon en pierres humides, et dans le brouillard de ce donjon, un lac aux eaux noires ondulait. Là, un doux clapotis, un reniflement étouffé, et au moment où on s'y attend le moins, une grande secousse dans l'obscurité, le broiement de gigantesques mâchoires et la gueule d'un monstrueux reptile.

Il se sentit en sécurité. Vinay et lui revinrent dans le salon. Ils parlèrent encore quelque temps, de ça et d'autres événements moins importants. Ils burent chacun un autre verre avant qu'il ne quittât le château, ivre, rassuré et impatient de retrouver son lit.

*

Dans l'immeuble où se trouvait son appartement, il attendit longtemps, et en fait inutilement, avant de se rendre compte que l'ascenseur ne fonctionnait pas. Il pesta distraitement contre le gardien pour ne pas s'en être occupé. Mais cela ne l'ennuyait pas vraiment. Il prit les escaliers. C'était un long chemin jusqu'à son étage, mais il n'était pas pressé. Il nota en passant que la cage des escaliers, à peine utilisée, n'était pas en bon état. La poussière recouvrait les rampes, un grand nombre de marches étaient ébréchées ou s'effritaient et les néons qui éclairaient l'escalier ne fonctionnaient plus du tout ou vacillaient dangereusement. Pour autant, rien de tout cela ne le dérangeait. Il monta doucement, calmement, se laissant aller dans une sorte de bonheur brumeux. Le brouillard du sommeil l'enveloppait, c'était une sensation agréable ; ses membres devenaient plus légers, au lieu de s'alourdir et son corps s'élevait au lieu de succomber. Les escaliers, qui s'évanouissaient aisément durant sa montée, avaient presque disparu de son champ de vision quand il entendit une autre personne monter les marches.

L'homme qui se tenait aux grilles du château de Vinay tourna le coin du palier au-dessus de lui. Sa posture n'était plus obséquieuse. Il se tenait bien droit et ce changement d'attitude semblait s'accompagner de toute une évolution. Sa démarche était imposante et ses yeux, qui regardaient droit devant lui, avaient un regard d'acier.

Madhav se recroquevilla dans l'ombre sur une impulsion irrationnelle, mais irrépressible. Il se demanda brièvement comment et pourquoi cet homme se trouvait dans cet escalier, puis il ne pensa plus qu'à se fondre dans le noir. Il savait avec certitude qu'il était recherché, qu'il ne devait pas être trouvé et que s'il restait en dehors de la lumière, il ne serait pas vu par ces yeux qui ne regardaient ni à gauche ni à droite.

Des cris de jungle résonnaient dans sa tête, tandis que la silhouette se rapprochait. Il arrêta de respirer, le temps que l'homme passe. Et ce fut seulement après la disparition de l'écho des pas de l'homme dans l'escalier vide qu'il continua sa propre ascension, désormais hésitante.

Mais, à l'approche du palier suivant, son cœur s'arrêta sur une prémonition irrationnelle. Alors qu'il fixait le vide brumeux de l'attente, l'homme à la moustache en trait de crayon apparut une seconde fois. Juste avant que Madhav ne se recroquevillât de nouveau, leur regard se croisa. Tout à coup, la silhouette s'arrêta. Madhav s'accroupit contre le mur, les yeux fermés, dos à son chasseur, car c'était ainsi qu'il se le représentait désormais. Son cœur battait la chamade comme durant les nuits de cauchemar de son enfance.

Il ne fut pas découvert. L'homme continua son chemin, suivant son propre rythme pesant. Mais Madhav attendit un long moment, même après qu'il fût complètement seul. Il s'accroupit sur les marches poussiéreuses, seul, à quelques pas seulement de la sécurité de son appartement. Il dut rassembler toute sa volonté pour d'abord se lever, puis se tourner pour faire face à l'obscurité. Mais il ne put le supporter longtemps. Il bondit, complètement paniqué, un rire convulsif résonnant dans son oreille.

4

THE DANCING QUEEN

Non, il n'était pas seul. Il sentit sa respiration s'accélérer sous l'emprise de la peur alors qu'il plissait les yeux pour pénétrer en vain les ténèbres environnantes. Il admit combien il était bien plus agréable de se sentir complètement seul en désirant ardemment le corps de Shivani que d'avoir à affronter cette présence secrète ! Les ténèbres tissaient leur toile autour de lui de manière hasardeuse. Mais il y avait quelque chose derrière elles…

Le bip insistant du micro-ondes traversa à la fois le mur et son sommeil. Alors qu'il commençait à bouger, il nota que la chambre était toujours sombre et froide, que les rideaux étaient toujours tirés et que la climatisation vrombissait encore. Il entendit Shivani s'affairer dans la cuisine.

Elle lui amena immédiatement une tasse de café et lui demanda combien de temps il avait prévu de rester au lit.

« C'est dimanche, rétorqua-t-il avant d'être assailli par un terrible doute. N'est-ce pas ?

– Tu travailles trop dur, suggéra Shivani. Oui, on est dimanche. »

Il prit la tasse de ses mains et la posa sur la table de chevet. Elle sortit de la pièce avec sa « démarche décontractée », un roulement timide qui faisait joliment onduler sa chemise de nuit et indiquait sa bonne humeur.

Il resta allongé encore quelques instants. Malgré tous ses efforts, il ne se souvenait pas, mais il devinait par la nonchalance du ton de Shivani qu'il ne lui avait pas encore raconté ce qui s'était passé la nuit précédente. Il devinait également qu'elle avait passé la nuit dans son propre appartement. Quant à cette nuit même, il ne se souvenait de rien entre sa fuite devant l'étrange silhouette dans l'escalier et son réveil sous la climatisation. Il se demanda un instant s'il n'avait pas rêvé toute cette histoire. Y avait-il vraiment eu quelqu'un sur le palier ? Son esprit s'y refusait faiblement. Il ressentit sa propre perplexité jusque dans ses os.

Quelques instants plus tard, il entra dans le salon. Shivani était assise les jambes en tailleur sur le tapis, entourée des journaux du matin.

« Quels sont les gros titres ? demanda-t-il avec désinvolture, mais sa voix s'était crispée de façon inattendue.

– Oh, rien d'important... Sudhir Singhania a été giflé et frappé. Devant le bâtiment de la Haute Cour de Justice.

– Par qui ?

– Une bande de crétins. » Elle posa sa tasse de café sur le sol en faisant bien attention. « Écoute... qu'est-ce qu'on fait pour la semaine prochaine ? »

Madhav ramassa précipitamment le journal.

« C'est ton anniversaire », lui rappela-t-elle.

Mais il avait attrapé la mauvaise page ; ce qu'il avait entre les mains était le supplément sur les célébrités du cinéma. Il chercha autour de lui pour trouver les unes. La frustration monta en lui alors qu'il ramassait les pages sur le sport et la ville, le supplément magazine et les chiffres de la bourse, tout sauf ce qu'il cherchait. Il s'accroupit, les mains à terre, et fouilla parmi le bruissement des pages encombrantes.

Shivani le regardait de plus en plus amusée.

« Tu as l'air ridicule. »

Il l'ignora, persévérant dans sa chasse futile, jusqu'à ce que son rire atteigne les aigües.

« Et *riras*-tu, demanda-t-il soudainement, quand ils viendront nous assassiner dans nos lits ? Où est ce putain d'article sur Singhania ? »

Son éclat de colère le surprit lui-même. Il s'était imaginé que la discussion avec Vinay avait été plus efficace pour calmer ses nerfs. Mais cela ne sembla pas perturber Shivani. D'abord, elle finit de rire, avant d'afficher un sourire satisfait comme les convulsions cessaient. Ensuite, elle l'examina avec une curiosité évidente et détachée.

Ce n'était pas la première fois que Madhav s'apercevait qu'elle ne se battait pas à la loyale. Pouvant transformer n'importe quelle émotion et dissimulant toujours les siennes, les expressions faciales de Shivani étaient une arme dévastatrice. Elles le mettaient toujours au tapis en plein discours. Il ne l'avait pas remarqué à l'université, mais ensuite, quand il l'avait courtisée et qu'il avait tenté d'utiliser son humour éclairé comme il en avait l'habitude, il s'était aperçu qu'elle daignait plus ou moins rire – contrairement aux autres femmes qui le gratifiaient toujours de gloussements involontaires. C'était là également l'une des raisons, et il en était vaguement conscient, pour lesquelles il continuait de vouloir d'elle. Cela l'empêchait de devenir méprisant à son égard au fil du temps. Mais à cet instant, il était furieux.

« Ne me regarde pas comme ça, dit-il. Tu ne sais pas ce qu'il se passe. Ce qui est arrivé à Singhania pourrait… ça pourrait bien m'arriver à moi aussi. »

Il fut satisfait de la voir réfléchir quelques instants.

« Ces groupes de crétins, entreprit-il d'expliquer, je pense… enfin j'en suis certain… que l'un d'eux en a aussi après moi.

– Après *toi* ! » Son inquiétude était à présent palpable. « Qu'est-ce que tu as fait ? As-*tu* aussi dit que le Cachemire pouvait faire sécession ?

– Non.

– Le groupe qui a attaqué Singhania, ce sont des patriotes radicaux qui ne veulent pas que le corps de Bharat Mata[4] ne soit touché d'aucune manière que ce soit.

– Je n'ai rien dit et je n'ai rien fait, rétorqua Madhav. Mais je suis qui je suis. Je suis une figure publique, un libéral et un progressiste. De nos jours, cela semble être assez pour faire enrager ces gens. Je dois te raconter quelque chose. »

Il s'assit sur le canapé et se frotta les mains pensivement. Quand il eut atteint le milieu de son récit, elle était assise sur ses genoux, les bras enroulés autour de son cou.

« Mon Dieu, murmura-t-elle. Mais c'est horrible. »

Il fut troublé par sa peur soudainement si vive alors même que son rire, tout à fait éteint à présent, résonnait encore une minute auparavant.

« Bon, ce n'était qu'un incident, ce n'est peut-être pas grand-chose. Je doute qu'ils soient tellement sérieux… Vinay pense… »

Mais elle poussa un cri doux et sec et le serra encore plus fort dans ses bras. Secoué par le cœur battant de Shivani, il sentit le martèlement sourd de son propre cœur de manière confuse.

Ils restèrent serrés l'un contre l'autre. Une certaine intimité irradiait de leur étreinte, acquise non seulement à travers leur relation, mais aussi à travers leurs expériences communes : la même école, la même université, les mêmes amis, les mêmes tourments depuis leur enfance. Ils se lovèrent l'un contre l'autre comme deux louveteaux. Au même moment, à part la chaleur immédiate de leurs corps, il sembla à Madhav que toute la pièce

4. Représentation allégorique de l'Inde sous la forme d'une déesse mère. NdT.

autour d'eux se refroidissait. La lumière du soleil avait pris l'éclat de la glace, la température chutait et leur seul réconfort, leur chaleur mutuelle, en devenait plus urgent et plus essentiel que jamais. Il l'étreignit avec passion et l'embrassa avec conviction, quand, au bruit d'un verre se brisant, ils se séparèrent avec une exclamation de surprise.

Shivani poussa un cri que Madhav étouffa rapidement. Des sons divers émanaient de la salle à manger : le tintement d'une fenêtre cassée, le crissement de meubles que l'on bouge, une agitation générale. Ils restèrent assis, paralysés, leurs corps soudés l'un à l'autre, sa main sur la bouche de Shivani.

Il était clair aux yeux de Madhav que ses persécuteurs étaient revenus. Il était évident qu'ils n'avaient aucunement l'intention de le laisser tranquille. Et tandis qu'il écoutait, tandis que les bruits continuaient, une vague de révolte déferla en lui. Sa peur fut balayée par un nouveau sentiment bien plus fort : un sentiment d'injustice. C'était une chose d'être enlevé dans des rues inconnues, mais d'être attaqué juste après dans la solitude de son appartement et en compagnie de la femme qu'il aimait… c'était d'un grotesque au-delà de toute limite.

Il regarda Shivani et vit dans ses yeux qu'il avait raison de se sentir ainsi.

« Ils ne nous embêteront pas », déclara Madhav avec conviction avant de l'embrasser de nouveau.

Les crissements et l'agitation continuèrent. Il entendait la toux de l'intrus dans la pièce d'à côté. Il se résolut à l'ignorer.

« Pour qui se prennent-ils ? murmura-t-il avec ardeur, sa bouche caressant l'oreille de Shivani. On ne devrait *pas* être dérangés. »

La toux se fit de nouveau entendre et une fois encore, presque plaintivement. Cela ressemblait à une toux de femme. Après ce troisième toussotement, ce fut le silence.

Peu à peu, avec une persistance constante, les rayons du soleil se firent plus fort jusqu'à atteindre un blanc pur qui inonda la pièce et chassa le froid. Au milieu des couleurs éteintes et de l'air qui se réchauffait, Madhav sut enfin que l'intrus était parti. Il se mit debout.

« Où vas-tu ? demanda Shivani, qui avait glissé gracieusement de ses genoux. N'y va pas maintenant, on pourra aller voir plus tard ! »

Madhav se dirigea à grands pas vers la salle à manger. Shivani le suivit à contrecœur en restant un ou deux pas derrière.

Dans la salle à manger, un rideau s'agitait fébrilement sur le côté de la fenêtre brisée. L'intérieur de la pièce, à présent vide, témoignait de l'intrusion. La vaisselle était sens dessus dessous et les chaises avaient été déplacées. La table était en partie dénudée, la nappe rouge et blanche ayant glissé sur une partie. Sur le bois nu attendait un objet étranger, un sac en plastique plié.

« N'y touche pas ! s'écria Shivani. Reste éloigné de ce truc, *s'il te plaît* ! »

La peur dans sa voix était parfaitement compréhensible, néanmoins elle surprit Madhav. Il ne se souvenait pas avoir vu Shivani aussi effrayée. Habituellement, quand elle ne pouvait concevoir une réalité désagréable, elle s'en offusquait simplement. Et, habituellement, c'était lui qui devenait nerveux, bien qu'il masquât son inquiétude sous un humour ravageur. Cependant, et bien qu'il eût toutes les raisons de l'être ce matin-là, il n'était pas du tout effrayé. Il n'était même plus révolté. Il se déplaçait simplement. Comme emporté par le courant, il s'approcha de la table. Sans hésiter une seule seconde, il prit le sac. Il entendit les cris de Shivani qui lui demandait de le jeter par la fenêtre. À la place, en faisant extrêmement attention, il l'ouvrit.

À l'intérieur se trouvait une unique cassette audio, sans étiquette.

Il se retourna et vit Shivani accrochée à une chaise pour rester debout. Mais ses yeux sombres brillaient comme deux têtes d'épingle impitoyables.

« Pourquoi tu as fait ça ? s'enquit-elle doucement.

– Fait quoi ?

– Tu ne savais pas ce qu'il y avait là-dedans. Ça aurait pu te tuer. »

Il fut surpris de se rendre compte que Shivani avait raison.

« Je devrais être plus prudent, se réprimanda-t-il.

– Nous devrions tous les deux, reprit Shivani. C'est pour moi.

– Toi ?

– Oui, c'est pour *moi*, je le sens. Bon, très bien. Puisque tu l'as prise, passe la cassette.

– Quoi ?

– Joue cette foutue cassette ! »

Shivani se reposa contre le plateau solide de la table, les bras magistralement croisés en attendant que Madhav retrouve leur vieux lecteur de cassettes audio. Madhav, trop dérouté pour se donner du courage, resta à écouter, désarçonné, tel un homme sur le banc des accusés.

Un crépitement chaleureux se répandit dans la pièce, le silence éloquent d'un vieil enregistrement. Puis, un classique de la musique pop résonna, Abba. Ils avaient dansé sur ce morceau à l'université.

« *You can dance, you can jive, having the time of your life!* »

La musique envahit la pièce pendant deux minutes, emplissant l'air d'une atmosphère joyeuse qui était si inappropriée à la situation que Madhav sentit un rire de pure confusion lui gratter la gorge. Il était à la limite d'une crise d'hystérie quand Shivani se redressa et lui cria de rembobiner.

« Rembobine ! hurla-t-elle de nouveau. Rembobine au refrain !

– Le refrain ?

– Le refrain, oui ! La partie avec la *dancing queen* ! »

Il obéit. Les paroles se répétèrent fidèlement.

« *You are the Dancing Queen, young and sweet, only seventeen*
Dancing Queen, feel the beat from the tambourine… »

« Attends », Shivani leva une main en prévision. La chanson continua.

« *See that girl, watch that scene, digging the Dancing Queen.* »

« Tu as entendu ? demanda-t-elle.

– Quoi ?

– Remets la dernière phrase. »

Cette fois, il l'entendit correctement… ou plutôt ce qui se disait vraiment.

« *See that girl, watch that scene, killing the Dancing Queen.* »

« *Killing.* » Il n'y avait aucun doute. Le mot avait été changé. C'était chanté avec la même inflexion positive que l'original, le changement était donc difficile à entendre, mais cela ne fit qu'amplifier le malaise de cette découverte. Ils restèrent assis durant toute la chanson ; le reste était tel qu'il avait toujours été, mais à chaque refrain, le changement revenait. Quand la chanson fut terminée, la cassette devint silencieuse. Madhav la retourna pour jouer la deuxième face : la même chanson, avec le même changement.

« Je le savais, déclara Shivani, sans qu'aucun muscle ne bougeât sur son visage dur et impassible.

– Ce que ça signifie… » Madhav lutta pour prononcer ces mots. « Ce que ça signifie, on ne sait pas ce que ça signifie. »

Le dédain apparut soudainement sur son visage.

« Je le *sais* ! » Les larmes lui montèrent aux yeux. « Qu'est-ce que tu *crois* ? Ils veulent me tuer, t'as rien écouté ou quoi ? Ils veulent tuer la *dancing queen* ! Et tu penses que c'est *qui*, putain ? »

Il était vrai que Shivani maîtrisait à la fois le bharata natyam[5] et le ballet.

Madhav se prit la tête entre les mains.

« Je ne sais pas, répondit-il. Je ne sais rien, je n'arrive plus à penser.

– Fais un effort ! s'écria-t-elle. Tu m'as engueulée parce que je riais. Et maintenant tu… tu vas juste les laisser entrer et me *tuer* ?

– Mais pourquoi ils voudraient te tuer ?

– Parce que tout le monde le veut ! »

5. Danse traditionnelle tamoule. NdT

Reniflant furieusement, elle repoussa la chaise et sortit précipitamment de la pièce. Madhav la connaissait assez pour savoir qu'il devait la suivre.

Une fois qu'ils eurent tous deux bu un verre et qu'ils se furent accordé un peu d'espace chacun (lui installé dans un fauteuil et elle barricadée derrière les coussins du canapé), le calme s'était réinstallé. Le salon était baigné d'une lumière dorée et scintillante ; magnifique, ce qui témoignait d'une certaine sagesse, et animée, comme une oreille attentive devrait l'être ; la lumière parfaite pour une confession. Shivani ne se confessait pas, mais elle avait décroisé les bras. Elle parlait avec douleur des choses qui l'avaient blessée.

« Les gens haïssent les femmes comme moi, dit-elle. Tout les effraie chez moi. La manière dont je m'habille, dont je conduis, dont je danse, la manière dont je fume. J'ai dû supporter tellement de *conneries*… Chaque fois que ta femme de ménage me regarde, je me sens… facile. Comme une putain. Et il n'y a pas qu'elle qui fait ça… tout le monde. »

Bien entendu, leur condition de vie aisée n'était pas la norme sociale, mais Madhav ne s'était jamais rendu compte à quel point c'était difficile pour Shivani.

« Tout le monde, partout, tout le temps. Tu te souviens quand on est allés à Udaipur ?

– Ouais…

– Et ce n'était qu'Udaipur, ils sont courtois et tout, habitués aux couples en lune de miel. Ici, c'est dix fois pire.

– C'est une société patriarcale, dit Madhav.

– Sans blague, rétorqua-t-elle en allumant une cigarette.

– Je vais virer la femme de ménage », proposa-t-il.

Après une ou deux bouffées, Shivani continua :

« Je parie qu'ils parlent aussi dans mon dos à ton bureau. »

Madhav commença à démentir, mais elle l'interrompit.

« Oh, t'en sais rien, je parie qu'ils parlent tous de comment je suis une nana débauchée ! Salauds de moralisateurs. Rien sur toi, bien sûr, ce foutu deux poids, deux mesures. Et pendant ce temps, ils se branlent sûrement en pensant à moi… *Hot maal hai ya, yaar*[6].

– Mes collègues ne sont pas comme ça, dit gentiment Madhav. Je comprends si certaines personnes de l'équipe… » Mais Shivani le fit taire d'un geste de la main.

« Madhav, s'il te plaît, ne parle pas comme si tu avais six ans. Tu es en train de monter les échelons dans la haute société, les amantes ne sont pas les bienvenues là-haut. Surtout celles qui ont leur propre vie. C'est déjà beaucoup que je ne sois pas ton épouse, mais ajoute à cela la photographie, l'écriture, la *danse*, toutes ces choses qui n'ont rien à voir avec toi. Quelle égoïste je suis ! »

Son indignation croissante avait coloré ses joues en rose. Elle était féroce et belle. Madhav se donna quelques instants pour l'admirer. Elle était assise si naturellement parmi la multitude de coussins, elle lui faisait penser à un magnifique chat sauvage dans son habitat naturel.

Faisant tourbillonner le liquide doré dans son verre, il hocha la tête.

« Tu as raison, dit-il. Tu as raison, bien sûr. On vit encore au XIXe siècle en Inde. Quelqu'un comme toi, libérée comme tu es, tu es en avance sur ton temps. Mais écoute, la ville en général est peut-être détraquée pour les femmes – pas peut-être, c'est certain – mais au moins, on a *notre* groupe, non ? On a *nos* amis.

– Je parie que ce sont tous des hypocrites aussi ! »

Il resta silencieux pour laisser le temps à sa colère de diminuer et à ses pensées de se calmer. Mais elles se focalisèrent sur une idée terrible et particulièrement récente.

---

6. « Elle est très sexy, mon ami. » NdT.

« Ils veulent me tuer, Madhav.

– On ne sait rien », répondit dit-il, mal à l'aise. Mais il n'y avait aucune conviction dans sa voix.

« Oh, arrête de faire semblant », soupira-t-elle avec lassitude. Elle tapota sa cigarette pour faire tomber les cendres dans sa tasse de café matinale. Ses yeux étaient humides et Madhav crut pendant un instant qu'elle allait fondre en larmes. Mais quand la fumée quitta sa bouche en un mince filet bien dirigé, son regard était celui d'une femme prête à se battre.

« Je peux additionner deux et deux, dit-elle. Ces *senas*[7] ou je ne sais quoi sont tous des misogynes. Ils ont tous des idées débiles sur la culture indienne, ou peu importe comment ils l'appellent, et c'est sûr que je ne rentre pas dans leurs cases. Donc ils me ciblent. C'est simple.

– Mais ils en ont après moi, répondit Madhav. Je ne sais pas comment je le sais, mais je sais que c'est moi en particulier qu'ils veulent.

– Qu'est-ce que cela changera pour moi une fois morte ? C'est peut-être *après* toi qu'ils en ont, mais je fais partie de ta vie aussi, non ? S'ils essayent de t'atteindre à travers moi, alors quelle différence ? J'imagine qu'ils sont assez stupides pour croire que tu tiens à moi. On doit frapper en premier, continua-t-elle alors qu'il grimaçait. On doit frapper fort.

– Vinay a dit qu'il s'occuperait de ce Sachin.

– Je t'en prie ! Vinay est drôle, mais s'est-il déjà une seule fois bougé les fesses dans sa vie ? Sans parler d'une urgence comme celle-ci ? Il est obsédé par ses livres et ses films.

– Il a déjà fait des choses, répondit Madhav sans grande conviction. Des critiques, ce genre de choses. Mais peu importe, il a un bon réseau. Et il est en colère lui aussi. Il est sérieux là-dessus. En plus, il a des ressources. »

---

7. Des militaires. NdT

Il lui raconta alors la nouvelle maison de Vinay, avec ses fortifications pour la défense et son donjon pour le châtiment. Shivani lui fit remarquer que c'était la maison de Vinay, pas la leur. Cependant, contredisant ses accusations précédentes, et comme pour prouver que sa colère diminuait, elle ajouta :

« Dieu merci on a au moins le bon genre d'amis ! En as-tu déjà parlé au Secrétaire ?

– Seulement à toi et à Vinay.

– Qu'est-ce que tu attends ? Tu ferais mieux de le dire tout de suite au Secrétaire. »

Il acquiesça. C'était tout à fait sensé. Tout comme il acceptait la supériorité culturelle de Vinay, Madhav admettait que le sens pratique et stratégique du Secrétaire était bien supérieur à tous les autres. Et il s'agissait là d'un euphémisme. Le Secrétaire faisait partie de cette poignée d'hommes qui déterminait le destin du pays. Non seulement il avait les moyens nécessaires pour trouver et écraser ces assaillants, mais en plus il adorerait le faire.

Madhav regarda Shivani le regarder. Il pencha la tête, pour confirmer (pensait-il) leur compréhension mutuelle.

« Ne vire pas la femme de ménage, dit-elle brusquement.

– La femme de ménage ? Pourquoi pas ?

– Parce que qu'est-ce qu'elle fera après ? Aie un peu de cœur ! Et d'ailleurs, ils sont tous pareils. Tu devrais plutôt lui faire porter des œillères pour qu'elle se concentre sur son travail et ne regarde pas les choses qu'elle ne comprend pas.

– Ce n'est pas une mauvaise idée, déclara pensivement Madhav.

– Il y a un magasin qui en vend au centre commercial Jupiter.

– Au centre commercial, ironisa-t-il, là où tout le monde porte des œillères de toute manière. »

Ils se mirent d'accord là-dessus. Madhav déclara qu'il irait s'en procurer l'après-midi même et les donnerait à la femme de ménage quand elle arriverait le lendemain matin. Cette conversation autour d'une action concrète suscita un élan d'optimisme chez Shivani. Elle descendit du canapé et commença, au milieu de la désorganisation nonchalante du salon, à remettre les choses à leur place. Comme elle passait des canapés à la table basse jusqu'à la commode, son corps finement vêtu se balançait sur un rythme que Madhav ne ressentait pas. Une chanson traînait sur ses lèvres.

« Qu'est-ce que tu chantonnes ? » demanda-t-il enfin.

Elle était trop captivée par sa musique pour répondre. Une démangeaison péniblement familière troubla Madhav, comme l'irritation régulière de vêtements dans lesquels on se retrouve un peu trop à l'étroit.

« Je vais danser ! déclara Shivani. Je vais danser et danser et danser et merde, je me fiche de ce que les gens penseront. Je vais danser devant tout le monde, demain soir à la fête. Je ne me laisserai pas intimider par ces... *gens* ! termina-t-elle, magnanime.

– La fête... se souvint Madhav. Oh, oui ! La fête de Jon Carry est demain. »

Cela lui était presque sorti de l'esprit. Un cocktail était organisé le lendemain soir, en l'honneur de Jonathan Carry, dans le magnifique parc Gulmohar au cœur même du sanctuaire sauvage.

5
LE VOL ET LA CHUTE

Les étoiles étaient suspendues comme des lanternes dans la nuit, comme si elles avaient été réquisitionnées pour illuminer l'événement. Des lampes avaient poussé sur des tiges de fleurs qui émergeaient de la terre, illuminant de manière éclatante l'herbe couverte de rosée. Des hommes et des femmes se déplaçaient sur les pelouses dans une attitude languissante. Ils se promenaient calmement, bien qu'il y eût assez d'espace pour s'ébattre ; ils discutaient bien qu'ils fussent assez heureux pour crier. Ainsi dans leurs pas comme dans leurs discours, ils faisaient montre de l'abandon contenu qui est le symbole de la joie des adultes. Au-delà du périmètre des pelouses, l'épaisse forêt pulsait d'une vie confinée.

À l'une des extrémités du terrain était installée une scène et deux grands fauteuils superbement décorés y avaient été placés. Les trônes étaient dignes d'une jeune mariée et de son époux, mais leur disposition avait plutôt été pensée pour la conversation et pour le moment, deux hommes les occupaient. Ils échangeaient des propos laconiques, tout en acceptant les bons vœux de ceux qui s'approchaient d'eux (et ainsi, au fur et à mesure, de toutes les personnes présentes). Madhav s'avança pour saluer le Secrétaire et Jonathan Carry.

« J'espère, dit Madhav, que je n'interromps rien d'important. »

Le Secrétaire tourna son grand visage austère vers lui.

« Nous discutions du sens de la vie. » Sa voix sembla tonner dans la tête de Madhav.

« Oh, bien, dit-il en riant. Alors, tout va bien. »

Seule une personne ayant passé beaucoup de temps en compagnie du Secrétaire pouvait se rendre compte qu'il approuvait la blague. Ses sourcils épais s'étaient rejoints, marquant son front des sillons sombres d'un froncement de sourcils. Chez lui, cependant, c'était là un signe de bonne humeur. Au contraire, s'il avait souri, si ses joues s'étaient bombées de jovialité et si ses yeux pâles s'étaient illuminés d'une lueur dansante, alors son interlocuteur aurait eu des raisons de se méfier.

Jonathan Carry, observant sans comprendre les regards complices que les deux autres échangeaient, s'installa plus profondément dans sa chaise, en soupirant et en émettant un petit gloussement. On éprouve un certain confort à être joyeusement ignorant dans un environnement sécurisé et divertissant.

« Nous n'avons pas été présentés, mugit-il. Jon Carry.

– Bien sûr, répondit Madhav. J'ai lu tous vos livres. Je suis Madhav Tripathi. Je travaille au Ministère.

– Il travaille avec moi, ajouta le Secrétaire. Il est non seulement l'un de nos meilleurs jeunes agents, mais il est également auteur. Il a publié un livre.

– C'est merveilleux, déclara l'anglais avec une expression d'intérêt que l'on sentait particulièrement bien rôdée. Il faut que je me le procure.

– Bon, c'est de la fiction, expliqua Madhav. Un roman.

– Oh, je lis de la fiction. Je suis très intéressé par la fiction indienne. De quoi parle votre livre ? »

Madhav sentit le regard du Secrétaire peser sur lui. Il sut alors qu'il devait tout faire pour impressionner Carry.

« C'est une sorte de récit initiatique, dit-il, où l'on suit un jeune agent civil en Inde rurale. C'est *effectivement* autobiographique, mais sans que cela ne soit autocomplaisant, je l'espère. En tout cas, pas comme ces choses horriblement autocomplaisantes que l'on voit partout de nos jours.

– Dans un travail comme le vôtre, rétorqua Carry de manière perspicace, il doit y avoir un peu de place pour l'autocomplaisance.

– Tout à fait, dit Madhav. Et c'est également une très bonne manière d'observer. J'écris pour en apprendre davantage sur mon pays.

– C'est un pays fascinant.

– Le plus fascinant du monde », acquiesça Madhav.

Au même moment, comme pour lui donner raison, un grand gémissement retentit à travers la forêt. C'était un bruit que seules les bêtes pouvaient émettre. Un hurlement de douleur ou d'ineffable plaisir ? Impossible de savoir. Des vagues d'excitation lui firent écho sur les pelouses. Madhav savait déjà qu'il avait réussi le test. Son intuition sur ce genre de choses s'était révélée excellente lors de ses succès de ces dernières années, voire des années précédentes. C'était exactement ainsi qu'il s'était tenu, rayonnant d'une joie anticipée, quand ils avaient annoncé les médailles d'or à l'Université.

« Connaissez-vous mon agent, continua Carry, Nicholas Brand ?

– Bien sûr, répondit Madhav. Pas personnellement, cependant.

– Venez au lancement de mon livre dimanche prochain, je vous le présenterai.

– Ce serait formidable. »

Jonathan Carry hocha la tête puis, au lieu de s'adosser à son fauteuil, il se redressa. Au même moment, Madhav se rendit compte qu'il était vraiment très bel homme. Sa peau était claire et éclatante, comme si elle avait été polie plusieurs fois, et ses yeux d'un bleu perçant semblaient voir bien plus loin que les yeux des gens ordinaires. La couronne dorée, que Madhav voyait à présent posée sur le sommet de ses cheveux dorés, ne pouvait convenir qu'à un homme qui avait beaucoup atteint par lui-même et qui donnait généreusement aux autres.

Carry resta ainsi, avec l'autorité statique d'une idole sculptée. Madhav comprit ce qu'on attendait de lui, tout comme il avait compris enfant lorsqu'on l'amenait devant son grand-père et qu'on lui demandait de faire des adieux traditionnels. À chaque fois, ces génuflexions avaient blessé son orgueil, car la révérence qu'elles étaient censées exprimer n'était pas justifiée au vu du véritable mérite du vieil homme. Ce geste était irrationnel. Celui-ci ne l'était pas, bien entendu. Cependant, la difficulté d'alors comme de maintenant (bien qu'elle fût bien moindre maintenant), reposait dans la conciliation entre ses obligations et sa dignité. Madhav avait conscience de l'importance de ne pas « se prosterner devant l'homme blanc », cette affliction pathétique de tant de ses compatriotes. Il avait également conscience du regard du Secrétaire. Il ne voulait pas l'embarrasser d'une manière ou d'une autre par une maladresse.

Il opta donc pour une brève révérence, la main droite étendue vers les pieds de Carry, mais sans s'en approcher pour autant. Aussitôt le geste terminé, il sut qu'il avait fait le bon choix. Carry, réanimé, s'adossa confortablement. Le Secrétaire se pinça les lèvres.

« Venez, Madhav, dit-il. Laissez-moi vous offrir quelque chose de spécial. »

Il se redressa alors de toute sa stature, de son gigantesque mètre quatre-vingt-treize, tandis que la grande cape invisible de son autorité s'étendait sur la scène, les pelouses et même au-delà, couvrant même courageusement la ménagerie indisciplinée.

Son geste fit taire le bavardage des invités, tout comme celui d'un lion mettrait fin aux chants oisifs des oiseaux. Les voix se radoucirent. Les visages se tournèrent en signe de respect. Les cœurs se remplirent, sans aucun doute, d'amour ou de peur.

Épaule contre épaule avec ce grand homme, son sang bouillonnant de fierté, Madhav se dirigea vers le bar. Le barman le plus expérimenté leur accorda immédiatement son attention. Le Secrétaire fit un geste. Le barman hocha la tête et disparut.

« N'est-ce pas incroyable ? »

Une voix de femme avait retenti près de Madhav. Son nom lui revint, alors qu'il hochait de la tête pour la saluer. Meenakshi Triveni avait autrefois été éditrice d'ouvrages académiques. Elle rédigeait à présent une chronique pour le *Sunday magazine* dans lequel, semaine après semaine, elle donnait son opinion sur les événements du jour. Avec sa beauté arrogante et épurée, c'était là tout ce qu'il connaissait d'elle.

« Nous voici à vivre comme des rois, expliqua-t-elle avec amertume, alors que tout autour de nous, c'est la réalité, la lutte pure et sans artifice de l'existence ! »

Madhav prononça quelques mots sur le nouveau projet de réhabilitation du gouvernement en faveur des plus pauvres. Elle le regarda d'un air où se mêlaient à la fois pitié et dédain, une expression qui sous-entendait que seule sa très bonne éducation la retenait d'exprimer quelques jurons. Enfin, pensa Madhav, elle ne faisait que le regarder à nouveau, car il s'agissait là en réalité de son expression habituelle.

« *Essayez* vraiment de comprendre, Madhav. Ils sont tellement *plus nobles* que nous. N'avez-vous pas lu le livre de Samrat Sen ?

– Un très bon ouvrage, répondit Madhav.

– Je n'ai jamais vu une telle empathie, une telle ouverture d'esprit. Vous vous rendez compte sans aucun doute, après avoir lu le livre, qu'ils ressentent tout comme nous.

– Bien sûr, rétorqua Madhav. C'est pour ça que nous essayons de les aider.

– Nous prétendons savoir ce qui est le mieux pour eux. C'est une telle oppression ! Et vous, monsieur, j'ai un compte à régler avec vous tout particulièrement ! »

Elle avait assez de respect pour le dire avec gaieté. Mais elle était assez en colère pour le dire quand même. La silhouette massive du Secrétaire s'inclina pour signifier qu'il acceptait humblement la critique. Aux coins de ses lèvres, néanmoins, apparaissait le début d'un sourire.

« Bien entendu, je comprends, acquiesça-t-il gracieusement. Que souhaitez-vous boire ? »

Meenakshi Triveni avait déjà un verre à la main. « Les rangers sont des *brutes* ! » se plaignit-elle. Sa voix aigüe fut parcourue d'un long frémissement. « Et les gens comme *vous* les laissent faire ! Pourquoi les règles ne sont-elles pas renforcées ? Combien de pauvres créatures doivent mourir avant que quelqu'un ne soit finalement puni ? Vous le savez, bien sûr ! Cent trente-trois ! Morts de faim ! Cette négligence absolue…

– C'est honteux », l'interrompit le Secrétaire. Interrompre une telle femme n'était pas chose aisée. Il fallait le faire rapidement et fermement si on ne voulait pas souffrir. « Vous avez complètement raison, Meenakshi. Des têtes devront payer pour ce qui s'est passé. »

Elle était légèrement apaisée, flattée également, mais elle était loin d'en avoir terminé.

« Je suis contente de vous l'entendre dire. Je suis contente de voir que vous êtes d'accord. Mais c'est facile de le *dire*. » Elle se prépara pour un nouveau monologue passionné. « La difficulté est de *faire* quelque chose. Pour *faire*…

– Et moi, coupa le Secrétaire, je suis content que vous compreniez la difficulté. La nature est un endroit dangereux, en effet. Les rangers le savent mieux que vous et moi. Ce sont des bandits, il est vrai, ils saccagent ce qu'ils ont juré de protéger. Néanmoins, ils nous sont utiles. Vous voyez », dit-il avant de s'interrompre afin de mieux trouver ses mots. Au grand étonnement de Madhav, Meenakshi ne profita pas de l'occasion pour reprendre la parole. Elle se pencha plus près, à l'écoute. « Vous voyez, Meenakshi, continua le Secrétaire, l'environnement dans lequel nous vivons pose… des défis. »

Dans le silence qui suivit, les murs de la forêt semblèrent se rapprocher encore plus près d'eux. Les ténèbres nauséabondes s'abattaient sur eux, grouillantes de vermines, ravagées par les maladies, noyées sous les ombres. Madhav aperçut les silhouettes des créatures de la jungle ; des humanoïdes pitoyables, en partie homme indéniablement, mais les trois quarts de leur être était purement bestial, condamné, semblait-il, à lutter et à mourir dans la nature impitoyable. Il entendit leur cri, un renâclement, un crachat, un grognement suivi d'un hurlement. Et une lamentation : parmi ces mille voix cacophoniques, la seule note symphonique était une lamentation. Mais par-dessus tous ces sons, les mots clairs et maîtrisés du Secrétaire résonnèrent :

« Ce lieu n'est pas habitable. Pas même pour ces créatures, bien qu'elles y soient habituées. Ainsi, nous essayons de l'améliorer. Pour leur bien. Cela étant dit, Meenakshi… vos critiques sont les bienvenues. »

Elle clignait rapidement des yeux à présent. Elle marmonna quelque chose à propos de poussière dans ses lentilles de contact. En vérité, voir ce sanctuaire l'avait secouée. Elle avait cinquante ans, mais les années s'étaient soudainement évaporées, elle était redevenue cette jeune étudiante sensible et inexpérimentée qu'elle n'avait jamais réellement cessé d'être. Le cœur de Madhav s'adoucit soudain. En compagnie d'une telle femme, on avait toujours l'impression d'être de retour chez soi.

Un ranger arriva, lourdement et sans grâce, pour réclamer un verre. Un jeune barman commença à s'occuper de lui. Fidèle à sa tribu, le ranger était à la fois inadapté et grossier. Même pour un tel événement, il était habillé de son uniforme : un chapeau de Nehru, un kurta de couleur blanche (bombé à la taille), un fusil de chasse en bandoulière, pour lutter contre les braconniers, soi-disant. Meenakshi sembla ne pas le remarquer, mais elle attendit son départ. Puis, ses yeux retrouvèrent leur manque d'expression et elle offrit au Secrétaire un sourire qui avait dû être éblouissant dans sa jeunesse.

« Ils nous sont utiles, oui. Mais doit-on boire avec eux ? »

Sur ce, elle rit d'un gloussement continu et exubérant. Son rire était chaleureux, il rappelait la chaleur d'un salon confortable une nuit d'hiver, de couvertures duveteuses et de vacances ensoleillées, de beaucoup d'amour reçu et, en retour, eh bien, aucune mauvaise intention. Un petit rire empli de fierté et de vulnérabilité, bien plus attachant, pensa Madhav, que les excuses auxquelles il se substituait.

Le Secrétaire ne rit pas.

« On peut rester ici, dit-il, et discuter de ces points de manière adulte. C'est là, la réussite dont nous devons être fiers. Rien de tout cela… », il balaya la fête d'un geste de la main. « Ce sont là les valeurs que nous devons répandre, aussi loin que nous le pouvons. La liberté d'expression. Le débat. La raison.

– La civilisation », résuma Meenakshi.

Le barman expérimenté revint avec deux verres contenant un liquide bleu très clair. Le Secrétaire prit un verre dans chaque main.

« Profitez de la soirée », ordonna-t-il à Meenakshi. Elle rit de nouveau. Elle voulait, comprit soudainement Madhav, leur parler plus amplement, finir la conversation sur une note plus amicale et moins formelle, pour éponger sa soudaine solitude, mais il savait qu'il n'y avait pas le temps pour ces subtilités. Il suivit le Secrétaire et plongea au cœur de la fête.

Le cocktail lui était inconnu. La première gorgée descendit dans sa gorge comme une bouffée d'air étincelante. Il ne ressentit pas du tout l'alcool.

« J'aime ce genre de personnes, lui disait le Secrétaire. Ils batailleront avec nous, encore et encore, mais sans jamais faire couler le sang. Cet homme, en revanche… »

Il regardait Krishnan, qui passait près d'eux. Krishnan, le journaliste par excellence, le défenseur acerbe de la justice, qui passait la moitié de l'année dans les forêts en compagnie de ces créatures, qui pouvait regarder n'importe quelle malfaisance et la condamner droit dans les yeux. C'était un homme au visage d'acier et aux cheveux gris fer, il rôdait sur les pelouses dans un flamboiement d'énergie crépitante qui lui permettait de se tenir à distance de la fête.

« Quand S. Krishnan frappe, continua le Secrétaire, il fait couler le sang.

– Il est formidable, acquiesça Madhav.

– C'est pourquoi c'est un allié aussi fantastique.

– Je n'en suis pas si sûr, rétorqua Madhav. Je veux dire… il est constamment en train de critiquer la bureaucratie. »

Quelqu'un faisait signe à Madhav. C'était Vinay – quelle fête serait réussie sans Vinay ? Quelques instants plus tard, Madhav observa son ami dandy, dans son pantalon en lin blanc, dire quelque chose qui transforma soudainement Krishnan le lion en chaton. Le journaliste éclata de rire.

« Un critique obstiné, dit le Secrétaire, est un allié obstiné, si on arrive à le ranger de notre côté. »

Madhav but une autre gorgée.

« Quelle est cette boisson ?

– Il nous sera utile, vous verrez. » Le Secrétaire se tut et fit glisser quelque chose de son poignet. « Il nous sera utile pour s'occuper de votre problème. »

Il regardait ailleurs à présent, de l'autre côté des pelouses occupées.

« Vous êtes au courant ? s'enquit Madhav. Je voulais vous en parler. Mais vous êtes déjà au courant ? »

Une exaltation inimaginable bourgeonna en lui.

« Bien sûr que je suis au courant. »

Il ne s'était pas du tout rendu compte ! Il n'avait pas pris conscience à quel point ses inquiétudes avaient profondément planté leurs griffes dans son âme, jusqu'à maintenant, où il les sentit se desserrer et lâcher prise. Ce ton ironique et décontracté ! Cette moue de bonne humeur facile ! Les renforts étaient arrivés ! Ils avaient été là tout du long ! L'angoisse dissimulée, voire niée, qu'il ressentait à l'idée que son allié le plus important pourrait être en réalité trop faible, se révélait n'être que l'inquiétude infondée et ignorante d'un enfant qui devait encore apprendre que ses parents sont en réalité les personnes qui prennent soin de lui. Le sentiment incontrôlable que tout allait bien se passer l'étreignit tout entier, accompagné d'une honte bienvenue : comment avait-il pu imaginer quoi que ce soit d'autre ?

« Buvez », dit le Secrétaire.

Rougissant d'obéissance, Madhav leva le verre jusqu'à ses lèvres. Mais il eut à peine le temps de les mouiller avant de devoir le baisser de nouveau pour accueillir l'étreinte imminente d'une silhouette corpulente aux lunettes dorées.

« Mon cher ami ! » s'exclama le nouveau venu. Madhav grimaça à cette embrassade trop serrée qui froisserait son costume et aux vapeurs montantes d'un parfum écœurant de rose. « Très cher ami », murmura l'homme avant de l'examiner en émettant des murmures appréciatifs et en remuant ses lèvres charnues. Il s'agissait de Atul Pradhan, un homme d'affaires à qui Madhav avait délivré ses différentes licences plusieurs années auparavant et qui avait étendu son empire du cuir dans dix États différents depuis. Pour autant, son anglais ne s'était pas amélioré.

Ayant prouvé tout son amour, il fit comprendre, par le même biais, qu'il était particulièrement déçu. Madhav n'avait pas donné de nouvelles. Leur relation n'était pas aussi chaleureuse que l'exigeait leur affection mutuelle.

« Pourquoi ? rit Madhav. Vos licences ont-elles besoin d'être renouvelées ? » Il savait que Pradhan ne maîtrisait pas assez la langue pour comprendre la blague. Si cela avait été le cas, il aurait été offensé et après tout, c'était un homme puissant. Ils mêlèrent leur rire insignifiant, l'écume de la cordialité.

« Alors, comment vont les affaires ? » demanda Madhav. Que pouvait-on demander d'autre à ce genre de personnes, pensa-t-il.

Mais Atul Pradhan ne l'entendit pas de cette oreille. Ses yeux brillaient d'une lascivité bienveillante, une expression qu'il avait l'habitude de prendre envers le sexe faible.

« Où est votre épouse ?

– Elle n'est pas mon épouse. »

Madhav lui lança un sourire moqueur, déguisé en camaraderie. Accompagnant sa réponse d'un regard lubrique qui voulait se faire passer pour de la sophistication, Pradhan reformula :

« Votre amie. Où est-elle ? »

Où était-elle ? Elle dansait. Madhav l'aperçut alors : une silhouette tourbillonnante et téméraire parmi toutes les robes de soirée. Des serpents de lumière se tortillaient librement dans la piscine, et elle faisait de même au bord. Les visages des spectateurs étaient subjugués de plaisir et d'étonnement, aussi bien ceux des personnalités mondaines que ceux des hommes importants et des femmes élégantes. Personne ne faisait ce genre de choses, excepté Shivani.

« Quelque part par ici », répondit Madhav.

Il se rendit soudain compte que Pradhan n'avait même pas fait attention à la présence du Secrétaire. Cela en disait long à la fois sur la discrétion du Secrétaire et sur l'ignorance de Pradhan. S'il avait ne serait-ce qu'un minimum d'érudition, il aurait reconnu le visage de l'homme qui participait à chaque événement culturel d'importance. Mais ce n'était qu'un homme d'affaires.

Alors même que Madhav s'apprêtait à faire les présentations, le regard de Pradhan se tourna plutôt vers un nouvel arrivant.

Un homme aux lunettes sombres et arborant une barbe de trois jours émergea joyeusement parmi eux. Lui, au moins, savait qui saluer en premier.

« Danesh », salua le Secrétaire qui saisit la main qu'on lui tendait. Madhav le connaissait également. Danesh Khan, le brillant jeune réalisateur, la voix (disait-on) d'une nation, longtemps entravée et à présent sur le point de prendre son envol. Enfin, seulement si les potentats des castes et de la religion lui permettaient de s'exprimer.

Soudain, ils se retrouvèrent au cœur des discussions habituelles.

« Quand les spectateurs arrivent enfin à maturité…

– Le pays n'est pas prêt pour des films adultes.

– On ne peut rien dire sans qu'un fou proteste.

– En fait, je blâme les cadres. Si on met de côté les groupes de lunatiques, les spectateurs sont en réalité plutôt évolués.

– Mais qu'est-ce qui ne va pas avec les numéros d'article ?

– On oublie la vraie Inde.

– Oh, tout ça ne tourne qu'autour de l'argent. »

S'ensuivit une scène amusante. Pradhan prit Danesh à part et, les yeux emplis d'étoiles et en s'exprimant de manière tout à fait détendue, lui confia une idée qui lui était chère depuis longtemps pour produire un « blockbuster » au succès inévitable. C'était l'histoire d'un jeune homme d'une petite ville, né dans un endroit où les scooters Bajaj étaient le seul moyen de locomotion. Mais, à la force d'un travail acharné, sans parler d'un certain génie, ce jeune homme parvenait à s'élever dans les rangs de l'économie jusqu'à devenir propriétaire d'une flotte de voitures de sport et patron d'un grand empire économique entouré, bien évidemment, par des centaines de femmes désirables.

Le jeune Khan dissimulait son rire derrière son verre de vin et quelques commentaires désinvoltes qui, quelle que soit leur signification, étaient prononcés dans un anglais assez parfait pour que Pradhan continue de hocher la tête. Madhav riait aussi et entre deux intenses gloussements, il prenait de petites gorgées de son verre. Le Secrétaire regardait avec indulgence.

Puis, un murmure se fit entendre du côté de la piscine. Il fut suivi du bruit d'un plongeon et d'un ensemble de cris. Madhav sut, sans même regarder, que Shivani s'était jetée à l'eau. Il sentit, tourné vers lui, Pradhan se délecter de cette surprise et fit tout pour l'ignorer. Même si aucune réprobation ne pouvait étouffer la lubricité de l'homme d'affaires. Il abandonna sa rêverie et se précipita bouche bée vers la jeune femme bien réelle. Bien qu'il feignît tout désintérêt, Khan se dirigea dans la même direction.

Le Secrétaire et Madhav les regardèrent partir.

« Des idiots prétentieux, déclara Madhav. Si on avait besoin d'une preuve que le goût ne s'achète pas...

– Oui, répondit le Secrétaire. Néanmoins, il a raison. L'histoire de sa vie est bien le blockbuster de notre époque.

– C'est d'autant plus dommage, soupira Madhav. En fait, ajouta-t-il, je ne crois pas. Le succès des hommes comme Pradhan est une bénédiction mitigée, mais je suppose que *cela reste* une bénédiction.

– Pour vous, également. Dans toute bataille, l'argent est un allié vital. »

Les pelouses pullulaient de vie à présent ; la fête battait son plein. Madhav passa en revue ces visages familiers qui prononçaient des phrases familières. Il pencha son verre vers ses lèvres et le liquide bleu ciel glissa le long de sa gorge.

« Khan est également un avantage, continua le Secrétaire. Il a lui-même dû se battre contre ce genre de groupes.

– Mais il a cédé, non ? Il a effectué toutes les coupes que la droite exigeait.

– Il a fait les coupes, acquiesça le Secrétaire, mais en protestant. Il a mis en lumière leur haine étroite pour ceux qui ne partagent pas les mêmes croyances. Il a conquis le cœur du public. Et le cœur du public est un ami très cher. Khan n'a pas cédé en silence.

– Je ne veux pas céder tout court, contesta Madhav.

– Bien sûr que non. » Le Secrétaire se mit à rire, cette pensée l'avait offensé. « On doit tous choisir nos batailles. La vôtre est une question de vie ou de mort. »

Madhav entendit cette terrible sentence à travers la brume grandissante de l'alcool. Il se sentait léger et vif, et ce ne fut pas l'inquiétude qui l'amena à poser cette question, mais plutôt une sorte de formalité :

« Vous pensez vraiment que c'est si sérieux ? »

Un chant s'éleva quelque part dans la fête. *Rise and shine*, chantait quelqu'un, *Fly Fly Fly, Ever so Hiiigh*. Madhav ne reconnut pas la musique, mais elle était assez agréable et correspondait plutôt bien à son humeur.

« Quel bazar, grimaça-t-il. Mon Dieu, ces gens… Som Bakshi ! L'omniprésent Bakshi ! Comment ai-je pu le rater ? »

Il était bien là, mais quand ne l'était-il pas ? Gros et élégant dans un costume trois pièces, avec ses cheveux bien coiffés, un verre toujours vissé à la main, la tête en arrière riant à tue-tête et flattant Jonathan Carry. Bakshi, qui était né pour briller sous les projecteurs et n'avait rien appris depuis, à part l'art difficile de rester sous leur lumière. Bakshi, qui s'était forgé une carrière en venant à ces fêtes où il flattait les egos et fournissait des extraits des chaînes d'informations britanniques.

« Est-ce qu'il se *voit* parfois ? se demanda Madhav. Enfin, je sais bien que tout le monde entretient ses relations, mais *ce* gars…

– Oui, rétorqua le Secrétaire. Mais en ce moment, dans cette bataille, il est aussi un allié.

– Pas lui ! protesta Madhav.

– Vous êtes distrait, dit le Secrétaire. Vous êtes heureux, c'est bien. Finissez votre verre et vous vous sentirez encore mieux. Mais l'ennemi vous observe tout le temps. Ne sous-estimez pas même le plus insignifiant fantassin de votre propre armée. Même un idiot comme Bakshi se battra contre la tyrannie.

– Il se battrait comme un idiot, répondit Madhav.

– Et même alors, il serait utile. »

Puis le Secrétaire vida son verre et s'éleva de quinze centimètres dans les airs. Et Madhav s'aperçut que, partout sur les pelouses, comme pour répondre à une sorte de signal instinctif, les invités faisaient de même. Le succès n'était pas au rendez-vous pour tout le monde, bien entendu. Pradhan flottait confortablement ; le jeune Danesh s'en sortait très bien, s'élevant presque aussi rapidement que le Secrétaire lui-même. Tout comme Krishnan, mais Krishnan se fichait de voler, Krishnan était sur le départ. Puis, Bakshi, se débattant de tout son être, quelques centimètres à peine au-dessus de l'herbe, riant de manière rauque dans une tentative évidente de cacher sa honte. Madhav finit son verre et se projeta pour rejoindre la fête.

Tout le monde était plus à l'aise au-dessus du sol ; les gens étaient plus gentils et plus supportables en proie à leur extase commune. Les conversations légères et décontractées filaient dans les airs ; les rires s'élevaient et les blagues se révélaient trop privées et désinvoltes pour avoir besoin d'être terminées.

« Que pensez-vous du nouveau blockbuster de Shah Rukh ?

– Et donc, avez-vous lu le papier d'Anand dans *EPW*[8] ?

– Apparemment, elle a *enseigné* l'anglais autrefois… dans une vraie université…

– J'ai entendu dire que baba faisait une autre grève de la faim. J'espère que cette fois ils le laisseront réussir.

– Madhav ! Quand reviendrez-vous au village pour sauver nos pauvres paysans ? »

Madhav rit de bon cœur. Il n'y avait nul besoin de répondre bien entendu, surtout que son interlocuteur s'était déjà évanoui dans la nuit.

---

8. *Economic & Political Weekly*, journal indien indépendant. NdT

Il aperçut Shivani qui se faufilait dans les airs vers lui, ses hanches se balançant de manière déterminée et sensuelle. De petites gouttes d'eau dégoulinaient encore de ses joues ; ses cheveux n'étaient pas encore tout à fait secs non plus, mais elle séchait rapidement bien au-dessus du sol. Elle vint à lui, son visage rayonnant de succès, ses nerfs, il le savait, attendant d'être calmés.

Madhav prit sa main. Pendant un instant, il eut la sensation qu'ils étaient seuls au monde, loin au-dessus de la forêt sombre et nauséabonde, séparés également des invités scintillants, libres de tout labeur et de tout raffinement. Véritablement libres !

« Tu passes une bonne soirée ? demanda Madhav.

– Oui.

– Tu as dansé ?

– Oui, j'ai dansé.

– Tu es superbe. »

Elle hocha la tête et regarda ailleurs. Un fort pincement de contrariété le saisit.

« Ouais, tu leur as bien montré, hein ?

– Pardon ?

– Tu as donné un sacré spec… »

Mais elle n'écoutait pas. Ses yeux sondaient la foule au-dessus du sol. Ils s'arrêtèrent et se rapprochèrent quand elle eut repéré sa cible. Puis, elle dansa un peu le shimmy, un pas tout particulièrement léger quelques centimètres au-dessus du sol, pour que tout son corps pût se détendre, avant qu'un sourire ne vînt s'épancher sur ses lèvres, où il s'y fixa.

« Allons parler à Carry. J'ai besoin de lui parler. »

Ennuyé, Madhav résista à la pression de sa main.

« Si tu veux juste flirter encore…

– Ne sois pas bête ! Il fait partie du comité d'organisation du Festival des Arts le mois prochain, à New York. C'est toi qui n'arrêtes pas de me dire d'être plus maligne sur ces choses-là ! »

Ils glissèrent dans les airs, main dans la main. Madhav sentit les regards vacillants d'un grand nombre d'invités qui flottaient près d'eux, empreints d'admiration ou de jalousie. Il eut le grand plaisir de tomber sur Som Bakshi qui saisissait verre après verre de ce liquide bleu sur le plateau d'un serveur (s'il s'agissait bien d'une liqueur). Mais malgré tout l'alcool consommé, il restait collé au sol. De toute évidence, cette liqueur ne pouvait que stimuler la capacité innée à s'élever.

Et quelle merveilleuse sensation était-ce là. Madhav prit de profondes inspirations d'un air froid et propre et remua les pieds pour profiter du pur bonheur qu'était ce sentiment de déracinement. Le seul inconvénient à flotter au-dessus des pelouses était l'incapacité d'accéder à la nourriture, car les serveurs, bien entendu, étaient coincés sur l'herbe. Cependant, une solution était en train d'être mise en place. Une échelle avait été installée sur le côté de l'arbre le plus haut. Les serveurs prenaient position sur différents échelons pour servir la nourriture aux invités à toutes les hauteurs.

Jon Carry, daignant descendre de quelques mètres, prenaient les brochettes tout en haut de l'échelle. Le Secrétaire l'accompagnait. Son gigantesque corps tourbillonnant semblait vraiment être dans son élément à présent. Soudain, Madhav se rendit compte que si la corpulence du Secrétaire semblait être parfois démesurée, ce n'était en rien sa faute, mais celle de la mesquinerie de la vie terrestre, des quatre murs intérieurs, des petites tables, des petites chaises et du sol toujours si intrusif sous les pieds. Posséder une telle carrure demandait un espace adapté, comme seul le ciel ouvert pouvait le proposer.

Shivani fonça sur la figure couronnée et embrassa Carry sur les deux joues.

« M'avez-vous vu danser ? »

Il hocha la tête joyeusement. Ses pâles joues s'étaient légèrement colorées là où les lèvres de Shivani avaient déposé un baiser. Sur ses propres lèvres flottaient un sourire chaleureux, une acceptation inconditionnelle de toutes les nouvelles grâces que la fête lui apportait.

« Ce que vous avez vu, ce n'était rien, continua-t-elle. Je fais du bharata natyam et du ballet depuis plus de quinze ans. J'adorerais participer au Festival des Arts.

– Le Festival ! grogna Carry. Ah ! Eh bien… vous savez comment c'est… tout est déjà planifié, vous savez.

– Oh, je suis sûre que vous trouverez une petite place pour moi… je ne prends pas beaucoup de place, vous savez ! Je suis une toute petite femme, comme vous pouvez le voir ! »

Carry rit.

« Connaissez-vous mon compagnon ? Bien sûr que vous le connaissez ! Madhav Tripathi. » Elle le poussa en avant. « Il travaille au Ministère, il est… »

Madhav se sentit plus léger que jamais tandis qu'il souriait à Carry, en solidarité avec Shivani. Carry fit un large sourire.

« Oui, on m'a dit qu'il volait très haut. »

Shivani lévita tout droit. En levant sa jambe gauche, elle commença à faire une pirouette. Son lehenga[9] rouge retomba avec aplomb, bien que tout son corps tînt uniquement en tremblant sur l'axe de sa rotation. Elle tourbillonna avec succès une fois, puis deux et au troisième tour, elle trébucha gravement. Rattrapant sa chute d'une révérence rudimentaire, elle redescendit au niveau des hommes et les regarda droit dans les yeux.

« Moi aussi, commença-t-elle avant de reprendre son souffle, je vole très haut. J'ai juste besoin d'entraînement. »

S'enveloppant d'un mystérieux sourire, Carry échangea un regard avec le Secrétaire, dont l'expression ne révélait rien d'autre qu'une entière attention. Madhav sourit également. Shivani lui

9. Jupe longue brodée et plissée. NdT

jeta rapidement un regard fier et plein de triomphe, avant de se diriger vers l'échelle la plus proche pour prendre un verre.

Le serveur qui s'occupait de l'échelle avait peut-être été émerveillé de ce qu'il venait de voir, car il lui offrit un verre contenant une petite attention. Elle saisit le verre sans le regarder lui et tendit ses lèvres pour boire. Mais son geste fut arrêté.

Le verre vola dans les airs et se brisa avec fracas sur l'herbe tout en bas. Le serveur eut le souffle coupé quand le Secrétaire le plaqua, lui et son uniforme, contre le tronc du grand arbre.

C'était un homme maigre au teint cireux, ses lèvres étaient fines et sa carrure chétive. La force du geste du Secrétaire avait vidé tout air de ses poumons, il ne pouvait faire rien d'autre que gémir.

Un terrible silence s'était abattu. Madhav, Carry et Shivani étaient trop étonnés pour parler. Pendant ce temps, le Secrétaire attendait que sa victime retrouvât son souffle. Il patientait, sans aucunement relâcher la pression dans l'unique bras qui avait éjecté le serveur de l'échelle. Dans la nuit environnante, d'autres invités remarquèrent la scène et réagirent avec obéissance au calme absolu du grand homme.

« Pour qui travailles-tu ? » déclara enfin le Secrétaire.

L'idée persistante de Madhav que le Secrétaire venait d'attaquer un homme innocent s'effondra avec choc et étonnement quand le serveur releva les yeux. Ces derniers brillaient d'une lueur fanatique.

« Pensais-tu que personne ne le remarquerait ? demanda le Secrétaire. Pensais-tu que je te laisserais empoisonner nos invités ? »

Un sourire horrible, plein de douleur et tordu de plaisir, contorsionna le visage du serveur.

« Oui », répondit-il.

De l'obscurité sous leurs pieds s'éleva un gémissement. Ce n'était pas la lamentation mélodique des créatures de la forêt.

C'était un écho de surprise, mêlé d'une colère indignée et bredouillante. Som Bakshi était plié en deux, perdant les quelques centimètres qu'il avait réussi à gagner. Il tomba dans une exclamation pathétique, comme la plainte d'un homme plein à craquer. Puis, il resta immobile sur l'herbe.

« Je vous couperais les ailes, madame. »

Le discours du serveur était étrangement fluide, étrangement puissant, alors qu'il regardait par-dessus l'épaule du Secrétaire.

« Je les tordrais. Je les enchaînerais. Je vous ferais la grâce de vous faire revenir sur terre. Je… »

Sa voix fut étouffée sous la poigne des doigts du Secrétaire.

« Pour qui travailles-tu ? répéta le Secrétaire.

– Nous sommes, répondit le serveur dont la respiration se faisait à présent sifflante, sans mesure. Nos membres sont illimités. Où que vous alliez… » Il fixa soudainement Madhav droit dans les yeux. « … nous vous trouverons, où que vous vous cachiez. Mais je vais vous donner un nom. »

Où étaient ses mains ? Elles avaient glissé le long de son estomac. Soudain, Madhav perçut le renflement sous la veste du serveur.

« Siddharth Pant, siffla-t-il en libérant le pistolet. Madhav ouvrit la bouche pour crier, mais le Secrétaire fut encore bien plus rapide.

En un seul mouvement, il lâcha l'homme et, alors qu'il tombait, il arracha violemment l'arme de sa main. L'homme chuta, plongeant rapidement vers sa mort.

6
LE CONCLAVE

Les lumières de la fête s'éteignirent. Dans le noir, Madhav sentit un poids lui étreindre le cœur, une angoisse croissante. Des visages sombres flottaient près de lui. Un maître d'école qui l'avait giflé, un garçon qui l'avait harcelé… avant de tous disparaître. Mais ce Quelque chose restait… il n'y avait aucun doute à présent. Qu'était-ce ? Quelle était cette forme ? Il ne la ressentait que comme une très vaste et cruelle agitation dans les ténèbres. Pouvait-elle parler… respirait-elle ? Il n'aurait su dire.

Cela faisait peut-être très longtemps que ces événements s'étaient déroulés, mais il savait seulement qu'il se trouvait à présent dans la salle de réunion du château de Vinay. Une table en chêne occupait toute la longueur de la pièce et à partir du haut des immenses colonnades jusqu'au sol s'étendaient des vitraux, flamboyant dans les dernières lueurs du jour. De la nourriture et des boissons jonchaient la table ; le Secrétaire, en bout de table, mangeait calmement. À côté de Madhav, Vinay arrachait sauvagement des bouts de pain beurré et Shivani sirotait une boisson dans un très large verre. Pradhan était là, son corps compact et bien habillé était penché dans une attitude d'extrême concentration, affamé d'autre chose que de nourriture, bien plus sobre qu'il n'était possible de l'être. Krishnan était là, sa crinière grise partait dans tous les sens, ses bras étaient croisés sur sa poitrine comme un juge sans aucun biais. Le jeune Khan, qui avait peu d'appétit, était enfoncé dans un fauteuil, habillé d'un kurta blanc et d'un jean, nettoyant soigneusement ses lunettes avec un demi-sourire avisé.

Dans un coin de la pièce, accompagné de deux subordonnés en uniforme assis à part, était également présent ce soir-là un homme corpulent aux yeux larmoyants, aux joues tombantes et à la coupe en brosse. C'était, comprit Madhav, le Commissaire de Police et il se tenait debout.

Ils avaient identifié (dit le Commissaire) le jeune journaliste responsable de l'enlèvement de Madhav. Son nom était Sachin Menon et il vivait dans un petit barsaati dans le nord de la ville. C'était là que les policiers s'étaient rendus : quatre d'entre eux, dont les deux présents. L'affaire aurait dû être simple : une conversation, une arrestation, un interrogatoire. Sachin était un homme éduqué, jeune, avec toute la vie devant lui. Il aurait dû coopérer.

« Ces gens, déclara le Commissaire, ne sont ni plus ni moins que des terroristes. »

Au début, Sachin avait été docile. Il avait laissé entrer les hommes sans protester. L'unique pièce de son lieu de vie était un bazar de vêtements, de papiers et de fils emmêlés. Il leur avait fait de l'espace sur le lit et s'était lui-même assis sur le sol. Il leur avait demandé ce qu'il pouvait faire pour les aider.

Le Commissaire tourna ses yeux larmoyants vers Madhav. « Puis, ils ont prononcé votre nom. »

Sachin avait avoué l'enlèvement. Plus que ça, il le leur avait raconté. Il en était fier. Il avait assuré aux policiers qu'il le referait. Ils lui avaient demandé s'il savait que cela constituait un crime. Il avait répondu que c'était un honneur.

Le Commissaire s'arrêta et but une gorgée d'eau. Ce mot désuet, « honneur », résonna dans la longue pièce. Le Secrétaire leva les yeux de son assiette.

« Et qu'ont dit vos hommes ensuite ?

– Ce qu'ils ont dit ? répondit le Commissaire. Ils l'ont giflé. »

Danesh Khan fut le premier à émettre un petit rire. Quelques instants plus tard, son gloussement se répandit dans l'assemblée, un exutoire bienvenu à leurs nerfs tendus. Ils remuèrent tous calmement dans leur chaise. Tous, à l'exception du Secrétaire qui continua de manger en fronçant gravement les sourcils.

« Nos bons vieux hommes en kaki ! s'exclama Khan. Ils perpétuent bien leurs traditions ! »

Une agréable pénombre remplissait la pièce ; la splendeur colorée des motifs des vitraux s'effaçait doucement. Cachées dans les motifs, on pouvait apercevoir des silhouettes : une plaisanterie de Vinay. Madhav se souvint de l'endroit où il lui avait montré « la Sainte Trinité de nos compatriotes » : un billet de roupie, un visa américain et une silhouette blanche nue. Il pouvait encore clairement les voir.

Dans leur recoin, les visages des deux policiers restèrent sombres tandis que le Commissaire continuait.

Sachin avait répondu à la gifle par un nouveau discours enflammé. Il avait commencé à crier. Ils pouvaient le frapper aussi fort et aussi souvent qu'ils le voulaient, les attaques continueraient. Ils ne savaient pas à qui ils avaient à faire. Ils pouvaient faire ce qu'ils voulaient, cela ne ferait finalement aucune différence. Madhav allait être pourchassé, avait-il déclaré. Madhav allait être tué.

« Est-ce bien vrai ? demanda calmement le Secrétaire.

– J'en ai bien peur », répondit le Commissaire.

Madhav entendit un bruit. Il mit un moment à se rendre compte qu'il était sorti de sa propre gorge. Tous les yeux de l'assemblée étaient tournés vers lui, partageant la même expression de gravité et la même inquiétude.

« Je ne l'ai rencontré *qu'une fois*, dit-il presque en riant. Une fois de toute ma *vie* !

– Ils sont fous, dit Vinay. Complètement fous. »

Les policiers l'avaient plaqué au sol. Ils lui avaient demandé pour qui il se prenait. Ils l'avaient informé de son arrestation. Ils l'avaient de nouveau giflé pour lui faire entendre raison. Puis, ce jeune homme au teint frais, ce journaliste érudit, ce trafiquant de discours et de rapports, les avait frappés en retour.

Les subordonnés du Commissaire étaient visiblement mal à l'aise alors qu'il racontait la suite des événements. Ils étaient tout aussi jeunes ; ils ne devaient pas encore être étourdis par les années d'exercice.

Sachin avait redoublé les attaques maniaques. Il leur avait lancé une chaise. Il les avait manqués de peu avec un verre à moitié plein de rhum, mouillant le mur derrière son lit. Il leur avait même jeté un coussin. Pendant tout ce temps, il entonnait un seul mot : « Meurs ! Meurs ! Meurs ! Meurs ! » Ce ne fut que lorsqu'il les chargea, les yeux fous, muni d'une batte de cricket levée au-dessus de sa tête, que les hommes avaient été dans l'obligation d'ouvrir le feu.

Sachin Menon était mort, lors d'une confrontation regrettable, mais inévitable. C'était, conclut le Commissaire, le dernier événement en date dans l'affaire ouverte par Madhav Tripathi.

« Merci », dit le Secrétaire presque immédiatement après la fin du rapport de l'homme. Il ne semblait ni troublé ni surpris. « Le conclave prendra en compte ce nouveau développement, avec les autres. Mais avant que nous ne commencions et dans le but d'aider la discussion, je voudrais expliquer la situation telle que je la perçois. »

Ils rassemblèrent leurs pensées tandis que le timbre sonore du Secrétaire se mélangeait doucement à la nuit qui tombait.

Au-dessus de leur tête, les lumières d'un chandelier se mirent à briller, ses nombreuses ampoules bulbeuses s'allumèrent soudainement. Tout était calme dans la pièce. Aucun des sons de la rue ne pénétrait les épaisses fenêtres. L'air était un terrain fertile pour se concentrer, mais aussi, alors que la soirée s'écoulait lentement, pour l'épanouissement d'un débat, pour le germe de ses pousses et la naissance de ses branches.

« Nous sommes rassemblés ici, commença le Secrétaire, pour discuter d'une menace, posée par un certain groupe, une certaine organisation, dont nous ne connaissons l'existence que depuis peu. Nous ne savons pas le nom de cette organisation, ou même si elle en possède un. Nous n'avons pas idée de sa taille, bien que certains de ses membres clament qu'ils sont très nombreux. Jusqu'ici, nous avons pu observer leur capacité à frapper à des endroits différents, d'abord en infiltrant différents groupes sociaux. Ils ont également agi avec une violence implacable. Les membres de ce groupe veulent tuer. Ils attaqueront plutôt que de se faire arrêter. Ils refusent de se rendre aux forces de l'ordre.

» Leurs motivations ne sont pas évidentes. Nous n'avons entendu aucune exigence spécifique de leur part, pour de l'argent ou quoi que ce soit d'autre. Nous savons seulement que ce sont de grands et effroyables fanatiques. Ils partagent une haine absolue pour la liberté d'expression, la liberté de saisir sa chance, le progrès, le talent, les réussites individuelles sous toutes leurs formes. Ainsi, tous ceux qui soutiennent ces valeurs sont en danger. »

Le Secrétaire fit une pause afin que ses interlocuteurs pussent digérer ses paroles. Puis, il ajouta :

« Il semble que, maintenant, leur première cible de persécution soit Madhav. »

Mais ce ne fut pas l'inquiétude qui l'amena à se tourner vers lui. Non, ce fut une sorte de fierté que Madhav lut dans le regard intransigeant du Secrétaire. Une légère et excitante illumination le traversa de toutes parts comme si, après une longue randonnée à travers un paysage gelé, il était monté au sommet d'une colline pour retrouver les chaudes lumières de chez lui. C'était vrai, il pouvait être fier d'attirer la colère de ces terroristes. Il sourit à chaque visage rassemblé autour de la table.

« Oui, dit-il, oui, ils en ont après moi. C'est fou. On dirait du Kafka ! Ils m'ont enlevé, ils ont tenté de m'étrangler, ils se sont introduits chez moi, ils ont tenté d'empoisonner Shivani. Et pourquoi ? Je ne le sais même pas ! Je pense que vous avez raison, ils ne sont tout simplement pas d'accord avec moi ! »

Il avait commis une erreur. Sa fanfaronnade s'était estompée au fur et à mesure de son discours. Son regard vulnérable et implorant croisa celui du Commissaire qui ne reflétait pas que de la compassion.

« On m'a dit, déclara-t-il, que le nom donné à la fête… cet individu qui est membre de ce groupe… est une personne que vous connaissez ? Un certain Siddharth Pant…

– Je ne sais pas, répondit Madhav. Je connais *un* Siddharth Pant. Nous étions ensemble à l'université. Je ne sais pas s'il s'agit de la même personne.

– Où est votre ami maintenant ?

– C'était plus une connaissance, se souvint Madhav. Je ne sais pas où il est. La dernière fois que j'en ai entendu parler, il travaillait dans une compagnie aérienne à Bangalore. Mais c'était il y a des années.

– A-t-il des raisons de vous en vouloir ?

– Pourquoi en aurait-il ? » Madhav n'en voyait aucune. « Je vous l'ai dit, je n'ai pas gardé contact avec lui. De toute façon, ce n'est probablement pas la même personne. Ce Siddharth… ce n'était pas le genre conservateur du tout.

– C'est ce que vous pensez, interrompit Khan, mais on ne sait jamais.

– J'en suis bien certain », répliqua Madhav.

Des souvenirs lui revinrent soudain en mémoire : des nuits douces accompagnées de rhum à la lumière des étoiles, des graviers sous les pieds et d'incontrôlables éclats de rire.

« La majorité de ce pays, continua Khan, est plus ou moins à droite. C'est pathétique. Combien de gens ont vraiment un quelconque degré de maturité ? Ils n'ont que de la poudre aux yeux… s'ils ont quoi que ce soit.

– Excusez-moi, s'il vous plaît, s'exprima soudainement Atul Pradhan. Ne généralisez pas ainsi, s'il vous plaît. »

Tôt ou tard, cela devait arriver. Pradhan avait quelques sympathies pour la droite religieuse, ce n'était pas un secret. Il était lui-même un hindou pratiquant issu de la noblesse ; il effectuait une puja[10] avant chaque rendez-vous d'affaires. Madhav regarda le Secrétaire, lui aussi avait sûrement anticipé ce désaccord, mais il ne lui rendit pas son regard.

« Être de droite n'est pas une chose mauvaise en soi, dit Pradhan. Les gens de droite ne sont pas des terroristes. La droite hindoue prône la paix. Nous savons qui sont les véritables terroristes. »

Il lança un regard lourd de sens à Khan. Le jeune homme se tourna, indigné.

« Vous ne regardez pas les informations ? Vos frères si pacifiques ont tabassé et intimidé des gens dans tout le pays, dont des femmes, ils ont censuré des livres et des films. Ils se comportent comme des brutes !

– Tout ne peut pas être autorisé, déclara Pradhan. Nous devons protéger notre culture. Mais *nous* ne sommes pas ceux qui placent des bombes.

– Peut-être serait-il préférable que je quitte la pièce, répondit Khan. Je n'ai aucune envie de rester là à me faire insulter. »

---

10. Une puja est une cérémonie hindouiste et bouddhiste durant laquelle on rend hommage à une divinité en effectuant des offrandes. NdT.

Krishnan s'esclaffa, il s'agissait là d'un spectacle digne de son mépris. Le Secrétaire resta impassible. Peut-être, pensa Madhav, qu'aucune n'était particulièrement de mise. Une conversation ayant eu lieu des années auparavant, lors de sa première année de service, lui revint en mémoire. Le Secrétaire l'avait invité à déjeuner, un honneur rare, en particulier si jeune. Ils avaient attaqué une bouteille de vin et, à un moment donné, le grand homme avait interrompu leur conversation plaisante mais formelle pour demander à Madhav de l'écouter attentivement.

« Gouverner ce pays, avait-il dit, revient à éteindre des feux à chaque instant. Les feux s'allumeront, ils sont inévitables avec une population comme la nôtre. Néanmoins, il faut maîtriser les flammes, empêcher les incendies mortels. Pour cela, nous devons être au-dessus de la poussière de l'arène, tout le temps. Nous ne devons jamais entrer dans la mêlée, sauf pour y mettre fin. Rappelez-vous-en. »

Ils se disputaient encore férocement, Pradhan murmurant d'inaudibles jurons tandis que Khan se moquait avec dégoût, quand le Secrétaire prit la parole :

« Nous ne savons rien. Pourquoi vous disputez-vous quand il n'y a rien sur quoi se disputer ?

– La droite hindoue n'est pas *mauvaise*, s'écria Pradhan une fois de plus.

– La droite hindoue, répliqua le Secrétaire, est sans rapport avec notre discussion. Nous faisons face à une organisation qui semble n'avoir aucun principe, qu'ils soient hindous, islamiques ou autres. Ce ne sont probablement que des nihilistes, déterminés à la violence pour le simple plaisir de la violence, opposés à toute croissance et épanouissement. Ils vous tueraient, Danesh, parce que vous exprimez vos idées de manière si évidente dans vos films et ils vous tueraient vous, Pradhan, parce que vous avez bâti une entreprise qui est devenue importante et prospère. Ils vous tueraient tous les deux. Pourquoi donc vous disputer ? »

Madhav comprit que son discours était stratégique. Un groupe dissident d'extrême droite hindou, quel qu'il soit, était toujours ce qu'il y avait de plus probable. Mais l'importance de cette posture apocryphe était évidente. Pradhan, qui avait maintes fois prouvé qu'il était capable d'accomplir beaucoup et qui avait plus d'argent que de raison, était trop précieux pour être mis à l'écart, et certainement pas aussi tôt dans la campagne.

« Ces gens ont essayé de tuer Shivani, continua le Secrétaire en fixant tout particulièrement Pradhan. Pourquoi ? Parce que c'est une bonne danseuse. Avez-vous oublié cela ?

– Non ! protesta Pradhan alors que Shivani semblait dûment vexée. Non, certainement pas ! Cela prouve bien que ce ne sont pas… *voh asli Hindu nahin hain*[11] !

– Je me fiche de qui ils sont ! » s'exclama Vinay. Des miettes de pain gisaient sur son assiette, d'autres pendaient négligemment de ses lèvres. « Pourquoi parlons-nous de leurs croyances et de leurs motivations, cela n'a aucune importance ! Ce sont des criminels et des assassins, nous devons les arrêter et les punir, pas leur proposer une psychanalyse ! Soyons concrets. Qu'allons-nous *faire* ?

– La victoire la plus concrète d'une bataille, répliqua le Secrétaire sans changer de ton, est de connaître la philosophie de son ennemi. Cependant, je suis d'accord, nous avons passé assez de temps là-dessus. Quant à ce que nous pouvons faire… je vais vous en parler à tour de rôle. »

Il ferma les yeux. Tous l'imitèrent. Madhav sentit le silence de cathédrale de la pièce les envelopper dans l'obscurité partagée. Il pensa à chacune des valeurs, indispensables au pays, que leur ennemi menaçait : à la beauté de la raison, à la paix du débat, à la liberté, au choix et à la discussion démocratique. Ces mots familiers se mirent à tourbillonner dans son esprit, le réconfortant. Il

---

11. « Ce ne sont pas de vrais hindous. » NdT.

était tout aussi réconfortant d'être dans cette pièce sanctifiée où des idoles tangibles les regardaient de haut. Ces derniers, bien entendu, n'étaient que des plaisanteries, et pourtant si on les regardait d'un point de vue culturel, ils procuraient une sorte de soulagement. Ainsi, quand Madhav rouvrit les yeux, ses nerfs étaient calmés et un sourire suffisant était apparu sur ses lèvres. En regardant autour de la table, il s'aperçut qu'il n'était pas le seul. Tout le monde souriait plus ou moins de cette manière : Krishnan affichait un long sourire, mais le Secrétaire, les sourcils froncés, avait le plus grand de tous.

« Idéalement, continua le Secrétaire, nous devrions ignorer ce groupe, comme nous le faisons avec de nombreux groupes aux idées lunatiques. Mais celui-ci a prouvé qu'il était plus tenace et dangereux que la plupart. Ils ont déjà pris une vie. »

Misérable et pathétique Som Bakshi ! Madhav le revit se tortiller dans l'herbe, s'efforçant avec incrédulité de faire disparaître cette contrariété en criant plus fort, comme il le faisait pour tout, mais le poison avait continué de se répandre.

« On ne peut pas rester assis et attendre qu'ils frappent de nouveau. Nous devons les pourchasser nous-mêmes, les vaincre et les amener devant la justice. Vous êtes tous ici aujourd'hui parce que vous êtes tous nécessaires à cette bataille. Notre stratégie comporte plusieurs volets. Krishnan ? »

Le journaliste leva des yeux dubitatifs.

« Écrivez sur l'événement de ce soir, s'il vous plaît. Votre voix a du poids. »

Après un moment de silence impénétrable, Krishnan décroisa les bras et accompagna sa réponse de grands gestes :

« Je n'aime pas particulièrement notre administration dominante, dit-il en levant un doigt en signe d'avertissement. La majorité des protestations dans ce pays viennent de personnes marginalisées et brutalisées. Même si elles sont violentes, leurs demandes sont généralement bien plus que justifiées. Cela aurait été un groupe de ce type, je n'aurais certainement *pas* consenti à votre requête. Cependant, cela me semble complètement différent. De ce que je vois, ce sont des gens éduqués, faisant partie de l'élite. "Des gens comme nous", comme on dit ! » Sa voix s'était alourdie jusqu'à devenir un ricanement. « Et que des "gens comme nous" aient choisi ce genre de méthodes… c'est une blague, c'est d'un égocentrisme absolu. Je n'ai aucune compassion pour les caprices égocentrés des privilégiés ! Quand l'élite s'arroge même le droit de récupérer le discours de la révolution… que Dieu vienne en aide à la société ! Que leur motivation soit de droite ou autre, j'écrirai un article contre ce groupe, vous pouvez en être certain.

– Merci, dit le Secrétaire.

– Ne me remerciez pas, répliqua Krishnan. Je ne le fais pas parce que vous me l'avez demandé. Je le fais pour résoudre le problème. »

Le Secrétaire encaissa l'affront avec un parfait sang-froid. « Nous ne pouvons que nous féliciter d'avoir un véritable esprit critique parmi nous. Cela nous protégera du narcissisme. Danesh, continua-t-il, je vous demande de faire la même chose. Faites prendre conscience de la menace dans vos cercles.

– Oui, oui, faites que des célébrités de Bollywood rendent la cause sexy ! ricana de nouveau Krishnan.

– Pardon ? » répondit Danesh. Il jeta un regard en biais dans une sorte de douleur vacillante, comme des yeux sensibles face à la dureté du soleil.

« Cela… commença le Secrétaire.

– Je travaille dans un média de masse, s'irrita le jeune homme. Je n'y peux rien si mon influence va quelque peu au-delà de vos articles de magazine !

– Cela, reprit le Secrétaire en élevant la voix tout juste ce qu'il fallait, devrait contribuer à renforcer l'opinion du public. En attendant, le Commissaire et ses hommes continueront bien entendu leur travail sur le terrain pour affiner leur enquête et effectuer toutes les arrestations nécessaires. J'espère que tout le processus ne sera pas trop coûteux. Cependant, continua-t-il en tournant son regard, j'espère pouvoir également compter sur vous, M. Pradhan, si et quand cela s'avèrera nécessaire. »

L'homme d'affaires n'eut aucune hésitation.

« Bien entendu, acquiesça-t-il. Madhav est mon ami. »

Il se tourna vers lui dans un élan de bonté sirupeuse. Madhav essaya de paraître aussi reconnaissant que possible.

« Que c'est agréable, interrompit Krishnan, d'avoir un ami qui se trouve aussi travailler au Ministère. »

Le journaliste se souriait à lui-même, amèrement et tendrement. L'amour disparut si soudainement du visage de Pradhan que cela en fut presque comique.

« Ne m'apprenez pas ce qu'est l'amitié ! cracha-t-il. Je fais de vraies choses… pour aider… mon ami ! Qu'est-ce… qu'est-ce qu'il fait, *lui* ? » D'un geste de la main, il montra Vinay, qui rougit instantanément.

« Hé ! s'exclama-t-il. Chez qui pensez-vous être assis ? »

Mais avant que Pradhan ne pût répondre, son attention, et celle de toute l'assemblée, fut dramatiquement détournée. Le Secrétaire se levait.

Son ombre s'étendit sur toute la longueur de la table. Tout son être sembla les envelopper et emprisonner leurs pensées égarées comme un berger rassemblant son troupeau.

« Notre conclave, déclara-t-il, arrive à sa fin. »

Dans le brouhaha des chaises repoussées et des corps qui se levaient, le Commissaire de Police se dirigea vers Madhav.

« Ne partez pas encore. Nous allons vous donner quelques consignes de sécurité. »

Instinctivement, Madhav se tourna vers le Secrétaire, mais ce dernier était déjà presque à la porte.

« Ces consignes ne concernent que vous, ajouta le Commissaire. Souvenez-vous bien que *vous* êtes la cible.

– Et moi ? » Shivani était à côté d'eux. « Ils ont aussi essayé de me tuer, ne l'oubliez pas ! S'il y a des consignes, continua-t-elle avant que le Commissaire ne pût répondre, je veux les entendre. »

Ce fut alors que le téléphone du Commissaire sonna. Ce qui s'afficha à l'écran sembla l'inquiéter. « Très bien, dit-il rapidement. Je serai dehors. Mes hommes vous diront ce que vous avez besoin de savoir. Demandez-moi si certains éléments ne sont pas clairs. »

Quand la pièce fut vide, les deux policiers, qui s'étaient mis au garde-à-vous, s'inclinèrent et s'avancèrent. Ils ne s'assirent pas à la table, bien que Madhav le leur proposât, mais restèrent debout à côté d'eux pendant qu'ils parlaient.

« Vous devez prendre quelques précautions, monsieur, et vous également, madame, commença le plus grand des deux. En ce qui concerne vos déplacements, notamment. Ne voyagez pas seuls, essayez d'être accompagnés d'une tierce personne en qui vous pouvez avoir confiance. Ne voyagez pas tard la nuit si vous pouvez l'éviter. Faites renforcer vos véhicules personnels. Ne vous asseyez pas à la fenêtre lorsque vous êtes dans un véhicule. Évitez également les fenêtres dans les bâtiments. Évitez les nouveaux restaurants ou tout nouveau lieu de restauration. Si vous vous y rendez, installez-vous à l'intérieur. Si vous entendez des coups de feu, glissez-vous sous la table… ou derrière un mur. Madame ? »

Shivani riait de façon incontrôlable.

« Bon Dieu ! cria-t-elle. Mais qui sont ces gens ? Al-Qaïda ? »

Sa voix fit écho dans l'immense pièce, faisant résonner son incrédulité. Madhav se sentait lui-même dépassé. Malgré les quelques accrocs, les discussions du conclave l'avaient rassuré sur le fait qu'ils pouvaient faire face à cet ennemi. À présent, il sentit de nouveau une peur trouble l'envahir.

« Ces précautions, dit-il, est-ce que… enfin, est-ce que cela va vraiment nous aider ? »

Les policiers semblèrent perplexes. Un sursaut bienvenu d'agacement surgit dans les paroles de Madhav :

« Je n'ai aucunement l'intention de vivre comme un réfugié, d'accord ? C'est *votre* travail d'assurer ma sécurité. »

Ils se regardèrent, indécis. Ils n'avaient peut-être pas l'habitude qu'on leur rappelât leur travail, ou peut-être n'avaient-ils tout simplement pas compris. Après quelques instants, leur expression changea : ils semblèrent avoir pris une décision. Le plus petit policier hocha la tête.

« Oui, monsieur. C'est notre travail. Ces précautions ne peuvent pas réellement vous aider.

– Alors quoi ? répondit Madhav. J'ai raison, alors !

– Ces précautions seraient utiles contre des assaillants conventionnels, continua le plus grand, mais dans votre cas, vous faites face à des ennemis qui ne s'arrêteront jamais. Ils iront jusqu'au bout. Ils endureront tous les procès et feront tous les sacrifices. » En parlant, il détacha le fusil qui était croisé sur sa poitrine. « Ils vous pourchasseront. »

Un étrange son s'était élevé et se mêlait au discours du policier. Il s'élevait et retombait en vagues rythmiques sur la courbe régulière de son ton monotone. Il provenait du plus petit homme. Il pleurait.

« Acceptez-le », dit le policier. Il balança son fusil sur le haut de sa poitrine. Shivani cria de surprise. Le plus petit, toujours en pleurant, s'était emparé d'elle.

Madhav regardait la scène en étant étrangement absent. Il n'avait aucune envie de se lever ou de protester. Contre l'horreur qu'il vivait, il avait opposé la certitude apaisée que ce qu'il voyait n'était pas réellement en train de se dérouler. Il baissa les yeux avec curiosité vers le canon du fusil. Un morceau de rouille retint son attention.

« Ne voyez-vous pas ? s'écria le policier. Vous allez mourir ! »

Il sentit un rire lui écorcher la gorge. Il regarda avec amusement son assaillant si sérieux.

« Partez », soupira-t-il.

Le policier trembla, comme s'il venait d'entendre une insulte redoutable. « Vous nous appartenez, Madhav », dit-il et cette simple phrase sembla le calmer.

« Je n'appartiens à personne, répliqua Madhav.

– C'est vrai ! C'est vrai ! Vous n'appartenez à personne parce que vous ne nous appartenez *pas* !

– Partez ! » feula-t-il. Mais la force blindée de sa conviction commençait à disparaître. La lutte de Shivani devint très proche : il pouvait l'entendre et cela l'affectait. Le fusil devant son visage devint une réalité horrible et intransigeante.

« Vous ne vous en sortirez pas, soupira-t-il. Le conclave est avec moi. Ils sont juste derrière la porte. Ils vous feront payer pour ça. Ils vous pourchasseront.

– J'ai vu votre conclave, répondit le policier. Ils s'autodétruiront avant de pouvoir nous atteindre. »

Madhav jeta un œil sur les lourdes portes. S'il criait pour demander de l'aide, il pourrait être entendu. Les membres du conclave ne pouvaient pas être bien loin. Mais la force de crier lui manquait.

« À l'aide, dit-il en travaillant le son de sa voix. À l'aide, répéta-t-il un peu plus fort.

– Arrêtez Madhav, dit calmement le policier. Acceptez plutôt votre sort. »

Enfin, il se sentit capable de crier. Mais pourquoi ne le faisait-il pas ? Toute la force de son appel était coincée dans sa gorge, prête à être relâchée. Mais elle resta là. Il resta assis, paralysé et confus, bien trop conscient des incessants reniflements du petit homme.

« Acceptez-le », répéta le policier, les doigts fermement ancrés près de la gâchette.

Puis, une fenêtre vola en éclats. De grands débris de verre coloré s'abattirent sur le sol. La dernière chose que Madhav aperçut fut le corps étourdi de son assaillant, chancelant, et la silhouette du Secrétaire faisant irruption dans la pièce.

*

Il revint à lui dans le bureau. Il était allongé sur un canapé, dans une obscurité chaleureuse et l'odeur des vieux livres ancré dans ses narines. Une lueur jaune et quelque peu floue s'intensifia de plus en plus jusqu'à ce qu'il pût voir, dans la lumière de la lampe de chevet, les formes des silhouettes qui l'entouraient. Il se releva parmi les coussins. Ils étaient trois.

« Doucement, dit le Secrétaire. Vous êtes en état de choc.

– Tu n'as pas été blessé, précisa Vinay. On les a eus juste à temps. »

Les hommes se penchaient pour l'aider, mais pas Shivani. Elle se tenait droite, les bras croisés sur sa poitrine. Dans les pénombres environnantes, Madhav ne pouvait pas voir son expression, mais il en savait assez pour se débarrasser de sa stupeur aussi vite que possible. Il se mit sur ses pieds.

« Je vais bien, dit-il. Shivani ?

– Elle n'est pas blessée, répondit le Secrétaire.

– Pas grâce à toi, dit-elle.

– Que s'est-il passé ? demanda Madhav. Je ne me souviens pas vraiment.

– Tu n'as rien fait qui vaille la peine de s'en souvenir, répliqua Shivani. Tu n'as même pas essayé. »

Mais son ton n'était pas dominé par la dérision, ni même la déception. Elle semblait étrangement pensive. Alors qu'il luttait pour se souvenir des événements et expliquer son comportement, le Secrétaire leur fit profiter calmement de son bon sens :

« Il est futile d'affronter sans aucune arme un ennemi qui en a une. Madhav n'aurait rien pu faire, et vous non plus. C'était notre responsabilité. »

Il se dirigea dans la lumière. Son visage était sombre et ses yeux vifs. Son costume noir ressemblait à du velours dans la lumière de la lampe, alors qu'il se penchait sur son téléphone, concentré.

« Merci, dit Madhav. Merci de nous avoir sauvé la vie. » En prononçant ces mots, il les entendit résonner de manière éculée et mélodramatique, mais ce n'était que la simple vérité. Dans un sursaut, il se souvint et ajouta : « Ils ont dit que nous étions trop… divisés… pour les battre.

– Oh, ignore-les », murmura Vinay. Mais la tension de la soirée se voyait sur son visage. Il lui était impossible d'être indifférent et toutes les autres émotions lui semblaient déplacées. Ressentant une inquiétude qui lui paraissait proche d'une défaite, Vinay s'enfonça dans le divan.

Le Secrétaire rangea son téléphone. Une large et féroce grimace révéla ses dents.

« Ils ont infiltré notre conclave privé, dit-il. Ils ont trahi leur propre Commissaire. Ces deux policiers… ils avaient d'excellents états de service, vous savez. Personne ne sait à quel moment ils sont tombés entre les mains des terroristes. Ou peut-être ont-ils toujours été avec eux, en tant qu'agents dormants. Dans tous les cas, c'était une opération soigneusement planifiée et rigoureuse. Ils ont même participé à la descente de leur propre homme pour ne pas se trahir prématurément. Ils sont intelligents et perfides. Cependant ! »

Le visage en larmes du policier mort se forma devant ses yeux, se fondant vaguement dans les restes de l'obscurité. De doux sanglots résonnèrent de nouveau dans l'oreille de Madhav jusqu'à ce que les paroles du Secrétaire ne les fassent disparaître.

« S'ils pensent que le conclave n'est pas uni, cela prouve seulement qu'ils ne comprennent rien au débat mature et démocratique. Qui plus est, ils ont de nouveau échoué. Ils ne sont pas en position de nous railler.

– Ils ont presque réussi, déclara calmement Shivani.

– Je le sais, répliqua le Secrétaire d'un ton légèrement brusque, indiquant à Madhav à quel point il était agité. Bientôt, nous les appréhenderons, ainsi que leur chef, qui qu'il soit, et nous nous occuperons d'eux. En attendant, il est plus sage que vous vous en alliez tous les deux.

– Nous en aller, oui ! » Elle leva les yeux avec impatience. « J'allais le proposer.

– J'ai parlé à Jon Carry. » Le Secrétaire indiqua son téléphone d'un hochement de tête. « Il a libéré sa ferme. Madhav, je pense que vous devriez rester là-bas… C'est un endroit aussi sûr qu'un autre… C'est seulement pour un petit moment, jusqu'à ce que nous réunissions tout le monde.

– Très bien », consentit Madhav. Une docilité et une foi irrémédiables l'enveloppèrent, comme l'appel impératif d'un lit d'hôpital ou de la chaise d'un dentiste. « Très bien, c'est pour le mieux. On peut faire ça. »

Il regarda Shivani pour confirmation. La lueur dans ses yeux lui renvoya soudainement son égoïsme.

« Shivani sera plus en sécurité si elle n'est pas avec vous, précisa le Secrétaire. Seulement pendant quelque temps, pendant que le danger court toujours. »

Elle ajouta le poids de son silence à cette affirmation.

« Je pense également, continua le Secrétaire, que malgré les événements de ce soir, ce château est le lieu le plus sûr pour elle. C'est vraiment une maison extraordinaire… on devrait tous en avoir une comme ça.

– C'est bien vrai ! s'exclama Shivani.

– Et à partir de maintenant, nous surveillerons les entrées extérieures avec prudence. »

Le tourbillon des événements qui échappait à son contrôle attirait inexorablement Madhav. C'était une sensation nouvelle, plutôt agréable, car il y avait un certain soulagement dans l'abandon. Mais, comme toute nouveauté, c'était aussi déconcertant. Il sentit une impulsion galopante à être actif et utile de nouveau. Sa mémoire et sa motivation se mêlèrent en une révélation soudaine.

« L'homme aux grilles ! cria Madhav. Vinay, l'homme aux grilles de ton château, il est avec ces enfoirés ! Tu dois t'en débarrasser avant qu'il ne vous tue tous ! »

Surpris au milieu du divan, enfoncé dans les coussins, à l'instant même où il avait récupéré son sourire décontracté, Vinay s'emporta.

« Ta gueule, Madhav ! Ferme ta gueule ! De quoi tu parles !?

– L'homme aux grilles…

– Il n'y a personne aux grilles ! Reprends-toi !

– L'homme aux grilles… avec la moustache en trait de crayon !

– Je n'emploie personne comme ça !

– Mais je l'ai vu !

– Ce n'est pas vrai ! Est-ce que l'un d'entre vous a vu cette personne ? » Il supplia les deux autres. Shivani secoua résolument la tête. Le Secrétaire examina Madhav avec gravité.

« Mais je l'ai vu, s'écria-t-il encore. Je l'ai même vu dans mes escaliers ! Il m'a dépassé et ensuite, tout à coup, il était encore là, au-dessus de moi, au palier suivant ! C'était impossible !

– Exactement ! répondit Vinay. C'était impossible… parce que ça n'est jamais arrivé ! Réfléchis-y ! »

Il fixait Madhav comme s'il était fou. Madhav lui rendit son regard, perdu. Shivani mit sa tête dans ses mains et poussa un lourd soupir déchirant.

Quand il prit la parole, le Secrétaire était calme, mais inquiet.

« Vous avez apparemment souffert d'une hallucination, Madhav. C'est fâcheux, bien que compréhensible. C'est une période stressante pour nous tous. N'en parlons plus pour aujourd'hui. »

Sur ce, il s'enveloppa de son manteau noir et se dirigea vers la porte.

7
LA FERME

Δ) LES GROTTES

Trente kilomètres au-delà des limites de la ville, la route, qui avait été jusqu'à présent victime des fossés et des cailloux, se transforma comme par magie en goudron ronronnant. Les plaines tentaculaires étaient à présent encerclées et divisées par de hauts murs d'enceinte au-dessus desquels ondulaient de nombreux palmiers et derrière lesquels, Madhav le savait, des hectares de propriété privée étincelaient sous la lumière du soleil. Ils passaient régulièrement devant des grilles ornementées qui laissaient penser qu'une grande demeure se cachait derrière.

Madhav était assis à l'arrière de la voiture et ne disait rien. Un jour normal, il aurait été au travail dans des pièces qui lui étaient familières et entouré de visages familiers. Où était-il maintenant ? Tandis que la ville défilait à la fenêtre et que les derniers immeubles qu'il reconnaissait faisaient place à un grand vide, il avait senti tout son monde lui glisser entre les doigts. Il avait essayé, pendant un moment, de penser à des événements similaires : des hommes importants, obligés de se cacher. Il pensa à Rushdie et à Hussain : le premier avait survécu mais n'avait jamais vraiment dérangé ses persécuteurs ; le deuxième était mort seul et en exil. Comment avaient-ils fait face ? À quel point cela les avait-il marqués ? Au moins, ils avaient connu la nature exacte de leur ennemi ! Très vite, des hypothèses inquiétantes et incertaines le submergèrent et son esprit se remplit de bruit blanc, comme la neige télévisuelle.

À la ferme de Carry, tandis qu'on sortait les valises de Madhav de la voiture, le Secrétaire l'accompagna à l'intérieur. Ils explorèrent ensemble les pièces d'un blanc immaculé qui sentaient encore la peinture fraîche à plein nez. L'endroit était toujours bien entretenu grâce à un gardien à la fois compétent et, de ce qu'ils savaient, parfaitement digne de confiance. Tout était en ordre.

Ils revinrent sur le porche de devant, car le Secrétaire devait déjà repartir. Bien entendu, il n'aurait jamais dû venir. Il avait reporté des centaines d'affaires pressantes pour faire ce long voyage le matin même. Madhav voulut le remercier, mais il lui sembla soudain qu'ils étaient bien trop proches pour exprimer sa gratitude de manière formelle. À la place, ils se serrèrent la main. Quelques minutes plus tard, la voiture du Secrétaire démarra dans un vif brouhaha de bruit et de poussière. Quand la voiture et le bruit du moteur disparurent, il ne resta rien, à part le calme, le stress et le soleil de l'après-midi. Madhav se tourna vers sa nouvelle demeure. Sa bouche était sèche et il sentait une boule lui coincer la gorge. Il se força à sourire.

Il était nécessaire de faire comme d'habitude, les activités quotidiennes, celles qui ne nécessitaient pas de penser. Il se força à se laver et à se changer. Il appela le gardien et lui demanda une tasse de café. Plus tard, il sortit sous le porche pour la boire.

Il n'était entouré que d'étendues de prairies verdoyantes et étincelantes où grandissaient ici et là des arbres à la canopée épaisse, sous un soleil à présent caché derrière un épais amas de nuages. Le silence n'était pas aussi complet qu'il l'avait d'abord pensé. Des chants d'oiseaux au rythme irrégulier résonnaient paisiblement à travers le paysage. Des insectes invisibles gazouillaient dans l'herbe. Les branches se balançaient doucement au doux rythme du vent.

Il ne s'en était pas rendu compte, mais l'endroit bouillonnait de vie. Alors qu'il restait là, à regarder et écouter, Madhav sentit les murs de son esprit se dissoudre, la cage de son angoisse s'ouvrir pour laisser la beauté de la scène entrer et le purifier. Comme la Nature était bienveillante, pleine, généreuse et thérapeutique ! Si seulement les fanatiques qui cherchaient à le réduire au silence pouvaient ressentir sa puissance, leur colère mesquine n'y survivrait sûrement pas. Ses louanges s'élevèrent très haut. Peu importait les faux dieux des religions en guerre, il avait la Nature de son côté. Il s'inclinait seulement, et sans aucun scrupule, devant la Nature.

Il se sentait alors tellement bien qu'il passa l'heure suivante dans le bureau de Carry à travailler sur des dossiers qu'il avait apportés avec lui. Il passa même quelques coups de téléphone à son bureau. Son assistant lui posa des questions sur sa santé, car c'était l'excuse qu'avait racontée le Secrétaire, pour le moment. Il put répondre honnêtement que son état ne cessait de s'améliorer. Plus tard, il se leva du bureau pour s'installer sur le canapé. Il y lut en position allongée aussi longtemps que possible, résistant aux soubresauts réguliers de fatigue, jusqu'à être emporté par le sommeil.

*

Il faisait toujours jour quand il se réveilla. Il se sentait reposé, un peu vaseux, mais de manière agréable. Il se rendit à la cuisine à l'arrière de la maison et remplit trois bouteilles au filtre à eau. Dans l'obscurité relative, il chercha un verre sans succès avant de trouver un placard rempli de vaisselles en verre taillé. Ces objets étaient bien trop raffinés pour ce qu'il cherchait à faire, mais il ne trouva rien de plus simple autour de lui. Il se servit un grand verre d'eau dans un verre à vin et le but à la fenêtre de la cuisine.

Au loin, une ombre se déplaçait sur la terre. Elle se répandait comme des ténèbres liquides, inéluctablement, sans aucun bruit. Alors qu'elle passait, une lueur diffuse et rougeâtre attira l'attention de Madhav.

La vue à la fenêtre s'était transformée ! Ou avait-elle toujours été ainsi ? Il n'y avait plus aucun arbre ni herbe. Une mer de terre nue s'étendait devant lui, flamboyant sous le soleil. À divers endroits, des blocs massifs s'entassaient en de nombreux monticules informes. Et tout proche se dressait quelque chose de bien plus grand.

Madhav ouvrit la porte de la cuisine pour se rendre compte par lui-même. Une rafale chaude balaya sa joue. Un soleil pâle brillait dans un ciel couleur rouille. Mais il ne fit pas attention à tout cela : ses yeux étaient fixés sur une gigantesque montagne de roches orangées et sur la brume obscure devant sa gueule béante.

Quelques minutes plus tard, il rentra et traversa toutes les pièces en appelant le gardien, ostensiblement contrarié.

*

Le gardien était allongé, les yeux fermés, sur la pelouse dorée devant la maison. Madhav se tenait au-dessus de lui, tout son corps irradiant d'impatience, cherchant la confrontation, avant de se rendre compte qu'il était lui-même dans une situation à la fois compliquée et fragile.

« Pourquoi, commença-t-il aussi distinctement que possible, y a-t-il une *grotte* derrière la maison ? »

L'homme parut surpris, non pas par le sujet de la question, mais que cela eût donné lieu à une question. Il y avait une grotte, répondit-il simplement, c'était ainsi qu'était faite la terre.

« Mais comment peut-on avoir une ferme dans un endroit pareil ? »

Cela, rappela le gardien, n'était pas de son fait. Le devant de la maison était agréable et c'était là qu'il passait tout son temps. L'arrière de la maison était une terre en friche et donc il l'évitait. Mais aucun de ces lieux n'était sous son contrôle.

Il chancela quelque peu alors qu'il se levait, peut-être était-il ivre… en plein après-midi. Une odeur écœurante se dégageait de ses vêtements. Des bouts d'herbe étaient encore coincés dans ses cheveux de paille. Madhav remit en question sa réputation professionnelle, c'était clairement un tire-au-flanc.

« C'est votre travail en tant que gardien de prendre soin du terrain, lui expliqua-t-il. Si vous aviez fait votre travail, le jardin de derrière, car c'est supposé en être un, j'en suis certain, ne serait pas gâché ainsi. Cette beauté doit être *entretenue* ! Est-ce que Carry est au courant de l'état de l'arrière de la maison ? »

Il devrait, lui répondit le gardien. Puis, il s'approcha de Madhav un peu plus près, comme s'il allait lui révéler un secret. Son odeur mielleuse était répugnante. Il murmura en soufflant dans l'oreille de Madhav que s'il gardait simplement la porte de la cuisine fermée ainsi que la fenêtre, et qu'il ne s'aventurait pas au-delà, alors tout irait bien. Puis, il lui demanda s'il voulait du thé.

Cette impudence sibylline ne fit qu'attiser la mauvaise humeur de Madhav. Il accepta le thé et lui donna d'autres instructions : les roches et les grottes devaient être détruites au coucher du soleil et un cercle fermé de pelouse devait être ajouté tout autour de la maison. C'était le travail du gardien.

*

De retour dans le bureau, il réfléchit encore à cette négligence. Comment pouvait-il se reposer paisiblement à côté d'une vue aussi horrible ? Carry aurait dû savoir qu'il ne valait mieux pas lui proposer un pareil endroit, et le Secrétaire… il arrêta immédiatement tout reproche envers le Secrétaire. Le temps avait manqué pour une inspection préliminaire de cette propriété, sans parler d'une sélection rigoureuse de tous les refuges possibles.

Il était seul sur le canapé à siroter son thé au gingembre. La lumière du soleil, disparaissant doucement, se déversait à travers la fenêtre qui s'ouvrait à l'extérieur sur un généreux bosquet d'arbres et le croassement des oiseaux. Les rideaux oscillaient là où ils tombaient. Un soudain élan de rage raidit ses muscles. Tout aurait pu être ainsi : beau, paisible, révérenciel ! Il aurait pu être si heureux ici. Mais là, quelque part derrière son dos, il sentait la présence constante, comme ces champs Élyséens, du ciel rougeoyant, de la terre ravagée et de la monstrueuse gueule des ténèbres !

À ce moment précis, il se rendit compte qu'il n'était pas seul. Le gardien se tenait au-dessus de lui, la sueur sur son front s'opposait à un léger sourire vengeur. Les grottes ne pouvaient pas disparaître, informa-t-il Madhav. Il avait essayé, mais la tâche était trop grande pour lui. Et les roches rouges ne bougeaient pas. Il avait fait tout ce qu'il pouvait, c'est-à-dire barricader la fenêtre de la cuisine. Tandis qu'il parlait, il ramassa la tasse de thé. Elle n'était pas encore terminée, mais Madhav ne fit aucun mouvement pour l'arrêter. Puis, il partit.

Madhav entendit ses pas résonner dans le couloir. Il envisagea de crier pour le faire revenir et le réprimander, pour ce que ça valait. S'il avait effectué son travail correctement auparavant, s'il avait eu une équipe d'hommes avec lui, si nécessaire, cet état intolérable du terrain n'aurait jamais été possible. Il aurait pu le rappeler et lui dire tout cela. Mais une vague d'ennui noya son désir. Un soupir inattendu fit trembler tout son corps. Il se redressa avec précaution dans l'obscurité grandissante.

Il se sentait déprimé. Que ce fut à cause de l'échec humain ou simplement de la malédiction de la condition humaine… quelle importance ? Quelle chance avait la beauté dans ce monde ? Les arbres à la fenêtre pouvaient toujours se balancer courageusement ensemble, comme une joyeuse troupe de soldats… mais chacun d'entre eux était condamné à mourir. Le bleu du ciel ne pouvait tenir. Les herbes dépériraient bientôt. Ils allaient tous rejoindre le désert derrière la maison, et l'ombre de ce désert planait déjà au-dessus d'eux.

De cette révélation vint une clarté d'esprit ; le brouillard qui n'avait cessé de l'entourer depuis que le policier avait croisé son chemin se levait enfin. Il réfléchit, très sérieusement, à ce qu'il avait subi. Tout s'était plus ou moins bien passé auparavant, mais à présent sa vie était à moitié bouleversée. C'était une malchance terrible, l'une de ces tragédies insensées qui font froid dans le dos, même de loin, mais qui se révèlent impossibles à appréhender quand elles vous arrivent personnellement. Ce n'était pas étonnant qu'elle l'eût autant déstabilisée. Et il était tout à fait inutile de se demander ce qu'il avait fait pour mériter tout cela. Personne ne méritait d'être victime d'un accident de voiture, d'un cambriolage à main armée ou d'une maladie mortelle. Et pourtant, tout cela avait sa place dans ce monde.

Un téléphone sonna. La sonnerie inhabituelle le fit d'abord sursauter avant de l'énerver à chaque nouveau retentissement. Il se précipita et trébucha jusqu'au combiné dans l'intention de le faire taire. Le « Allô » de Shivani retentit plusieurs fois avant qu'il ne se souvînt qu'une réponse était attendue.

« Tout va bien ? demanda-t-elle.

– Oui. Et toi ?

– Je suis en sécurité ici. Vinay a fait construire des douves autour du château.

– C'est bien, acquiesça Madhav. Tu as eu des nouvelles des autres ?

– La police est sur la piste de Siddharth Pant. Tu ne m'avais jamais parlé de lui.

– Tu ne te souviens pas de lui ? demanda Madhav. Il était à l'université avec nous. Un petit gars, un peu ringard.

– Il a l'air plutôt oubliable.

– Tu ne te souviens pas de lui ? Mais ce n'était pas un ami. C'était juste un gars que je connaissais.

– De toute façon, reprit Shivani, s'ils arrivent à mettre la main sur le groupe avant la fin du weekend, on ira voir la presse avec une bonne histoire. Autrement, Krishnan et Danesh lanceront la campagne médiatique la semaine prochaine.

– Comment sera la campagne ? Un truc dans le genre "Justice pour Madhav" ? » Il rit sans enthousiasme.

« Quelque chose comme ça. Mais tu sais comment tout ça peut devenir vite compliqué, donc on attend encore quelques jours. »

Madhav resta silencieux. Shivani lui demanda s'il était toujours là, mais la fenêtre avait attiré son attention. La nuit tombait, les formes dans les champs devenaient indistinctes. Encore une fois, il sentit un poids peser sur son cœur… une peur… ou une euphorie.

« Je dois y aller, dit-il. Travailler un peu. » Il tenta d'invoquer une certaine maîtrise de soi. « C'est juste de la malchance, tout ça. Prends soin de toi, Shivani.

– Oui, Madhav, prends soin de toi aussi. Et écoute… vas-y doucement, ne travaille pas, repose-toi. Tout va bien se passer. »

Son ton était chaleureux, très attentionné. L'apitoiement gonfla ses yeux et le nœud dans sa poitrine se resserra un peu plus. Il eut soudain une vision de ses longues jambes nues enroulées sur le canapé de Vinay dans l'air chaud, sous une douce lumière, enrobées dans un jazz grave et mélodieux.

Il resta près du téléphone pendant plusieurs minutes après avoir raccroché. Sa voix disparue avait amplifié le silence. Il n'y avait plus aucun son dans la pièce à part sa propre respiration.

Il regarda les dossiers sur le bureau. Ils lui semblaient aussi étranges que des artéfacts d'une civilisation disparue, sans autre attrait que celui des objets dans un musée. Il pourrait les étudier un autre jour.

B) LA LIBELLULE

Il se réveilla le lendemain matin avec une illumination soudaine. Il était trop indulgent avec lui-même. Il ne pouvait expliquer sa situation comme étant de la simple malchance, tout comme il ne pouvait expliquer la proximité du désert avec la ferme comme une malencontreuse caractéristique du terrain. Il y avait des décisions humaines derrière tout cela : des actions et des oublis.

De retour dans le bureau, il tira les rideaux, fit de la place sur la table et ouvrit son ordinateur portable. Une jeune femme qu'il avait connue autrefois lui avait enseigné un exercice d'introspection. Il en avait oublié les subtilités, mais l'essentiel reposait sur l'établissement de listes. En cinq minutes maximum à chaque fois, le but était d'établir différentes listes. Elle lui en avait montré des spécifiques, mais il décida de choisir ses propres listes. Il les rédigea les unes après les autres : les personnages historiques qu'il admirait le plus, ses avatars favoris pour une vie alternative, ses destinations de vacances préférées, les qualités qu'il aimait chez les hommes, chez les femmes, ce qui l'énervait, les affronts et les humiliations qu'il avait subies…

Il alla doucement au début, mais cela devint de plus en plus facile, une fois qu'il eut dépassé le sentiment de jouer la comédie. Il se rendit compte qu'il avait négligé pendant bien trop longtemps toutes pensées de lui-même. Il fut surpris de découvrir à quel point ses goûts étaient définis. Mais bien plus que la connaissance de soi, le fait de mettre tout cela par écrit, de remplir les espaces vides avec ce que lui dictait son esprit, élançait une agréable impression de conquête…

Cet élan se fana vite. Ensuite, passant vite en revue le document, il se sentit insatisfait. Une note de moquerie était apparue dans les mots qui défilaient sur l'écran. Ils mettaient en lumière de manière tellement évidente le fossé qui existait entre ses désirs et ses réussites. Puis, il fit une deuxième découverte.

La liste des moments où on lui avait fait du mal était, de loin, la plus longue. Le nombre de fois où sa gentillesse avait été considérée comme acquise par des gens qu'il appelait ses amis ; les moments où il avait été incontestablement trompé par des étrangers, présomptueusement traité par de simples connaissances, sous-estimé par des supérieurs et rabaissé par ceux qui n'étaient en rien ses supérieurs ! Sous la lumière du soleil qui se reflétait dans l'écran de l'ordinateur, dans la brise parfumée de cette très belle journée, sa colère bouillonnait jusque dans ses os.

À un moment donné durant toutes ces années, il avait retiré ses mains du volant. Il connaissait les vérités essentielles, on les lui avait dites assez souvent, par des hommes qui connaissaient leur affaire : « Si tu ne te prends pas au sérieux, personne ne le fera », « Ne subis jamais les imbéciles – volontairement ou non », « Offre ta main et on te prendra le bras ».

Il repensa aux perpétuels pétitionnaires, ces visages de chien battu qui erraient le long des couloirs du ministère, aussi familiers et maltraités que les meubles. Il les avait rejetés à chaque fois qu'il le pouvait… mais pourquoi, maintenant qu'il y pensait, avait-il eu autant l'occasion de le faire ? Quelle compassion honteuse lisaient-ils dans ses yeux qui leur donnaient toujours de l'espoir ? Il était trop gentil. Pourquoi les gens comme Atul Pradhan, aussi vulgaires fussent-ils, l'accostaient-ils avec des embrassades intrusives ? Il n'imposait aucun respect. Pourquoi sa femme de ménage, aussi curieuse fût-elle, avait l'audace de lancer des regards moralisateurs à son amante ? Pourquoi ce groupe d'assassins, aussi fous fussent-ils, l'avaient-ils choisi comme cible ?

Parce qu'il était vraiment très beau. Oh, on peut toujours dédramatiser par le rire… mais il allait avoir trente ans dans quelques jours. S'il n'agissait pas maintenant pour changer ces penchants timides, il se réveillerait un matin devant la futilité complète de son existence. Il n'avait pas encore fait des progrès tels qu'il ne pouvait définitivement les perdre. Le Ministère était un endroit impitoyable. Certes, il avait bien la sympathie du Secrétaire, mais il en profitait déjà bien trop. Ce genre d'amour avait une limite.

Quand il sortit sous le porche, ses oreilles se mirent à résonner du son des cloches invisibles d'une alarme. Tout autour, la beauté des lieux n'avait fait qu'augmenter. Le ciel et l'herbe semblaient se fondre dans la vivacité vaporeuse de couleurs aquarelles. L'air était parfumé d'une senteur aérée qui emplissait ses poumons d'une fraîcheur curative. Des rangées de fontaines colorées étaient apparues des deux côtés d'une allée en marbre. Elle menait sous une tonnelle recouverte de plantes grimpantes au vert sombre. Il irait l'explorer en temps voulu. Pour le moment, il était heureux de laisser mourir sa panique et de faire naître une résolution de ses cendres. Avec la force et la clarté de l'acier, tout en lui se redressa. Plus jamais il ne dévierait son regard de la beauté. Plus jamais il ne laisserait les faiblesses humaines de la compassion ou de la curiosité attirer son attention vers l'abject. C'était une simple question de mérite. Les personnes brisées, laides, malchanceuses et difformes… ne le méritaient pas ; elles ne le perturberaient pas.

Après son bain et son petit-déjeuner, il travailla quelques heures, des heures bénies où il put presque oublier l'obscurité qui le surplombait. Plus tard, un bon repas, qui lui fut directement amené de la cuisine où il n'avait pas besoin d'aller, éloigna encore un peu plus le sombre nuage de ses pensées.

Il était en plein milieu de sa sieste de l'après-midi, dans une chaleur calme et une douceur indéfectible, quand il entendit le bourdonnement pour la première fois.

Si Madhav avait entendu la serrure être crochetée, la porte s'ouvrir et se fermer doucement, et s'il avait senti la respiration assassine d'un intrus dans son cou, il aurait été tout aussi paralysé, dans une position d'alerte absolue. Tous les poils de son corps se dressèrent et ses oreilles se firent attentives au moindre son.

Le bourdonnement cessa et reprit de plus belle. Cela venait de quelque part au plafond, de l'autre côté de la pièce, mais comme son visage était enterré sous les coussins du canapé, il ne put en savoir plus. Un autre moment de silence suivit, avant que le bruit ne se transformât en un bavardage frénétique. Puis, un silence grave tomba.

Il s'obligea à penser. Penser ! Afin de sauver son esprit qui se nourrissait avidement de phobies insensées et de l'amener à s'asseoir à la table de la raison ! Ce n'était qu'un insecte, une guêpe peut-être, ou un cafard. Et un insecte n'était qu'un insecte. Il ne pouvait pas lui faire de mal, pas même dans le plus horrible des cas (s'il devait aussi imaginer cela). Même s'il était piqué, le gardien avait une trousse de premiers soins, et cela suffirait. En glissant centimètre par centimètre pour limiter toute perturbation – le dernier élancement de son torse fut le seul mouvement unique – Madhav s'assit. Il était calme. Le silence était toujours intact, le bourdonnement toujours douloureusement absent. Mais, alors qu'il tournait la tête, un frisson le parcourut.

Les éléments situés de l'autre côté de la pièce avaient pris une importance énorme. Le manteau de la cheminée, les rideaux, la tringle, l'ampoule ombrée, les murs nus, le sol carrelé – ses yeux méfiants passèrent en revue chaque objet. Le bois des meubles était brillant et chaleureux et le sol reflétait la pièce de manière étincelante. Il n'y avait aucune part d'ombre dans la pleine lumière du soleil.

Alors qu'il observait la pièce d'une énergie nerveuse teintée d'incertitude, la libellule se dégagea des plis des rideaux. Elle planait à présent, parfaitement silencieuse grâce à ses ailes gazeuses. Comme en transe, Madhav fixa l'insecte descendre jusqu'à son bureau et placer son long corps nervuré sur la tranche de son ordinateur, les ailes étendues comme deux dagues tirées.

Son regard étant lui aussi figé, il était à présent complètement pétrifié. Mais cet inconfort soudain s'atténua rapidement. Une sorte de calme s'empara de lui. L'insecte était à découvert et c'était un soulagement. Déjà, son esprit s'affairait à évaluer le terrain : où pouvait-il s'envoler ensuite, quelle arme pouvait-il récupérer en toute sécurité ?

Il pouvait voir ses yeux. Que cela fût anormal lui passa par l'esprit, mais ils étaient bien là : deux globes proéminents sur une tête aplatie aussi scintillants que deux billes de marbres noires. Une paire de membres pointus s'élevait au-dessus d'eux dans une position qui ressemblait à une salutation. Cela lui fit penser aux rois sur leurs trônes, entourés de lances.

Puis, il remarqua les dents, comme si elles n'étaient qu'à quelques centimètres de lui. Ses yeux ne les avaient pas discernées auparavant, dans l'enchevêtrement des pattes, mais c'étaient de véritables crocs qui s'incurvaient alors qu'ils tombaient vers la petite rangée blanche derrière la lèvre inférieure…

Il ne savait pas que ces insectes possédaient de telles dents. Les libellules, se dit-il, n'étaient pas célèbres pour leur morsure. Mais elles pouvaient certainement mordre – tout pouvait certainement mordre, sous une contrainte suffisante. De toute manière, qu'elles pussent mordre ou non, elles ne disposaient ni de l'aura menaçante légendaire qui entourait la guêpe fouisseuse, l'abeille noire et jaune, la couleuvre sifflante, ou toutes les bestioles à saleté comme le cafard et le rat ni de l'aura de répulsion extraordinaire qui entourait les reptiles. Leur nom venait du latin, *libella*, pour décrire leur manière si particulière de voler : toujours à l'horizontale. Il ne savait que très peu de choses sur les libellules. Il…

Il pâlit et trembla. Elle était là. Soudain, il fut au cœur d'un massacre. L'air qui emplissait la pièce et qui le reliait à l'insecte à trois mètres de distance, siffla de part en part. Le bourdonnement pénétra ses oreilles et s'immisça dans son cerveau. Mais la libellule n'alla nulle part. Elle planait simplement à quelques centimètres au-dessus de la table, son corps frémissant de bonheur à l'écho de son cri de guerre. Il s'aperçut alors que ce qui donnait à ce bruit cette caractéristique infernale n'était pas simplement le frémissement des ailes, mais le claquement des dents qui suivait le rythme en imitant un battement de tambour continu et dément.

Quand la créature eut terminé sa danse, elle se laissa tomber une fois de plus pour se reposer et replier ses ailes créatrices de chaos avec une innocence moqueuse. Madhav la regarda, perchée au-dessus de son ordinateur. Il ressentit au fond de lui la profanation de sa possession la plus utile. Mais il n'avait jamais entendu un son si horrible. Son visage était toujours contorsionné dans le silence. Il aurait pu être frappé d'horreur, incapable de penser, le cerveau ramolli, s'il n'avait pas été préparé.

La résolution qu'il avait prise le matin même se répandit dans tout son corps. Il prit lui aussi quelques instants pour se motiver, un moment qui fit pulser la vie jusqu'à ses muscles et recolora sa peau. Là, au milieu du calme des champs, dans le sanctuaire de son refuge, un élément indigne était entré. Peu importait qu'il fût grotesque, étranger, ouvertement moqueur, il était, à ses yeux, indigne. Et il avait déjà décidé qu'il n'avait pas à tolérer cela, qu'il n'avait pas à supporter le moindre pavé, aussi petit fût-il, dans la mare. À la froide lumière de cette décision, il ne verrait rien de plus. Aucune teinte surnaturelle dans les yeux de marbre, aucun ravage secret dans les ailes repliées, aucune menace dans les crocs, aucune signification dans les pattes en mouvement.

Il détourna ses yeux de l'insecte et fit de longues enjambées jusqu'à la cuisine. La maison resta silencieuse derrière lui. Il parcourut les couloirs, le balai à la main. En entrant dans le bureau, il se tourna vers la table dans un calme professionnel. La libellule n'avait apparemment pas bougé. Il ne pouvait pas l'écraser là où elle se tenait. Il tint le balai comme une lance et le balança vers l'insecte.

La libellule décolla, enragée. Le bruit recommença, mais il n'y prêta aucune attention et fit encore une fois valser le balai. En faisant des arcs furieux et disgracieux, l'insecte montait et descendait dans toute la pièce, atterrissant sur un objet ou un autre, rampant sur le coussin où la tête de Madhav s'était reposée, puis s'envolant brièvement vers l'ampoule, pour vite redescendre vers le sol et pénétrer par intervalle dans les piles de dossiers.

Il poussait et lançait sans le moindre remords. Sa stratégie était claire : isoler la créature dans un espace assez réduit pour la tuer. Mais elle en était consciente. Oh, elle était maline ! Elle ne restait pas immobile plus d'un instant, sauf là où elle savait être en sécurité : sur son ordinateur, sur le bord mince du bureau ou sur le canapé qu'il ne voulait pas recouvrir de sang. Entretemps, elle voletait autour de lui, la gueule béante et les ailes frémissantes, traçant des lignes de rancune étourdissante.

Son taux d'adrénaline bondit pour s'équilibrer avec le chaos. Il accueillait presque à bras ouverts les attaques sauvages de l'insecte, les considérant comme la preuve de son futur triomphe. Même quand, lors de sa rotation, la créature frôlait son visage et que le vrombissement qui pénétrait son oreille, avec une nette distinction entre le bruit des ailes et celui des dents, n'était pas simplement une agression auditive mais physique ; même alors, aucune panique ne germait en lui et au contraire, sa détermination ne faisait que se renforcer à la force de son dégoût.

Puis, la créature s'envola brusquement vers les lames immobiles du ventilateur et, tout à coup, avec un désespoir grandissant, Madhav tendit la main vers l'interrupteur. Les lames prirent vie. Leur rotation fut lente et lourde quand elles touchèrent l'insecte, mais elles eurent la force de le mutiler. L'une des ailes soyeuses fut coupée du reste du corps, puis emportée par les courants d'air de la pièce pour disparaître de la vue de Madhav. Dans un parfait élan de furieuse protestation, la libellule zigzagua vers le rideau. Elle resta là, rampant pour éviter de glisser, blessée et à découvert.

Madhav avait réussi à l'amener exactement là où il voulait. Son plan avait fonctionné. Mais son élan fut étrangement entravé. Le doute le saisit, remontant d'une faille invisible de sa psyché. Rongé par la culpabilité, il éteignit le ventilateur et la lenteur bruyante de son arrêt sembla durer une éternité. Quelque part, quelque chose qui n'aurait pas dû s'était échappée ; la porte d'une cage était ouverte ; une bête infâme était en liberté. Certaines de ses barrières mentales avaient cédé, à tel point que le vrombissement de la créature blessée s'immisçait à présent en lui plus vigoureusement que jamais. C'était, se dit-il, une dernière complainte, ou peut-être (les insectes faisaient-ils de la poésie ?), la colère de la libellule face au déclin de la lumière. Mais son humour tomba à plat. Il connaissait ces pleurs, c'était une condamnation. Il essaya de le nier. Il n'avait rien fait de mal. Il avait seulement été malin. Il avait fait au mieux au vu des circonstances. Son ennemi ne méritait aucune faveur. Et puis, par-dessus tout, n'avait-il pas gagné ? Cela ne prouvait-il pas tout le reste ?

Il alla tout près du rideau. La créature était à présent silencieuse. Il n'y avait aucune expression dans ses yeux globuleux. Son unique aile tremblait faiblement, ses pattes étaient entremêlées de manière confuse et son corps en fuseau se tortillait sous des spasmes. Madḥav prit de l'élan avec le balai, visa, et le balança. Il la frappa proprement. Sa vision se flouta lorsqu'il récupéra le balai. Le rideau se remit impassiblement en place, brillant et vert sous le soleil. Ainsi se termina l'épisode de la libellule.

Non. Un dernier coup de théâtre se préparait. Il se mit à quatre pattes, rampant aux quatre coins de la pièce, regardant sous chaque meuble, puis revenant à toute vitesse pour observer vigoureusement les rideaux. Il resta immobile durant de longues minutes, alors que son esprit retraçait les arcs et paraboles et les angles et collisions de leur valse, bouillonnant d'une furie impuissante. Il finit par sortir pour hurler au gardien de venir avec une voix de fou.

Mais le gardien ne découvrit rien non plus. Il n'y avait aucune carcasse écrasée, aucun morceau d'aile, aucun reste non identifiable, peu importait l'exhaustivité et la fébrilité de leur recherche. C'était comme si le corps s'était évanoui – mais bien entendu, il ne pouvait pas s'être évanoui. Il était là, quelque part, parmi les coussins contre lesquels il s'était reposé, ou dans un des joints du carrelage où il avait marché, ou camouflé en plein jour sur le bureau où il voulait travailler. Il pouvait être n'importe où. Il pouvait tout aussi bien être partout.

Madhav sut alors qu'il avait été vaincu, qu'on lui avait retiré la victoire au tout dernier moment. Il ne pouvait plus rester dans cette pièce, car elle transpirait la laideur qu'il avait cherché à expurger. Sa seule consolation, alors qu'il marchait aveuglément sous le soleil de l'après-midi, fut que la culpabilité s'était depuis longtemps dissipée dans son cœur.

C) LE TUNNEL

À la place, la haine le submergeait – un feu abstrait et indiscernable, car il ne savait pas vers quoi la diriger. Quelle était cette fourberie qui arrachait, les doigts pleins de ruse, le sol même sur lequel il marchait ? La maison derrière lui et les grottes au-delà, semblaient être emplies de rires sournois, alors qu'il accélérait dans sa fuite. Il était de nouveau exilé, pour la deuxième fois.

Après quelques instants, il se retrouva parmi les fontaines. Un jet froid emplissait l'air, et des bancs de marbre étaient disposés près de l'allée. Madhav s'assit, lissant ses vêtements froissés et passant une main dans ses cheveux, et se mit à réfléchir. Le son de l'eau jaillissante le calma. Il ferma les yeux et se reposa métaphoriquement contre ce lit sonore constant. Il réfléchit et à travers sa confusion, telle une lueur dans le noir dont la brillance s'accentuait à mesure qu'elle s'approchait, une question devint évidente.

Qui était Jonathan Carry au juste ? Quel genre de personne achèterait une maison dans un lieu pareil, si dangereux et infesté ? Pourquoi l'avoir mis à la disposition de Madhav, alors qu'il savait que Madhav avait surtout besoin de sécurité et de calme ?

Poussé par son indignation, il prit son téléphone et appela le Secrétaire. « Je ne peux pas rester ici, dit-il sans préambule. Il est impossible de rester dans cette maison. »

Il commença à expliquer. Il ne remarqua pas la respiration brusque qui étouffait le silence de l'autre côté de la ligne.

« Je suis très occupé », répondit enfin le Secrétaire.

Il y eut un moment de silence avant qu'il continue en précisant que cela n'avait pas d'importance, puis un autre avant qu'il ne redonne toute son attention à Madhav. Lors de ces silences, dans cet espace, le monde de Madhav vacilla. L'eau jaillissait toujours, les branches dansaient, le vent soufflait, les nuages glissaient – mais il avait conscience de tout cela comme étant seulement des choses lues quelque part ou dont il se souvenait. Il avait le sentiment, indescriptiblement étranger, de voir le monde de derrière, comme si tout ce qu'il pouvait voir, toucher, entendre, sentir, prendre, frapper, contester, lui avait soudainement et simplement tourné le dos. Les couleurs étaient également différentes – les couleurs s'étaient inversées.

« Vous êtes toujours là ? » demanda le Secrétaire à la fin d'un court discours auquel Madhav n'avait pas fait attention.

« Je suis là ! s'écria Madhav. Je suis désolé ! Je suis désolé de vous avoir dérangé ! »

Il se mit à s'excuser sans pouvoir s'arrêter, emporté par le soulagement. Il remercia le Secrétaire de lui avoir répondu. Il aurait aimé ne jamais avoir à appeler. Il exprimait tant son regret que ce fût son interlocuteur qui dû le pousser à en dire davantage.

Il lui raconta alors. L'angoisse qu'il ressentait à devoir justifier son appel intrusif ajouta une certaine clarté et une véritable urgence à sa plainte. Alors qu'il parlait, Madhav clignait vigoureusement des yeux devant le paysage extérieur aux couleurs inversées. Au fur et à mesure, tout redevint normal.

« Le problème, c'est qu'il ne *vit* pas ici, expliqua Madhav. Il n'est pas sur place. Il trouve sûrement tout cela fascinant : une terre désolée à côté de créatures locales, exotiques et dangereuses voletant à travers les fenêtres. Il a sûrement pensé que cela ajoutait du charme. L'effet Slumdog, vous savez. Ils sont fascinés par l'horreur parce qu'ils ne *vivent* pas ici ! Et où est-il maintenant ? Londres ? Paris ? New York ? »

Il y eut un long silence de réflexion. « Vous avez peut-être raison, reprit le Secrétaire. Vous avez peut-être raison. Aussi, je ne me suis pas rendu compte…

– Ce n'est pas votre faute, s'empressa d'ajouter Madhav. C'était la meilleure option à notre disposition. C'est seulement que… ça ne fonctionne pas.

– Je vous ai bien compris, acquiesça le Secrétaire. J'en avais bien conscience et c'est pour cela que je n'ai pas invité Carry au conclave. Il est trop loin de ce genre de problèmes pour vraiment y mettre tout son cœur. J'avais pourtant l'espoir qu'il nous soit utile.

– Il pourrait l'être, dit Madhav. Faites-le passer à la télé avec les autres. » Son ton péremptoire le surprit à moitié, mais la série d'épreuves qu'il venait de subir laissait des traces.

« On vous trouvera un autre endroit. Le Commissaire doit me faire un rapport ce soir. Tenez bon jusque-là. Je vous appelle ensuite. »

Un bruit de froissement, puis plus rien de l'autre côté de la ligne. Madhav rangea le téléphone. Cambrant son dos, il prit une grande inspiration de cet air parfumé. Il pouvait entendre les fontaines qui ruisselaient toujours vivement. Leur constance était rassurante. Pendant quelques instants, il regretta de ne pas avoir de livre avec lui, c'était là un endroit parfait pour lire. La maison de Carry avait une petite bibliothèque, mais il ne l'avait pas encore explorée.

Il lança un regard vers l'allée dont il venait. Elle tournait après un bosquet d'arbres qui cachait la façade de la ferme.

Non, il ne pouvait pas y retourner, pour rien au monde. Il voulait un espace beau et sain pour lui-même, il n'accepterait rien d'autre. Plus loin, de l'autre côté des dalles de marbre, la charmille de plantes grimpantes attendait, sombre et attirante sous le vif soleil de l'après-midi.

Dessous, toutes les sensations étaient filtrées à travers la canopée. Le doux ruissellement de l'eau, le chant des oiseaux, la lumière du jour. Bien que légèrement altéré, tout était bien plus agréable. Le treillis allait loin. Il n'y avait aucun cercle de lumière brillante au loin, attendant d'emprisonner l'œil ; seulement le monde intérieur de la tonnelle, qui résistait en oscillant. Madhav prit le tournant, suivant joyeusement le chemin, s'engageant plus profondément sous la charmille. Il se trouvait à présent encerclé par la vive verdure et il sentait la terre propre et inclinée sous ses pieds. Ses pas se firent plus sûrs et ses nerfs, qui avaient été si troublés et désemparés, semblèrent se détendre et s'épanouir comme les plantes environnantes.

Il se sentit protégé. Cet endroit respirait la monotonie, mais la monotonie du réconfort infini. Il était si rare de la découvrir ! Madhav caressa presque l'idée d'annoncer au Secrétaire qu'il resterait bien ici après tout. Il ne pouvait pas, bien entendu. Ce n'était qu'un refuge, un lieu temporaire de repos. À cette révélation, une vague d'apitoiement lui monta soudainement aux yeux et il pleura presque en pensant à ce que sa vie était devenue. Il n'existait à présent aucun lieu sûr pour lui, seulement cette tonnelle, qui pouvait s'arrêter au prochain tournant.

Puis, une pensée lui vint, une pensée si excitante qu'il dut s'arrêter et respirer, encore et encore. Il se rendit compte qu'il était sur le chemin de la sécurité. Ce n'était pas un refuge pour passer le temps : c'était un tunnel, un tunnel comme ceux des anciens châteaux, construits pour les périodes de siège ! Il avait vu et entendu parler de ce genre de choses. Quand l'ennemi prenait d'assaut le terrain, tentant de coincer l'adversaire, il y avait toujours une porte de sortie. Ces tunnels de châteaux étaient cachés alors que la tonnelle était à la vue de tous, mais contre un ennemi dont la marque de fabrique était la duplicité, les espaces ouverts n'étaient-ils pas finalement le secret le plus sûr ? Soudain, il n'y réfléchit plus, il sut qu'il avait raison. Son sang battait dans ses veines, mais son esprit, étrangement prudent, le fit taire ; ses lèvres tremblaient d'un sourire qui osait à peine profiter du plaisir. Un sentiment familier de prudence lui suggéra qu'il n'y avait en réalité, s'il y réfléchissait sérieusement, aucune justification à cette idée : qui aurait construit ces tunnels, quand et pourquoi ? Mais il n'y réfléchit pas, car il savait !

Il se déplaçait rapidement maintenant, courant presque dans l'obscurité venteuse. Il ne prêta aucune attention à la lumière changeante ou à la chaleur croissante. Il voulait seulement suivre le chemin jusqu'à l'endroit où il serait en sécurité pour toujours. Comme le champion olympique durant les dix derniers mètres, l'orateur lors de sa péroraison, ou encore l'écolier sur le chemin de la maison, il sentit que la victoire était à portée de main. Il allait gagner. Il avait déjà gagné. Une pâle lumière apparut dans son champ de vision, il courut vers elle sans aucune hésitation.

Il n'avait absolument aucun doute, pas même lorsqu'il surgit dans les terres brûlées et désolées et se retrouva face à face avec la gueule de la montagne. Puis, un violent poids lui fit perdre l'équilibre, sa vision s'affaiblit, comme si la nuit était soudainement tombée, et une voix d'une autre vie souffla avec véhémence dans son oreille.

8
LE VIEIL AMI

Il se tenait de nouveau dans les ténèbres tourbillonnantes, en l'étrange compagnie de lui-même et de cette autre chose informe. Mais il n'y avait aucun doute : cette chose le regardait, elle le tourmentait, attendant le bon moment… qui serait ? Il sentit l'inquiétude l'envahir et le secouer. Il se retourna et fixa un mur noir et brumeux. N'y avait-il personne pour l'aider ? Il sentit la chose bouger. Oh pourquoi ne le laissait-elle pas tranquille !

Toujours dans l'obscurité, il sentit au fur et à mesure la chaleur du feu qui dansait et craquait devant ses yeux ouverts. Au-delà des flammes, de grandes ombres tressautaient sur les murs escarpés. Les roches étaient baignées de bleu et de rouge, caressées par les étincelles orange qui s'échappaient continuellement vers leur destin.

Il lutta pour s'asseoir. Il vit qu'il était seul et que, même si son corps lui faisait mal, il n'était pas blessé. Tout autour de lui, la grotte s'ouvrait sur des ténèbres spacieuses, à l'exception d'une zone de lumière douce et distante au loin.

Étrangement, il n'était pas effrayé. Il ressentait surtout de l'inconfort. Les flammes étaient trop proches, il avait transpiré alors qu'il était allongé et son col était maintenant trempé de sueur. Non, il n'y avait aucune place pour la peur dans son esprit, car quelque chose d'autre y avait déjà pris racine : un sujet auquel il avait déjà beaucoup pensé, pour lequel il avait résolu de nombreux questionnements, comme s'il en avait rêvé avant même d'y penser. Il pensait à son kidnappeur, Siddharth Pant, sa voix familière, son visage autrefois familier. Pourquoi avait-il toujours été aussi têtu ? La honte de son échec ne lui avait-elle rien appris ? Quel droit avait-il de faire irruption dans sa vie alors qu'il n'y avait plus aucune amitié entre eux ?

Il y avait des objets près du feu. Il nota un vêtement rêche, négligemment plié, une grande assiette en acier et, alors qu'il approchait sa tête, un tas de couteaux de formes et de styles différents, grossièrement façonnés comme par la main d'un amateur. Ils gisaient près d'un petit chaudron rendu noir à force d'usage.

Il vérifia ses poches. Tout était là, il avait son portefeuille et son téléphone. Il avait même du réseau ; il pouvait téléphoner s'il le souhaitait. Pendant une minute ou deux, il caressa cette idée. Cela semblait sensé, mais quelque chose l'empêchait de composer le numéro. Il n'était pas intimidé et il ne rechignait pas à l'idée d'oser demander de l'aide, bien au contraire, ce fut l'instinct de triomphe qui l'empêcha d'en venir à une conclusion hâtive. Tout comme un boxer qui, bien qu'ayant assez de points pour gagner le combat, reste impatient de vaincre par KO, Madhav était tout aussi nerveux de voir où mènerait cette rencontre. Pour se rassurer, il étudia de nouveau l'obscurité de la grotte et les quelques pathétiques objets. Quelle chute ! Il siffla presque d'étonnement, ressentant cette pitié profonde et chantante qui est elle-même une sorte d'extase.

Puis, une ombre cacha l'entrée de la grotte. Madhav resta assis, les jambes confortablement croisées, à regarder Siddharth approcher. Dans ses souvenirs, il portait des shorts décontractés et des t-shirts de foyers pour garçons, des kurtas et des churidars les nuits de festival, et des tenues de soirée de businessman. À présent, il portait uniquement une longue toile de jute en lambeaux, nouée à la taille. Un autre tissu, qui ressemblait à un châle, était disposé comme une écharpe sur ses épaules nues. Il marchait pieds nus en faisant de lentes enjambées. Il était devenu maigre. Ses cheveux étaient longs et jaunis par la poussière et des poils rampaient le long du creux de ses joues.

Alors qu'il s'approchait du feu, il sourit en passant. Madhav fut parcouru d'un frisson : il le reconnaissait parfaitement malgré la forme changeante de son visage. Ce bref mouvement fluide de la bouche et des yeux sembla faire disparaître le lourd poids des années. Il s'était assis, une silhouette osseuse dans un simulacre de déguisement, et bien qu'il restât, dans les faits, un étranger, Madhav lui sourit également.

Il s'occupa du feu, arrangeant le bois pour que les flammes éclatent et s'élancent de nouveau. Puis, il leva les yeux vers Madhav et sourit de nouveau.

« Tu es enfin venu.

– Je ne suis pas *venu*, rit Madhav. Tu m'as assommé et traîné ici.

– C'était le moins que je puisse faire. »

Ils s'affrontaient de leur sourire réciproque, mais Madhav se sentait à l'aise. Les yeux de l'autre homme étaient entourés de rides, tout comme ses lèvres, les marques du labeur et d'un vieillissement prématuré. Sa peau était parfois décolorée, brûlée peut-être par le soleil nocif. Mais par-dessus tout, la lumière du feu pénétrait le masque joyeux pour mettre à nu la défaite intérieure. Ce n'était plus un homme devant lui… seulement une silhouette.

Puis, le sourire s'effaça également et l'échec se mit à parler de manière audible.

« Il n'y a rien à manger, dit Siddharth. J'ai bien peur que tu sois venu à un mauvais moment.

– Que manges-tu d'habitude ? demanda Madhav.

– Oh, plein de choses. Des lapins et des baies. Du miel sauvage. On a quelques chèvres. Il y a de la vie dans le désert. Mais maintenant, tout est rationné.

– Qui est ce "nous" ? »

Siddharth raviva les flammes, soudainement absorbé dans ses pensées. Une faible lueur de peur s'éveilla chez Madhav et il se précipita pour prendre l'avantage.

« À quoi en es-tu réduit ? cria-t-il. Qui sont ces gens ? Une bande de terroristes trop lâche pour se montrer ! Merde, mon vieux ! » Il fixa la tête penchée avec un mépris sceptique. « Tu aurais pu devenir quelqu'un. Comment as-tu pu laisser faire ça ? »

La question résonna dans toute la grotte. Siddharth resta silencieux. Après tout, que pouvait-il répondre ? C'était le résultat de son orgueil, de son assurance excessive. C'était ce qu'il advenait quand on ne s'adaptait pas à son époque.

« Tu as toujours pensé que tu étais meilleur que tout le monde. Meilleur que le meilleur ! Mais ce n'était pas le cas, n'est-ce pas ? Je me demande si tu as retenu la leçon… même maintenant ! »

L'homme qui avait été autrefois un camarade et qui était à présent à peine un homme, à tel point qu'il était difficile de relier le nom familier à cette silhouette accroupie en haillons, ne fit que marmonner une réponse. La manière dont il grattait le sol suggérait un délinquant en train de se faire sermonner. Et ce, sur son propre territoire !

« C'est ce que j'essayais de te dire, continua Madhav. Si seulement tu avais écouté. » Il avait adouci son ton à présent qu'il en venait aux véritables mots durs, comme on tourne gentiment le couteau après l'avoir lancé avec brutalité. « Si seulement tu avais écouté, on aurait pu être encore amis. »

L'air se troubla là où les mots tombèrent. Siddharth leva son visage tanné et dit, distinctement cette fois :

« Comment vas-tu ?

– Bien, répondit rapidement Madhav, toujours dans le sillage de son propre discours. Je vais bien.

– J'ai entendu dire que tu avais été promu.

– Promu, oui. Je vais peut-être aussi me marier.

– Oh. » Un sourcil se leva et caressa une mèche de paille. « Nisha ? »

Madhav grimaça.

« Elle s'appelle Shivani. Elle est danseuse. Très belle, très talentueuse.

– Une artiste fille ?

– Oui », répondit Madhav, n'appréciant guère le qualificatif « fille » utilisé, de manière assez incroyable, comme s'il lui était supérieur. Son ressentiment s'amplifia tandis que Siddharth éclatait de rire.

« C'est ton truc maintenant, non ? J'ai entendu parler du livre aussi.

– Tu es bien renseigné pour quelqu'un qui vit dans une grotte.

– Sur toi, répondit Siddharth. Je sais peu de choses, en revanche je sais des choses sur toi. »

Frappé par les ombres, son visage s'était transformé et rappelait celui des princes allongés sur des divans qu'éventaient de jeunes filles esclaves. Ce regard mettait particulièrement mal à l'aise.

« Quand es-tu venu ici ? demanda Madhav d'une voix étrangement sèche. Pourquoi ?

– Quand mes amis m'ont laissé partir, répondit Siddharth. Ce n'était pas programmé. Au fait, j'ai lu ton livre.

– Oh ! » s'exclama Madhav visiblement surpris, car il était dans cet état paralytique de tension où même les émotions ressenties ne pouvaient être communiquées que dans un effort dramatique. « Tu as aimé ?

– L'ai-je aimé ? ironisa Siddharth. Cela t'importe, n'est-ce pas ?

– Quoi ?

– C'est important pour toi de savoir si je l'ai aimé. »

Il n'y avait aucune moquerie dans son ton. Il hochait la tête lentement. Le fin sourire entendu s'était évanoui de ses lèvres. Il s'assit, les yeux baissés et le font vibrant sous ses pensées, comme s'il devenait humble devant quelque chose de bien plus grand que lui.

Cela venait de frapper Madhav également. Ils n'étaient plus seuls à présent, un troisième élément était assis près du feu, une force aussi invisible et invasive que l'air. Elle semblait les rétrécir tous deux sous ses ailes pour les réunir.

« Je veux te montrer quelque chose », dit Siddharth.

Au moment où il termina sa phrase, le petit feu vacillant s'éleva furieusement en des fontaines de flammes. Pour la toute première fois, l'embrasement illumina les murs lointains de la grotte.

Toute une galerie attendait, creusée dans la roche. Dans des tons d'abord blancs et orangés avec des lignes calcaires et des couleurs floues, se développait-là, dans toutes les directions, un tableau de dessins d'humains et d'animaux, d'oiseaux, d'arbres, de rivières, de montagnes et d'autres éléments, comme des formes et symboles plus abstraits et mystérieux. Madhav ne sut dire s'il s'agissait de dessins séparés ou d'une unique histoire qui se déroulait devant leurs yeux.

« Tu aimes ? » La timidité et la fierté se mêlaient dans la voix de Siddharth. « Tu sais que j'ai toujours aimé peindre. Et je n'avais jamais eu le temps avant.

– Tu étais feignant », murmura instinctivement Madhav, comme une phrase apprise par cœur. Son regard s'attarda sur les images qui brillaient intensément à la lumière du feu. Elles étaient véritablement à couper le souffle. Il se sentait combattre leur beauté. Il perçut la critique se précipiter en lui comme des conseillers rusés : ces dessins étaient « bruts », et « rudimentaires », que des « clichés ». Il ressentit à la fois de la rage et de la fierté pour son ami. Confus, il ne regarda pas Siddharth, mais remarqua seulement de manière périphérique qu'il hochait la tête.

« Oui, j'étais feignant. J'étais condamné à l'être, cependant. »

Avait-il perçu une note de reproche ? Soudain, les yeux de Madhav distinguèrent une section de la paroi rocheuse, près du toit de la grotte, où les dessins étaient remplacés par les empreintes d'un grand nombre de mains humaines. Il se demanda brièvement à qui pouvaient appartenir ces mains et comment ils avaient pu atteindre une telle hauteur. Puis, les lumières s'évaporèrent, les murs s'effacèrent dans l'obscurité et ils se fixèrent de nouveau, de l'autre côté des faibles flammes.

« Tu m'as demandé pour ton livre, reprit Siddharth. Je l'ai lu d'une traite… et je n'ai pas du tout aimé.

– Ah, non ? »

Ce fut donc avec joie qu'il chercha à s'endurcir. Qu'était-ce donc sinon de la pure jalousie ? Cela le libéra de toutes obligations.

« Je l'ai lu parce que c'était toi. Je l'ai détesté parce que ça ne l'était pas.

– Tiens donc.

– C'était un échec, dit calmement Siddharth. C'était un mensonge.

– Un mensonge ? »

Madhav tenta de rire, mais le son mourut misérablement sur ses lèvres. Il regarda Siddharth dans les yeux, le transperçant d'une autorité inébranlable. Ils cherchaient à l'humilier et, aidés par la magie noire de cette atmosphère pesante, ils étaient en train de réussir. Un mensonge, réfléchit-il. Un échec. Soudain, pendant un court instant, il ne sut pas où il se trouvait. Il était assis, le dos bien droit, et une lumière brillait.

Il se secoua pour se débarrasser de ce sentiment. Il ouvrit les yeux devant le feu et l'obscurité. Son cœur qui s'était tu avec le poids de la critique se mit à battre fort et à se rebeller, et la lente propagation des remords se fondit en un tourbillon de révolte.

« N'importe quoi ! cria-t-il. Vraiment n'importe quoi. Tu me juges, moi ? *Je* suis un putain d'échec ? »

Il s'efforça de se mettre debout, éparpillant des cailloux. Se tenant au-dessus de Siddharth, il baissa les yeux vers lui avec une malveillance délibérée. Lentement, il mit fin au sort qui avait scellé leur regard l'un dans l'autre et mit à nu leur proximité. Cela lui prit plusieurs instants d'efforts intensifs. Enfin, ils ne furent plus que deux hommes, et la hiérarchie était claire.

« Peu importe ce que tu penses de mon livre, dit-il, satisfait. Tu n'es personne à mes yeux. Tu n'étais pas assez bien pour être mon ami à l'époque et c'est pour ça que tu ne l'es pas aujourd'hui. Ne va pas penser que tu as été négligé d'une façon ou d'une autre. Je n'ai pas rompu les liens avec toi sans raison. Tu as eu ce que tu méritais. C'est très simple, en vérité. Tout est une question de mérite. Il n'y a rien de plus juste que le mérite. Tu n'as pas prouvé que tu méritais quoi que ce soit. Les amis que j'ai maintenant… l'ont fait. Ils… »

Emporté par la ferveur de son discours, il n'avait pas remarqué les silhouettes qui entraient dans la grotte. Transporté par ses propres mots, il s'était levé dans une liberté soudaine et extatique. Puis, les hommes-bêtes arrivèrent en grandes enjambées à ses côtés, et il fut encore plus soudainement réduit au silence.

Siddharth était toujours accroupi près du feu, réarrangeant le bois crépitant. Il avait au moins la décence de se sentir honteux, pensa Madhav. Mais très vite, cette dernière pensée cohérente s'envola comme tout le reste.

Ils étaient des abominations : des têtes de chiens serviles et de loups réduits en esclavage, des dos voûtés de chameaux, des mains tordues de mantes religieuses, des bouches bulbeuses de singes ; ils palpitaient d'une vie indescriptible, alors qu'il les passait en revue d'un regard où se mêlaient peur et fascination.

Ils étaient à l'extérieur désormais. Le soleil était haut dans le ciel ocre. Les roches et la terre désolée, brûlant d'une lueur de fournaise, s'étendaient en scintillant jusqu'à l'horizon. Il était encerclé par des visages bestiaux. Une paire de mains, larges et odorantes, s'entrouvrit devant ses yeux et le monde ne fut plus que confusion éclatante. Le bandeau était attaché à l'arrière de sa tête. Il fut brutalement poussé vers l'avant. Un murmure guttural éclata autour de lui, puis il entendit les mouvements d'un grand nombre de pieds.

« Doucement, doucement, dit la voix de Siddharth tout près de lui. On va faire ça doucement. »

Au son de sa voix, quelque chose se libéra en lui. Il pivota furieusement.

« C'est comme ça que tu fais ? s'écria-t-il. Hein ? Espèce de lâche, bâtard, tu n'es qu'un raté, tu es jaloux de moi ! Tu as toujours été jaloux !

– Faites-le avancer », répondit Siddharth. Il reçut un coup de coude à l'épaule. Il pensa se retourner et courir le plus vite possible, mais il ne fit que marcher dans la direction qu'on lui indiquait. Siddharth marchait près de lui. Sa voix était tout à côté de lui. Désincarnée, elle lui était familière de manière dépaysante. Elle venait d'elle-même jusqu'à lui à travers l'obscurité brumeuse, tout comme elle l'avait fait, à de nombreuses reprises, sur le toit du foyer à travers la nuit.

« Le mérite, disait-elle, quel est le rapport entre l'amitié et le mérite ?

– Tu dois la mériter, bien sûr, répondit Madhav. Tu dois être l'égal de la personne. Tu dois faire aussi bien qu'elle.

– Un ami, rétorqua la voix, est celui qui ne peut pas partir, peu importe son mérite.

– Oh, mais je *suis* parti, rit Madhav. Il m'aurait été difficile de partir encore plus loin. J'ai réussi ma vie. Je travaillais et je réussissais. Mais tu as échoué, mon pote… et comment ! Tu es dans la nature ! Mes amis sont les personnes les plus remarquables et les plus brillantes de tout le pays… les plus drôles aussi ! Je les aime. Et tu aurais dû les aimer aussi ! Ils auraient dû être tes amis aussi ! Qui sont tes amis maintenant ? Ces sauvages ? »

Ils étaient tout autour de lui. Il entendait le lourd piétinement de leurs pieds et sentait le tourbillon de vagues malodorantes.

« Ce ne sont pas mes amis, reprit la voix de Siddharth, aussi constante que s'ils étaient statiques. L'un d'eux, oui. Les autres ne sont que des camarades. C'est ainsi que l'on s'appartient les uns les autres. Mais tu m'appartenais en tant qu'ami. L'amitié, Madhav ! Ce n'est pas une question de mérite, c'est la manière dont tu appartiens à l'autre.

– Cela n'a aucun sens ! » Madhav partit de nouveau d'un éclat de rire d'une joie artificielle. « Je "n'appartiens" à personne !

– Si je devais choisir mes amis sur leur mérite, continua Siddharth et Madhav eut l'impression qu'il souriait également, je pourrais tous te les voler. Et ce ne sont pas des sauvages, ce sont des gens.

– Tu les as *regardés* ? cria Madhav.

– Et toi ? »

Une chose étrange se produisit alors. Le bandeau toujours sur ses yeux, le monde prit vie.

Durant ce premier instant où défilèrent devant lui de surprenantes visions, il vit de l'herbe douce, des arbres penchés, des feuilles éparpillées sur les rives d'un ruisseau qui s'écoulait paisiblement. Il vit le groupe se dépêcher près du fil d'eau, vers une rangée de collines boisées. Puis, la lumière du soleil apparut soudainement entre deux grands bouleaux, l'aveuglant de nouveau.

Quand il put voir de nouveau, la gorge à côté d'eux était sèche et craquelée. Les collines étaient dénudées. La terre nue, les roches et le soleil emplissaient le paysage désolé. Son cœur fit un bond de douleur.

Il se retourna, un cri sur les lèvres, vers ses ravisseurs. Un choc céda la place à un autre. Leurs corps étaient défigurés, vêtus plus de poussière que de vêtements… mais leurs dos voûtés, leurs mains osseuses et leurs visages féroces étaient bien ceux d'hommes et de femmes.

Siddharth était parmi eux, ses yeux chaleureux et amusés lui jetant un regard vif.

« Maintenant tu les regardes, dit-il. Maintenant, tu nous aimes ? »

Madhav ne répondit pas. Ses pas suivaient les leurs. Personne ne le tenait ou ne l'obligeait à rester près d'eux, mais son esprit était trop préoccupé pour penser à s'échapper. La vue de ces forêts luxuriantes, du ruisseau joyeux, le saisissait tout entier. Elle semblait toucher ces roches nues et lugubres d'une poigne douloureuse. Il leva les yeux vers les collines, si réduites au loin. Il voulut soudainement courir vers elles, les prendre dans ses bras.

Dans ce paysage tragique, un grand nombre de voix s'élevèrent et se mêlèrent en un chant. Il ne comprenait pas les paroles, mais il sut qu'il s'agissait d'un chant triste, et il le trouva absolument charmant.

« C'est beau, n'est-ce pas ? »

La voix de Siddharth le surprit, elle était si près de lui. Il se tourna pour voir son visage pâle et si sérieusement concentré.

« Tout est beau si on regarde correctement. Dans ce cas, pourquoi parler de mérite ? »

Madhav rit à moitié. « Tout est beau ? » Il tenta de prononcer ces mots avec toute la condescendance appropriée ; cette pensée était si évidemment fausse et banale. Mais il lui était difficile de parler, encore moins de la manière dont il voulait. Alors qu'il respirait sous ce vaste ciel sans nuage et que ses pieds se posaient sur cette terre désolée, encore et encore, il sentit une étrange humilité l'envahir. Puis, comme s'il venait de pénétrer dans la cour du plus riche des rois, dans le plus grand des palaces, il inclina la tête.

Ils continuèrent de marcher au même rythme, comme ils l'avaient fait de nombreuses fois lors des nombreuses soirées magiques où l'horizon se colorait de toutes les teintes du possible.

Maintenant, comme à l'époque, leur silence semblait inébranlable, même lorsque Siddharth prit la parole.

« Il est vrai, commença-t-il, que je ne méritais pas grand-chose. J'étais peut-être têtu. J'étais parfois amer. J'ai eu également mon lot de malheur. Mais au-delà de mes erreurs, au-delà de mon destin, j'étais toujours moi-même. Pourquoi ne m'as-tu pas aimé, dans mon désespoir ?

– Qu'essayes-tu de me dire ? répondit Madhav, soudainement agacé. Que je dois te traiter pareil sans prendre en compte si tu es une personne honnête et sociable ou amère et en colère comme tu l'es devenue ?

– Pas du tout, reprit doucement Siddharth. Mais tu dois m'apprécier tout autant.

– Les personnes que j'apprécie… » répliqua Madhav en parlant vite pour cacher sa gêne à parler d'"amour" – cela lui paraissait si inconvenant entre deux hommes. « … sont celles avec lesquelles je peux être sympathique. Et les gens avec lesquels je ne peux pas être sympathique, je ne les apprécie pas. C'est très simple !

– Alors, tu n'aimes personne, conclut Siddharth. Alors, tu n'as aucun ami. Le vrai amour, continua-t-il rêveusement comme s'il se rappelait et citait quelqu'un d'autre, est difficile et terrifiant. Allons. »

Soudain, Madhav s'arrêta et l'homme derrière lui le percuta. Il se retourna et se mit à crier. La chaleur du désert se faisait oppressante désormais. Une autre silhouette arriva pour le tirer en avant et d'un geste brutal avec son bras elle le heurta violemment. Instantanément, il devint aveugle.

Son esprit, cependant, bouillonnait de clarté. Quel idiot il faisait ! Se retrouver bercé par la tristesse et la ruine, par la soi-disant beauté de la tragédie… c'était une romance tellement factice ! Il se remémora le monde mort qui l'entourait et il recula devant cette vision. Non, aucun échec et aucun désespoir ne pouvaient jamais être aimés, ne devaient jamais être aimés… pris en pitié, au mieux. Mais la plus grande audace était que ces gens pitoyables se comportaient comme s'ils lui étaient supérieurs, ils osaient lui imposer leur manière de voir, insulter et terroriser un homme libre.

Ils grimpaient à présent. Ils étaient arrivés aux collines. Madhav chancela dans cette ascension soudaine et une main l'attrapa pour le stabiliser. Il pouvait entendre le souffle de Siddharth dans son oreille.

« Tu dois appartenir, dit-il, et accepter notre appartenance commune. Mais tu dis n'appartenir à personne. Et cela doit changer. »

Il sentit l'implicite sinistre aussi sûrement que le vent chaud qui soufflait à travers le désert.

« Que veux-tu dire par "changer" ?

– Tu le sais, répondit Siddharth, sinon tu ne serais pas ici. »

Soudain, il se baissa. Il chargea, tête la première, en direction de la voix de l'homme, mais il heurta quelque chose de solide au passage. Il perdit l'équilibre et tomba, grattant et griffant un flot bouillant de gravats.

Une forte poigne courba sa chute. Il fut remis sur ses pieds et des mains enlevèrent la poussière de ses vêtements. Ses lèvres saignaient et des larmes de colère coulaient derrière le bandeau.

« Tu vas me "faire" changer ? cria-t-il dans la lumière opaque et scintillante. Qu'est-ce qui t'en donne le droit ? Et la violence ! Qu'est-ce qui te permet d'utiliser la *violence* ? Dis ce que tu as à dire, dispute-toi avec moi si tu peux. Seuls les lâches usent de violence !

– On te ramène à la maison. » La voix était implacable, indifférente.

« *Libère*-moi !

– Jamais, répondit Siddharth. C'est la seule chose qui est impossible. Jamais tu ne dois être libre. »

Ils marchaient de nouveau, mais le choc de cette déclaration avait enlevé toute sensation dans ses pieds.

« Qu'es-tu devenu, chuchota-t-il à moitié, une sorte de dictateur hors-la-loi, une sorte de dacoït[12] d'un trou paumé ? Je ne sais pas comment tu es arrivé à faire travailler tous ces gens pour toi. Mais maintenant, je comprends pourquoi tout le monde me cible, moi. Tout est de ton fait, en vérité. Ce n'est absolument pas politique, c'est personnel !

– Seulement quand tu nous appartiendras, déclara Siddharth alors qu'ils montaient de nouveau, de plus en plus haut sur la pente raide. Ce n'est qu'alors que tu seras de nouveau mon ami. »

Il fut bientôt conscient d'un changement dans le rythme des enjambées autour de lui. Elles s'éloignaient ; la foule se dissipait. Seule la présence près de son épaule avançait encore à ses côtés.

Plus tard, ils firent une halte à un endroit ombragé, ce fut en tout cas ce que supposa Madhav lorsque son monde s'obscurcit légèrement. Il se sentit seul avec Siddharth, sa respiration irrégulière alors que la sienne était calme, son appréhension craintive alors que son ravisseur était d'un sadisme calme et impénétrable.

« Calme-toi, dit-il. Tu es en présence d'un ami. »

Le bandeau fut retiré. Ils étaient haut au-dessus des plaines sur une corniche sous un promontoire. Des nuages de poussière rouge obscurcissaient les confins du monde. À ses côtés, sous la saillie rocheuse, se tenait Siddharth. Son visage était doux, comme si ses muscles se liquéfiaient et dans ses yeux ne brillait que de la bienveillance. Madhav recula devant lui. C'était là le visage d'un fanatique ou d'un fou.

« Accepte-le, continua l'homme, abandonne ta maladie comme tu as abandonné ton amitié.

– Tu… » commença Madhav, mais le flou du mouvement qui suivit effaça cette pensée de son esprit et lui vida les poumons.

---

12. Les dacoïts sont des bandes organisées souvent formées de paysans qui ont été dépossédés de leur terre. NdT.

Plus tard, quand il l'eut retrouvée, peu importait son cri. Siddharth était parti, il avait disparu de la corniche grâce à un moyen secret que lui seul possédait. Il se retrouvait bloqué, deux mille mètres au-dessus du sol, sans aucun retour possible.

*

La solitude lui coupait le souffle. Son regard allait dans toutes les directions, sans jamais rencontrer le moindre obstacle. Le désert rouge était aussi étendu qu'une mer. Il pouvait imaginer, à travers les millénaires, les eaux s'assécher et le lit de mer sculpter ces formes escarpées qui parsemaient désormais le paysage quand la poussière s'envolait. Mais ces plaines mortes vivaient aussi à leur propre rythme. De grands vents les traversaient lors de passages réguliers, la poussière remuait et se posait, la lumière du soleil brillait, à présent rouge, puis dorée, depuis les lointains rochers.

Il avait seulement la place de s'asseoir et de se déplacer de quelques pas dans chaque direction. Il n'y avait aucune possibilité de redescendre. La paroi de la falaise était abrupte, bien audelà de ses compétences en escalade. Il ne pouvait pas non plus grimper, car le promontoire constituait un plafond infranchissable. Comment, alors, Siddharth était-il parti ? Tout en ressentant cet émerveillement, il prit conscience qu'il était condamné. Il n'avait ni eau ni abri. Il n'avait aucune échappatoire. Il était complètement et incroyablement seul.

Alors que cette prise de conscience le saisissait, une grande vague de poussière roula sous son regard, dévoilant le terrain en dessous. Les yeux de Madhav aperçurent un miroitement de couleur qui défiait toute croyance. Un large cercle de vert était apparu sur la terre désolée. Il y avait un jardin dans le désert !

Il le voyait de près à présent. Les brins d'herbe étaient recouverts de rosée et un bouquet de fleurs bleues riait au soleil. La terre humide descendait très bas, plongeait profondément et serpentait vers le cœur du monde.

Bien sûr, Siddharth avait sauté. C'était ainsi qu'il avait disparu. Et à présent les nuages qui défilaient étaient chargés de quelque chose de lourd. Les remords le remplirent peu à peu, à chaque nouvelle respiration, dans un lent et insistant gonflement. Il pouvait entendre des notes mélancoliques soufflant doucement sur la falaise. Il y avait la sonnerie des cloches, les gémissements du muezzin et un ronronnement profond et sonore. Tout cela le rendait mal à l'aise. Les affres d'une impulsion inconnue le tirèrent vers le bord. Au même moment, Madhav prit clairement conscience d'un argument qui se formait dans son esprit : judicieusement ou imprudemment, pour le meilleur ou pour le pire, Siddharth avait sauté sur une très longue distance en bas. Mais Siddharth était son ami. Un ami ne pouvait pas s'enfuir, peu importait qu'il fût idiot ou brillant et ami tenait toujours compagnie à son ami. Ainsi, même s'il n'aurait su dire comment, il était certain qu'il ne risquait rien et qu'il ne pouvait lui arriver que de bonnes choses s'il décidait d'abandonner ces hauteurs désolées pour aller à la rencontre de son ami. Les monodies dans son oreille montèrent en crescendo et, soudain, il fut excité à la pensée de l'herbe ondulante qui attendait de l'accueillir à bras ouverts. Des cailloux tombèrent des kilomètres sous ses pieds glissants. Madhav se prépara à sauter.

Ce furent les secousses répétées et étourdissantes de la sonnerie de son téléphone qui le sauvèrent et le propulsèrent de nouveau dans la réalité, réalisa-t-il plus tard. Il bondit en arrière, loin du précipice, pris de vertige et sur le point de vomir. La sonnerie retentissait, encore et encore. Il fouilla pour trouver son appareil. La voix du Secrétaire, très inquiète, tonna au-dessus de lui et, pendant un moment, il ne sut plus rien.

9

LE RÉGICIDE

Puis, il ne fut plus seul. Vinay était assis en face de lui, criant pour couvrir le vrombissement des rotors, installés dans les sièges arrière d'un hélicoptère en vol stationnaire.

« C'est allé trop loin ! disait-il. Il est temps qu'on riposte ! »

Pradhan était là également, son visage et sa chemise trempés de sueur. À quelques centimètres d'eux était assis Krishnan, souriant d'un air suffisant à l'idée d'une pensée secrète, les yeux rivés vers le bas.

Quand Madhav retrouva quelque peu ses esprits, il tenta avec difficulté d'expliquer ce qui s'était passé. Mais ils comprirent rapidement.

« Une vendetta privée, acquiesça Vinay. Je sais, tout ça n'est qu'une vendetta privée minutieusement élaborée, menée par une armée privée. On peut dire que tu sais bien choisir tes amis, Madhav.

– Je n'ai jamais imaginé ça, protesta-t-il.

– Mais je te l'ai déjà dit, répliqua Vinay. Je te l'ai toujours dit, tu n'es pas très bon pour cerner les gens. Tu es naïf. Tu laisses les gens te mener en bateau, te manipuler au nom de ces nobles émotions. "Amitié", dit-il ! Pourquoi l'as-tu laissé te trouver ?

– Ce n'est pas le cas, répondit Madhav. J'ai été piégé. Je me suis perdu… et on m'a kidnappé.

– Tu étais à l'abri dans la maison et tu aurais dû y rester. »

Le ton sec de sa voix ne dura qu'un instant, mais cela fut suffisant pour surprendre Madhav. Il devint alors plus attentif à la sincérité tremblante des gestes de Vinay et il ressentit une certaine honte à avoir forcé cet élégant représentant de l'oisiveté à venir en ces terres perdues. Il avait hâte de se faire pardonner.

« Il essaye de te faire sentir coupable », dit Vinay. Ils grimacèrent dans les tourbillons d'air. L'hélicoptère était secoué vers l'avant. « Il essaye de te faire croire que tu lui dois quelque chose. Comme si *tu étais* celui à blâmer pour sa vie au milieu de ces animaux. »

Alors que Madhav hochait la tête avec gratitude, il perçut un mouvement rapide à côté de lui. Les yeux de S. Krishnan jetaient des éclairs.

« Ne les appelle pas comme ça, prévint le journaliste. Ce sont de meilleures gens que nous, l'élite urbaine bien trop choyée. Leur manière de vivre est de loin supérieure à la nôtre sous tous les aspects.

– Bien sûr, dit Vinay en haussant les épaules. Mais, personnellement, j'aime avoir un toit sur la tête. Mais ce n'est que moi. »

Krishnan le fusilla du regard, son visage tordu par un sentiment d'autorité morale. Vinay détourna les yeux, s'agitant sur son siège, mais sans céder du terrain. Pendant un court instant, Madhav pensa qu'il n'y avait aucun moyen de réconcilier leurs opinions, qu'il était impossible de connaître l'issue de cette dispute, si elle devait finir un jour. Puis, soudain, il se sentit extrêmement fatigué.

« S'il vous plaît, pas de dispute, lança-t-il. Sans doute est-on assez matures pour accepter d'avoir des opinions différentes ? Et surtout l'important, c'est que je sois en sécurité maintenant ! »

Après quelques secondes, ils hochèrent tous deux la tête. Plus tard, quand Pradhan bâilla, une sorte de paix s'était de nouveau installée parmi eux.

« C'est Siddharth l'hypocrite, continua soudain Madhav sur un ton agressif alors que l'idée lui frappait tout juste l'esprit. L'homme porte des haillons et pourtant il arrive à avoir l'apparence d'un roi. Il est entièrement conscient de son échec et pourtant il est fier. Il dit qu'il appartient à cette tribu. Mais qu'il ne peut pas me laisser tranquille.

– Plein de contradictions, répliqua Vinay, et il s'obstine à ne pas les voir. Il est tellement manipulateur, pas étonnant que ces créatures lui mangent dans la main. C'est comme ça que les naxalites[13] fonctionnent, tu le savais ? Il a dû te décrire comme une sorte de bureaucrate influent et malveillant, l'ennemi de leur progrès. Il profite de leur désespoir. L'État fait si peu pour eux, tu comprends. Il n'y a aucun développement dans ces endroits. »

À ces mots, ils hochèrent tous de nouveau la tête. La terre désolée les regardait sous leurs pieds à travers la poussière tourbillonnante. Ils volaient plus bas à présent. Les ondulations défilaient, infiniment vides, mais on distinguait du mouvement à l'horizon.

Vinay glissa dans son siège. On lui avait assigné le rôle de commandant et il était clairement mal à l'aise.

« La police a envoyé ses hommes, dit-il. Mais c'est notre mission de séparer ce gars de ses disciples. On va y arriver en leur montrant ce que cela signifie vraiment d'être généreux. »

Pradhan grommela son approbation. Quelques minutes plus tard, le groupe d'ennemis en fuite était en vue : une petite armée de points qui rampait sans aucun but précis à travers les immenses plaines.

---

13. Révolutionnaires maoïstes indiens. NdT.

Un faible chant en chœur s'élevait de plus en plus distinctement tandis que l'hélicoptère se rapprochait d'eux. Leurs corps se balançaient et se trémoussaient au rythme de leur chant. Ce n'était pas une musique triste, mais cacophonique et joyeuse.

« Regardez-les, dit Madhav. Qu'est-ce qui peut bien les rendre si heureux ? L'idée que je suis mort, sans aucun doute ! »

Ils descendirent en piqué à travers une couche de nuages et les silhouettes se détachèrent et se précisèrent : les têtes s'agitaient, les bras se balançaient, les pieds piétinaient la poussière. Siddharth, pensa Madhav, devait être parmi eux. Son cœur se serra d'un sentiment qu'il ne pouvait nommer.

Au bruit des rotors, l'armée disparate se retourna et leva les yeux. En effet, leurs visages étaient humains. La bestialité n'était qu'une atmosphère qui s'accrochait à leurs cheveux emmêlés, à leur peau couverte de poussière et à leurs yeux insondables qui scintillaient d'une intelligence improbable. Madhav se sentit fier de savoir déjà tout cela et de ne montrer aucune surprise, au contraire de Vinay, et d'être en réalité avisé et admiratif, comme Krishnan, qui acquiesça avant de déclarer :

« Ils sont comme nous, bien sûr. Non… ils sont cent fois meilleurs que nous. »

L'hélicoptère effectua sa descente dans une clairière entourée de rochers. Les membres de la tribu restèrent immobiles à regarder. Alors que les rotors ralentissaient et que les rideaux de poussière qui s'échappaient en volute les cachaient toujours de leur vue, Vinay distribua des revolvers. Quand il se tourna vers Madhav, il répondit à son interrogation muette d'un ton colérique.

« Bien sûr que nous le devons ! Tu penses que j'aime ça ? Et si ton *ami* ne nous laisse pas le choix ? »

Ainsi, ils partirent, des armes cachées dans le dos, à la rencontre de la foule attentive.

Vinay et Pradhan marchaient devant Madhav ; Krishnan était sur ses pas. Siddharth se tenait parmi ses hommes : brun et émacié dans les deux tissus qui lui tenaient lieu de vêtements, il ressemblait à n'importe quel homme de la tribu. Seule l'étincelle dans ses yeux le différenciait des autres. Son regard suggérait qu'il possédait un deuxième chez-soi lointain et soulignait le poids invisible du réfugié qu'aucun accueil chaleureux ne peut éradiquer.

Ils étaient quatre contre beaucoup et, malgré leurs armes, Madhav était inquiet. Les pieds sur le sol, dans la chaleur âcre et sur ce terrain étranger, leur désavantage semblait plus réel que jamais. Il s'aperçut que Vinay s'était soudainement arrêté alors qu'il approchait de l'ennemi. Il se tenait à présent debout, incertain et en sueur.

Puis, une par une, de derrière les rochers qui les entouraient, émergèrent les silhouettes bénies des militaires. Bientôt, ils remplirent le proche horizon. Les couleurs kaki et olive décoraient les rochers telle une étrange végétation. En quelques minutes, les forces de l'État avaient encerclé les hors-la-loi et, propulsé par une soudaine confiance en lui, Vinay s'avança pour parler.

« Je suis désolé, annonça-t-il. Je suis désolé, mais vous avez tous été cruellement trompés. Cet homme dont vous suivez les ordres vous utilise purement et simplement. Il exploite vos frustrations, qui sont, croyez-moi, complètement justifiées, pour servir sa propre cause égoïste. Peut-être est-il venu à vous comme un messie, comme celui qui connaît les rouages du monde, qui peut vous aider à vous battre, mais il n'est rien de tout ça. C'est un perdant, il n'a jamais connu le monde, c'est pourquoi il est tombé si bas. »

Les nombreux fusils autour d'eux restaient levés, prêts à tout, lourds de signification. Il semblait aux yeux de Madhav qu'ils jouaient presque un rôle d'interprétation, qui épargnait à Vinay l'ennui de clarifier son discours.

« En revanche, nous, nous souhaitons seulement vous aider, continua Vinay. Nous ne voulons rien en retour. Nous souhaitons vous aider à trouver de la nourriture, de l'eau, un refuge et tous les développements dont vous avez besoin et que notre gouvernement vous refuse à tort. Nous souhaitons partager avec vous tous les avantages que nous possédons. Nous voulons vous offrir nos ressources. »

Pradhan, la peau scintillant à la lumière dorée du soleil, les dents étincelant comme des diamants, hocha la tête et leva une valise vers le ciel. C'était un geste vulgaire, pensa Madhav, mais il ne fallut que quelques secondes pour que Krishnan ne s'empressât de l'atténuer avec ses propres mots.

« Écoutez-moi, dit le journaliste, son ton rude se mêlant facilement à l'air aride du désert. Nous n'essayons pas d'acheter votre coopération. Nous vous demandons pardon. Vous êtes les véritables propriétaires de cette terre. Vos coutumes, vos traditions, votre manière de vivre, nous n'aurions jamais la prétention de nous mêler de tout cela. Je m'y opposerai personnellement. Je vénère vos pratiques. J'ai passé beaucoup de temps parmi votre peuple dans les bois, vous savez. Je m'incline devant vous. Et ce que j'essaye de vous dire c'est que nous voulons uniquement vous aider comme *vous* l'aurez choisi. C'est notre devoir, car c'est notre négligence qui permet à des hommes comme *lui* de vous utiliser. »

D'un air dédaigneux, il avança son menton en direction de Siddharth. Sa crinière grise s'agitait fièrement dans la brise.

« Ainsi, conclut Krishnan, vous devez choisir entre nous, qui aimerions vous servir pour votre propre intérêt, et lui, qui aimerait vous utiliser pour ses propres fins. »

Un murmure bas et sporadique s'était fait entendre au cours des deux discours, mais à présent, les hommes de la tribu restaient silencieux. Les mots avaient marqué, conclut Madhav. Il remarqua que leur regard se tournait vers leur chef incriminé avec cet air craintif et à moitié embarrassé des âmes polies qui doivent accomplir un devoir pénible. Bientôt, pensa-t-il, cet air se transformerait en colère quand ils se rendraient compte à quel point ils avaient été manipulés. Mais Siddharth, impassible, s'avança vers le devant de la foule. Un choc profond et silencieux secoua Madhav quand il vit les tribaux tourner leur regard empli de pitié vers eux quatre.

« Oui, tel est bien le choix, déclara Siddharth. Et il est facile. Ce que vous oubliez, quand vous venez à nous, que ce soit en tant que bienfaiteurs ou serviteurs, c'est que nous n'avons besoin ni de l'un ni de l'autre. Car tous ensemble nous formons quelque chose de bien plus grand. Nous sommes camarades.

– Absurde ! cria Krishnan. Si c'était le cas, vous accepteriez ces gens comme vos amis ! Vous vivriez parmi eux et seriez heureux avec eux !

– Mais je ne suis pas heureux, répliqua Siddharth, un sourire s'étalant sur ses joues creuses. Je ne suis pas heureux, répéta-t-il, le visage en fait radieux. Je ne vénère pas ces hommes. Je ne vénère par leurs coutumes. Je pense que certains d'entre eux sont plutôt idiots, en toute honnêteté. C'est ainsi que je pense et pourtant ce sont mes camarades. C'est ainsi que je pense et c'est pour cela que ce sont mes camarades.

– Vous devez arrêter votre persécution jalouse envers Madhav ! dit Krishnan.

– Camarades, continua Siddharth comme si le journaliste n'avait rien dit, dans notre grande société commune. Mes objectifs sont ses objectifs et ses objectifs sont les nôtres. »

Une obscurité précoce était tombée sur la clairière. Madhav leva les yeux vers une grande masse mouvante d'une douce noirceur implacable. Les nuages étaient venus à eux si discrètement ! Mais d'où venaient-ils ? Ils étaient si menaçants ! Les mots de Siddharth retentirent dans sa tête : « notre grande société commune ». Il sentit soudain le pathétisme aigu du désespoir et ce dernier le paralysa encore plus maintenant qu'il se substituait à l'espoir.

« Votre société, quelle est-elle ? s'écria-t-il. Tu es son chef ? Pourquoi te suivent-ils ? Quoi qu'il y ait entre nous, c'est personnel !

– Oh, non, répliqua Siddharth. Je ne suis pas un chef. Je ne suis qu'un individu parmi tant d'autres. Mais tu connais déjà notre chef, Madhav. »

L'obscurité était si proche maintenant, elle murmurait à son oreille. Une étrange euphorie le saisit, comme la promesse du paradis. Mais c'était impossible et mortel et il la combattit avec désespoir.

« Non, je ne le connais pas ! s'écria-t-il en réponse. Je ne connais rien de votre chef ou de votre société.

– Notre société est bien plus grande qu'aucun d'entre nous, mais en lui appartenant, nous nous appartenons les uns les autres. Tout comme tu n'appartiens à personne. Ce qui est personnel à tes yeux est pour nous un point de politique. Donc laissez tomber vos pots-de-vin et vos excuses. Nous sommes ici ensemble… pour nous battre !

– Pourquoi refuser de *parler* ? hurla Madhav, la voix cassée par l'émotion.

– Pour nous battre », cria Siddharth. Il dévoila un couteau des plis de son pagne et le même mouvement se répercuta dans la foule. Madhav se souvint soudainement des dessins sur le mur de la grotte : des mains qui se tendaient à l'unisson. Un cri de guerre emplit la vallée.

Puis, un tir résonna. Il fut suivi par un grognement guttural et profond. L'un des fusils avait fait feu ; l'un des hommes s'était effondré. Madhav vit Vinay, les yeux écarquillés et désespérés, ouvrir la bouche pour crier un mot, encore et encore, un mot qu'il ne pouvait entendre mais qui provoqua une éruption de flammes et un chaos furieux derrière les rochers. Il ne réfléchit plus, il se baissa et courut.

*

Arrivé de l'autre côté des rochers, il s'arrêta pour respirer. La fusillade était devenue encore plus intense. Tentant d'atténuer l'horreur, sa mémoire fit émerger l'image des milliers de danseuses durant les célébrations de Divali. Bien entendu, il savait qu'il n'y avait aucune comparaison possible. Pourtant, s'il n'avait pas su la vérité, s'il avait pu ne pas s'imaginer le massacre actuel, l'analogie festive aurait pu fonctionner. Ces cris, qui se mêlaient et se suivaient dans un rythme brutal, auraient pu tout à fait être des expressions de joie intense. Il pouvait les voir, rouler leurs loques dans la poussière, mais ils semblaient presque chanter.

Bouleversé et en sueur, le visage pâle et les yeux encore hantés, Vinay courut jusqu'à lui.

« Ils sont fous, haleta-t-il. Tu les entends ? On dirait qu'ils adorent ça !

– Est-ce qu'ils sont tous… commença Madhav, déjà… » mais il fut interrompu par un silence soudain. La cadence de la canonnade avait changé. Une ligne de feu avait cessé, une autre suivit bientôt, puis encore une autre, comme des lumières que l'on éteint graduellement dans une gigantesque salle. Les coups de feu moururent autour des rochers.

« Tous morts. » La voix de Vinay tremblait. « Évidemment ! » Son habituel vernis de confiance en lui avait disparu. Avec ses joues bouffies et son regard tourmenté, il ressemblait à un enfant sur le point de fondre en larmes. Mais son traumatisme prenait plus racine dans l'étonnement de voir cette expérience lui être imposée plutôt que dans l'expérience elle-même, pensa Madhav. Quand Vinay avait-il passé autant de temps sans un seul moment de loisir obstiné ?

Il allait retourner à la clairière, mais Vinay l'arrêta en protestant ardemment. Il n'y avait rien à voir et il n'avait aucune envie de rester plus longtemps que nécessaire dans cet endroit. Il avait déjà renvoyé Pradhan et Krishnan.

« Siddharth, articula Madhav sans savoir où cette idée le mènerait.

– On le trouvera, sois-en sûr. S'il y a le moindre élément intéressant sur son corps, la police le trouvera. Notre mission est terminée. On peut partir. Allons-y ! »

Ils commencèrent le chemin à pied. À travers le silence étouffant, le lent rat-tat-tat des rotors de l'hélicoptère se fit entendre. Les deux autres l'avaient mis en sécurité et l'appareil les attendait maintenant à plus d'un kilomètre. Néanmoins, ils pouvaient déjà apercevoir son contour vague se détacher de l'horizon ininterrompu.

Après avoir marché en silence pendant plusieurs minutes, Madhav sentit des reproches implicites dans l'attitude distante de son compagnon.

« Eh, dit-il, écoute, Vinay.

– Oui ?

– Je suis désolé. »

Il eut un sourire plein d'une sagesse amère. « Quels amis tu as là, Madhav.

– Ce n'est pas mon ami ! Je te l'ai déjà dit plein de fois !

– Il était à l'université avec nous ? » demanda Vinay. Plus ils mettaient de la distance entre eux et la scène du massacre, plus il retrouvait son sang-froid. « Je ne me souviens même pas de lui.

– Il est méconnaissable maintenant, précisa Madhav. On avait un an de plus que lui.

– Oh, Madhav, dit-il avec de nouveau son sourire las. Tu traînais avec des gars étranges à cette époque, hein ? Absolument aucun charme ce gars. Aucune classe. Si frustré ! Si violent ! Tu sais, continua-t-il en ayant pleinement regagné sa confiance en lui, j'étais installé à mon bureau. C'est là que j'étais, j'étais assis et j'écoutais du Phil Collins en lisant les journaux avec les rideaux tirés et la lampe de chevet allumée. Et le Secrétaire a appelé. Je n'aime pas du tout ça, Madhav.

– Je sais. » Il *était* désolé.

« Je n'aime pas la violence. Je n'aime pas me battre.

– Je sais. Moi non plus. »

L'hélicoptère était en vue désormais. À travers la porte ouverte de l'appareil, Madhav distinguait les silhouettes de Krishnan et de Pradhan, l'un avait étendu ses longues jambes et regardait le plafond tandis que l'autre tenait sa tête dans ses mains. Ils étaient fatigués. Il sentit une nouvelle pointe de honte.

« Bon, rit Vinay, au moins ils ont vite abandonné. »

Au fur et à mesure, alors qu'ils marchaient, Madhav prit conscience du regard de Vinay posé sur lui. Levant les yeux, il croisa tout à fait son regard. Il le scrutait – les yeux plissés, traversés d'un éclair d'amusement, sa bouche formant un sourire qui tremblait aux extrémités comme s'il retenait (par pitié) les mots appropriés, sa tête inclinée comme pour mieux le regarder, les plis de son front, tout semblait émettre un jugement sans complaisance. C'était le même regard qu'il avait vu sur son visage la première fois qu'il l'avait rencontré, quand Vinay avait fait semblant d'être en dernière année pour taquiner Madhav. Il avait fredonné la chanson d'un film en marchant le long du couloir de l'université. Il l'avait interrogé sur Mozart. Mais beaucoup d'amitiés commencent par de la taquinerie.

Il continua de sentir ce regard peser sur lui pendant qu'ils marchaient. Pendant de longues secondes, il se soumit à cet examen approfondi, tandis qu'ils continuaient leurs longues enjambées et que le son croissant des rotors indiquait qu'ils approchaient de leur but.

Dieu merci, pensa Madhav, Dieu merci, Siddharth était mort. Oui, c'était une triste histoire, mais une vieille histoire, familière. Le jeune homme talentueux mais naïf, incapable de se créer un bon réseau, ignorant les petits détails et échouant petit à petit. C'était déjà arrivé auparavant. Ajoutez à cela une fierté toxique, un mépris pour les personnes meilleures que lui, l'abandon des voix appropriées en faveur de certitudes imaginaires… Vinay avait raison. Il n'avait jamais eu aucune classe. Il n'aurait jamais pu s'intégrer parmi les gens qui comptaient, bien qu'il fût chanceux d'évoluer parmi eux, bien que son père fût juge à la Haute Cour de Justice et que ses camarades de l'université fussent la future élite du pays. Et regardez... ils ne se souvenaient même pas de lui.

Il aurait aimé voir le corps, cependant. C'était ce qui le rongeait encore. Pas par sentimentalité, un point facilement révoqué, ni même à cause d'un désir de dire au revoir, mais à cause de quelque chose de bien plus perturbant, une inquiétude qui semblait croître proportionnellement au bruit de l'hélicoptère. Il eut soudain la vision des corps parsemés de balles tremblant dans leurs flaques de sang. Il vit l'armée en haillons se relever des morts. Siddharth était parmi eux, leur criant d'avancer. Il distinguait même leurs silhouettes désormais, vives et scintillantes, faisant tourbillonner la poussière à l'horizon alors qu'ils se rapprochaient d'eux, couteaux brillants et lances hérissées entre les doigts, pour l'attraper avant qu'il ne s'échappât. Le poids de leurs pieds résonnait à travers les plaines.

Afin de rompre l'hallucination, il se força à regarder aux alentours. Il trouva plutôt la main de Vinay posée sur son bras : ce n'était pas une hallucination. La horde était véritablement en chemin ! Les lèvres de Vinay bougèrent, mais aucun son ne parvint à ses oreilles. Il fut pris d'une confusion persistante, comme un cyclone tourbillonnant. Leur cadence était irréelle ! Désormais, le bras fantomatique de la peur s'étendait d'eux à lui à travers le désert pour le paralyser sur place.

Mais ils étaient presque en sécurité ! Vinay et lui étaient déjà à la porte de l'hélicoptère. Krishnan était accroupi, la main tendue pour les aider à monter. Le vent frappait leurs cheveux. Il entendit la voix de Siddharth s'élever au-dessus des hurlements et lui crier d'attendre. Il fut hissé à bord. L'appareil trembla, prêt à décoller. Puis il se tourna, pour soulever son ami et le mettre en sécurité.

Ce qu'il vit l'arrêta net. Ils l'avaient traîné loin de la porte ; les hommes-bêtes encerclaient Vinay. Au-dessus de leurs lances hérissées, Madhav croisa le regard de son ami.

Sur son visage, il ne vit pas l'horreur que lui-même ressentait, seulement une inertie absolue, un calme qui avait transformé les traits de son visage jusqu'à devenir aussi lisse que celui d'un bébé.

Puis, Madhav cria. Il y eut un flou de couteaux et de lances. Son ami, le gentleman du loisir, le fier roi d'un nouveau château, se retrouva couvert de sang. Il vacillait, les yeux écarquillés par le choc quand Siddharth s'avança sans un mot pour le poignarder dans la poitrine.

Quand le couteau fut retiré, Vinay tomba, raide mort. Ce fut la dernière chose que Madhav vit, avant que les silhouettes de ce tableau ne devinssent petites et indistinctes pour finir par disparaître dans les brumes montantes.

10
LE CONSEIL DE GUERRE

Il désirait ardemment la lumière. Une idée horrible germa dans son esprit. S'il restait aussi longtemps dans le noir, serait-il capable de voir à nouveau ? Encore plus horrible… était-il déjà aveugle ? Cette pensée le rendait fou. Il essaya une nouvelle fois de crier, mais l'obscurité se referma autour de lui et il ressentit de nouveau, inévitablement et inlassablement, la présence de cet Autre. Il était à présent plus proche que jamais. Pourtant, étrangement, cela le calma. Cela lui réchauffa le cœur. Il sentit l'atmosphère autour de lui s'alléger. Puis, il se souvint que cette chose le pourchassait et, dans un cri de protestation, il ensevelit sa tête dans ses mains.

La nuit, le château avait l'apparence d'un avant-poste. Une unique lumière brillait derrière une haute fenêtre dans l'obscurité doucement agitée. Dans le bureau, l'épais miasme de l'anxiété était plus que palpable. Le halo de la lampe de bureau n'égalait pas la pâleur du clair de lune. Madhav était seul avec le Secrétaire et aucun d'eux ne parlait, alors qu'un gémissement lent et constant, presque un chant funèbre humain, semblait courir le long des couloirs, puis sous les escaliers menant aux fondations du château, pour ensuite remonter en un nouveau gémissement. Il savait que le reste du conclave était aussi dans le bâtiment. Il avait conscience de la présence de chacune de leur silhouette, large, grave, embarrassée, muette. Mais aucune n'était aussi imposante que celle du Secrétaire et aucun silence n'était aussi pénible.

Un peu plus tard, il entendit une longue expiration traînante dans la pièce, comme si une charge lourde avait été doucement posée par terre. Quand il leva les yeux, le Secrétaire s'était détourné de la fenêtre et quand il parla, sa voix était calme et inchangée.

« Il est évident, dit-il, qu'il n'est pas question d'hommes morts revenant à la vie. Réfléchissons donc à cela d'un œil posé. À l'exception de Siddharth, avez-vous reconnu l'un des visages dans la foule ? »

Madhav secoua la tête : les hommes-bêtes étaient une masse plébéienne à ses yeux.

« Non, continua le Secrétaire. Donc, on peut en conclure que seul Siddharth s'est échappé de la fusillade pour ensuite rassembler des renforts. Notre problème n'est pas que notre ennemi est invincible, mais que nous avons sous-estimé son nombre. Et sa brutalité. »

Il était mort, pensa Madhav. Vinay était mort. Il n'était plus question d'aucune blague désinvolte, d'aucun sentiment de supériorité décontractée. Le château qu'il avait laissé derrière lui n'était plus un palais des plaisirs désormais, mais seulement et au mieux, une forteresse. Les menaces de mort et les tentatives d'assassinat étaient une chose, mais tout changeait quand un homme était véritablement tué, réfléchit Madhav. Et soudain, il se souvint de ce qui le tracassait toujours.

« Pourquoi l'avez-vous envoyé là-bas ? Vinay n'était pas un combattant. De nous tous, pourquoi l'avoir envoyé *lui* pour gérer une vraie foule ? »

Le Secrétaire quitta la fenêtre et se rapprocha du bureau. Il s'assit lentement et croisa soigneusement les mains afin que les paumes se rencontrent en une symétrie parfaite.

« Je ne l'ai pas envoyé seul. Et je ne l'ai pas envoyé se battre. Je l'ai envoyé pour donner un ordre ou deux et pour veiller à une victoire sans vague et facile. Il ne fallait pas les compétences de mobilisation d'un général. Il fallait les compétences d'organisation d'un hôte. Même pas cela, simplement la *bonhomie* d'un hôte. C'était un hôte toujours si enthousiaste, n'est-ce pas ? Mais il m'a laissé tomber. »

On sentait une sorte d'étonnement dans sa dernière phrase. Madhav n'avait jamais entendu une émotion aussi proche du doute chez le Secrétaire.

« C'est un homme qui a passé toute sa vie à cultiver son assurance, je pensais qu'il pourrait la maintenir, continua le Secrétaire en tapant ses doigts les uns contre les autres pour rassembler ses pensées. Je voulais qu'il amène un peu d'air frais à une situation déplaisante. Je voulais le voir rire au nez des ennemis d'un air confus, tout en restant sur le côté quand les fusils les éparpilleraient. Peut-être fumer une cigarette ou quelque chose comme ça. Mais il a perdu son sang-froid.

« S'il n'avait pas eu tant hâte de fuir la scène, Siddharth ne se serait pas échappé. Vinay aurait dû vérifier que l'homme était mort. Les hommes armés n'étaient qu'une aide que nous avions engagée, c'était notre mission de vérifier. Cela montre simplement, conclut le Secrétaire de nouveau perdu dans ses pensées, qu'on ne connaît jamais réellement un homme. »

Madhav ressentit soudain le besoin de défendre Vinay. « C'était difficile de garder son calme dans une situation pareille, répondit-il. Enfin, merde ! Aucun d'entre nous n'avait jamais vu de fusillade auparavant ! »

Une humeur pensive s'abattit sur la pièce. Le Secrétaire était enfoui dans ses pensées. Madhav était assis inconfortablement. La circulation au loin, le gémissement du vent et les bruits nocturnes pénétraient de nouveau sa conscience.

« Il est aussi vrai, poursuivit le Secrétaire, que nous avons sous-estimé l'ennemi. Il était idiot de conclure aussi rapidement que toutes ces attaques n'étaient que la revanche de votre vieil ami. C'était tentant, mais idiot. À présent, nous savons, de la bouche même de Siddharth Pant, qu'il n'est qu'un rouage dans l'engrenage. Il ne fait aucun doute qu'il était un rouage efficace, car il avait des raisons toutes personnelles. Mais la question demeure : qui fait fonctionner la machine ? »

Ce n'était pas une question rhétorique. Madhav se sentit obligé de répondre. Les yeux du grand homme étaient rivés sur lui, le scrutant.

« Dieu seul le sait », répondit-il en haussant les épaules. Il détourna le regard.

« Il est temps d'être proactif », dit le Secrétaire. Son visage se détachait parfaitement dans le clair de lune, immobile, mais ses mots étaient chargés de reproche. « On ne peut pas continuer à tâtonner dans le noir pour trouver des réponses alors que l'ennemi continue d'attaquer. Comme je l'ai dit au conclave, ce ne sont pas des lunatiques ordinaires. Ils ont essayé encore et encore de nous blesser et c'est maintenant chose faite, beaucoup trop. Devons-nous simplement attendre qu'ils viennent nous chercher, un par un ? Ou devons-nous agir ? »

Une porte s'ouvrit en silence et une rangée de silhouettes se joignit au conseil de guerre. Car c'était bien de cela qu'il s'agissait à présent, Madhav le voyait bien. Sur l'un des murs argentés qui reflétait pleinement le clair de lune oblique, était projetée une carte de la ville. Des points rouges marquaient les sites des différentes attaques. Ils avaient pourchassé Madhav d'un point à un autre, sans logique particulière, de manière acharnée.

Quand le Secrétaire invita le conclave à délibérer, ils commencèrent immédiatement à parler de Vinay. Il semblait que le sujet leur avait occupé l'esprit un bon moment.

« Il méritait de mourir, déclara Krishnan. C'est difficile à avaler, mais c'est la vérité. Bien sûr, cette société tire profit des hommes des tribus. Ce Siddharth doit les travailler au corps pour qu'ils abandonnent leur terre. Vous avez dit qu'il travaillait pour une entreprise, n'est-ce pas ? C'est son plan alors, les liens sont clairs. Ça me rend malade rien que d'y penser. Mais ne nous lamentons pas trop sur *Vinay*. Les hommes des tribus sont des êtres bien supérieurs. Il n'aurait jamais dû oser les attaquer. De plus, ce sont les gens les plus pauvres et les plus défavorisés de tout le pays. Qui peut leur en vouloir d'avoir riposté ? Si seulement ils avaient conscience du plan de Siddharth, ils s'en débarrasseraient aussi. Ils se débarrasseraient de nous tous, comme les misérables criminels complices que nous sommes ! »

Alors qu'il parlait, ses cheveux ébouriffés semblèrent prendre vie et son désir de voir couler le sang colora son visage tendu.

« Ce que *je* ne comprends pas, dit Pradhan, c'est comment Vinay a pu faire échouer une opération si simple. Un homme très incompétent ! Ces animaux n'avaient même pas d'armes à feu.

– Ce ne sont pas des animaux ! s'énerva Krishnan. Ils vous sont supérieurs !

– Il aurait dû au moins atteindre l'hélicoptère à temps ! Nous avons tous réussi. »

Madhav regarda le Secrétaire, mais ses yeux, qui montraient une grande patience comme s'il attendait une pièce nécessaire, étaient posés sur Shivani. Dans la lumière du clair de lune, son visage semblait avoir été sculpté dans la glace.

« Je pense, dit-elle, qu'il est mort de manière absolument affreuse. Sans aucune dignité. Aucun style. Comme un chien. »

Un court instant, Madhav le vit à nouveau, paralysé au milieu de la foule de lames, défaillant sous le coup fatal. Il grimaça. Mais bientôt les visages qui constituaient le conseil de guerre ne montrèrent plus aucune émotion et le sien non plus.

Le Secrétaire appuya sur un bouton. À côté de la carte aux points, un écran de télévision se mit à briller silencieusement. Sans bruits et avec le moins de mouvements possible, les membres du conclave se glissèrent sur le tapis en face de l'écran.

C'était l'heure des informations spéciales de vingt-deux heures. Ce soir, la chaîne discutait de « la montée d'un climat d'intolérance dans tout le pays », notamment en référence aux activités d'une nouvelle société secrète. Meenakshi Triveni participait à l'émission, tout comme le ranger en charge des alentours de la ville, Jonathan Carry, le Commissaire de Police et le jeune Danesh Khan.

Madhav observa ses alliés qui rayonnaient dans l'iridescence de l'écran. Ils étaient agenouillés sur le tapis, les mains serrées et les visages anxieux. Au premier regard, ils paraissaient comme d'habitude : la beauté impériale de porcelaine de Shivani, les yeux et la bouche marqués par la ruse de Pradhan, le demi-sourire narquois de supériorité de Krishnan. Cependant, alors même qu'ils étaient assis, un espace vide s'était formé au milieu du tapis, là où l'homme qui était à présent mort aurait dû se tenir. Le fantôme de Vinay était dans la pièce et malgré leur mépris évident à son égard, ils n'étaient plus autonomes. Puis, alors que les sons de la télévision emplissaient l'air, ils eurent la même réaction d'étonnement. Chaque corps se pencha en avant, chaque bouche s'ouvrit et dans les regards de ses trois compatriotes, Madhav perçut un désir évident, une volonté si vive et si vulnérable qu'il se tourna soudain vers le Secrétaire, comme le réflexe d'un homme qui se sent tomber.

Le doute s'était-il immiscé au sein du conclave ? Ressentaient-ils le même besoin indéfini que lui ? Leur manquait-il quelque chose… à ces gens puissants ?

Le Secrétaire soutint le regard de Madhav et, d'un air grave, sans mot dire, il le calma. Puis, il se retourna vers la télévision. La discussion résonnait autour d'eux.

« Bien sûr, déclara le présentateur, de tels comportements sont inacceptables.

– C'est grotesque, déclara Carry. L'Inde mérite mieux. Je pense que la grande majorité des gens de votre pays ne s'intéressent plus à ces radicaux conservateurs. Ce n'est qu'une très petite minorité qui méprise encore la liberté et le libéralisme.

– Exactement, renchérit Danesh. On peut le voir très clairement dans notre cinéma. Les goûts du public changent.

– Puis-je seulement ajouter… s'interposa Meenakshi. J'ai bien peur que cette minorité, s'il s'agit bien d'une minorité, ne soit pas vraiment aussi négligeable. L'Inde est divisée, voyez-vous. On doit reconnaître que tout le monde n'est pas comme vous et moi, même si nous l'aimerions.

– Mais qu'en est-il de la violence ?

– Oh, la limite est fixée à la violence ! Cependant…

– Cependant ? répéta Danesh, choqué.

– Laissez-moi finir, s'il vous plaît. Cependant, quand la violence surgit, il faut en regarder les causes premières. Il le *faut*, tout simplement ! Il y a des gens pauvres et privés de tout dans ce pays. Vous et moi ne pouvons tout simplement pas imaginer à quel point ils sont privés de tout !

– Eh bien, rit Carry, je ne vois pas comment il vous est possible de défendre la violence.

– Je ne la défends pas, Jonathan. »

Ils auraient ri à tout cela les jours passés, mais ce n'était plus drôle désormais. Leurs visages étaient éreintés et leur mécontentement bouillonnait. Entre ces deux émotions, le besoin et l'espoir vacillaient toujours – surgissant désespérément alors que le présentateur reprenait.

« Pourquoi, demanda-t-il, la police ne fait-elle rien en ce qui concerne la violence ? Et pourquoi les rangers ne font-il rien en ce qui concerne ses causes premières ?

– On ne peut pas le reprocher à nos hommes, répondit immédiatement le Commissaire. On travaille dur sur tous les incidents dans lesquels ce groupe est impliqué.

– Mais vous n'avez arrêté personne. Avez-vous au moins des suspects ?

– Nous ne sommes pas en mesure de divulguer ces informations. Tout ne peut pas être dit à la télévision.

– Et qu'en est-il de l'administration politique ? »

Le ranger ajusta son pyjama blanc.

« Il y a un problème plus important, énonça-t-il d'une voix qui ressemblait à un bâillement. Comme Mademoiselle Meenakshi l'a justement dit… » À cette approbation hautement improbable, le visage de Meenakshi exprima une ironie de circonstance. « Nous sommes toujours en train de récolter des informations sur ce groupe. Qui sont-ils, que veulent-ils, pourquoi font-ils tout cela ? On ne peut pas simplement tirer des conclusions hâtives et les étiqueter comme étant des terroristes.

– Ce sont des tueurs avérés !

– On ne connaît pas leurs raisons. Leurs sentiments… leurs sentiments ont pu être blessés.

– Oh, mon Dieu ! »

Carry rejeta la tête en arrière et rit ; Danesh secoua la sienne, complètement désespéré ; Meenakshi conserva son sourire ironique ; le Commissaire tripota son oreillette.

« Vous nc voulez pas compromettre votre banque de votes, hein ? Il s'agit très probablement d'un groupe d'extrême droit hindou, ou même musulman… et vous ne voulez vous mettre à dos aucun des deux car les élections approchent.

– Je n'ai pas à répondre à chacune de vos insinuations.

– La Constitution ne dit-elle rien à propos de la liberté ?

– Il y a des restrictions raisonnables.

– Raisonnables ! s'exclama Danesh. Qu'est-ce qui est raisonnable ?

– Différentes approches, Danesh. Tout le monde n'a pas reçu la même éducation que vous et moi », lui rappela Meenakshi.

La discussion continua, mais aux oreilles des auditeurs, les phrases cessèrent bientôt d'avoir du sens. Seules les énergies chaotiques à la dérive traversaient les écrans, comme un groupe d'oiseaux se retrouvant coincé dans une pièce sans aucune fenêtre ouverte. Quand, parfois, une issue à la discussion semblait être proche, un simple obstacle tombait et la discussion repartait, titubante, vers nulle part. Cela tournait en rond, annihilant toute chance de mélodie comme une machine construite pour faire du bruit et qui se casserait d'elle-même. Madhav regarda les silhouettes agenouillées. Chaque regard, précédemment plein d'espoir, reflétait le creux profond d'un vide.

Alors que le présentateur commençait à conclure qu'après tout de tels désaccords étaient importants en démocratie et alors que Meenakshi hochait la tête sagement, le Secrétaire éteignit la télévision.

Tous se tournèrent vers lui. D'abord, il ne prononça pas à un mot, mais il sourit. Puis, Madhav sut qu'une certaine frénésie avait de nouveau été atteinte, qu'un nouveau territoire avait été découvert et qu'une émotion nouvelle et troublante était sur le point de les submerger.

« Nous sommes en Inde, dit le Secrétaire. Chacun d'entre nous semble l'avoir oublié. »

La pièce était sombre à présent, à l'exception du clair de lune qui éclairait la carte au mur. Le Secrétaire se tenait près d'elle, immense et calme dans la clarté lunaire. Mais les gonflements et dégonflements de sa poitrine indiquaient un léger changement.

« Les rangers ne nous soutiendront pas, reprit-il. Ils tiennent trop à leur électorat conservateur. Ils en dépendent pour rester au pouvoir. Des idiots comme Meenakshi Triveni ne voient pas que ce n'est pas le bon moment pour marquer des points en débat. La police est incompétente et désorganisée, et devra être payée ou intimidée pour chaque service demandé. Le public en général montrera un intérêt passager avant de s'intéresser à autre chose. Donc on peut toujours acheter les flics et des heures de grande audience, mais on ne doit pas oublier : nous sommes en Inde. »

Madhav s'aperçut que le conclave s'était séparé dans la pièce. Shivani était assise sur le canapé en train de fumer ; Pradhan la reluquait un peu plus loin ; Krishnan s'était éloigné et se tenait les bras croisés près de la fenêtre. Ils étaient eux-mêmes à nouveau. Ils avaient pris toute la mesure de la gravité du défi ; plus personne ne se plaindrait des échecs de Vinay. Par ailleurs, ce besoin immense et temporaire qui les avait tous submergés alors qu'ils étaient agenouillés, et qui avait tant étonné Madhav, avait également disparu. À présent, ils écoutaient simplement. C'était rassurant, pensa Madhav, de reprendre nos vieilles habitudes, même celles de Pradhan. Il se tourna pour écouter également.

Au même moment, il sentit l'insistance d'un courant de fond, quelque chose près de lui, quelque chose de précieux, qui le tirait en disparaissant dans les profondeurs. Puis, venant de nulle part, la voix de Siddharth s'éleva, aussi distinctement que s'il se tenait dans la pièce.

« Tu connais déjà notre chef, Madhav. »

Il eut le souffle coupé, mais il semblait être le seul à avoir entendu. Seule la confusion les amena à tourner leurs regards vers lui. Seul le regard du Secrétaire resta opaque.

« Que se passe-t-il ? » demanda-t-il.

Avant de pouvoir répondre, la fenêtre vola en éclats. Krishnan fit un bond en arrière. Une pierre jetée violemment atterrit sur le tapis. Puis l'air et la terre semblèrent se mouvoir. Le Secrétaire se baissa sous la fenêtre.

Dehors, l'obscurité grouillait d'une perturbation tout juste envolée. Il y avait une ombre qui n'appartenait pas au reste, une silhouette floue qui s'enfonçait parmi les arbres. Madhav entendit l'aboiement accusateur d'un chien de rue. Pendant un instant, il crut qu'ils donneraient l'alarme et se mettraient à courir après l'ombre.

Mais le Secrétaire se redressait déjà. Il marcha lentement, son étonnement grandissant à chaque pas. Alors qu'il se rapprochait, Madhav se pencha de manière instinctive vers la pierre sur le tapis. Un mot y était attaché, mais il ne le lut pas. Plutôt, d'un geste fluide, il le tendit au Secrétaire pour que celui-ci l'examinât.

Madhav trembla quand, une fois de plus, la grande silhouette lui sourit. Toujours en souriant, il traversa la pièce vers l'appareil qui projetait la carte de la ville. Devant leurs yeux attentifs, la carte disparut d'un coup. Un instant plus tard, le mur brilla d'une nouvelle image, celle d'un morceau de papier couvert de lignes espacées (arraché peut-être d'un cahier d'écolier) sur lequel étaient inscrits, d'une écriture soignée et élégante, deux mots :

« Seulement l'amour. »

Bien plus tard, il se souvint à quel point leur réaction avait été absolument unanime. Une obscurité semblait avoir envahi la pièce alors que le papier brillait sur le mur, comme une terreur pure qui les aurait empoignés et animés. Il avait regardé les visages déformés et dégoûtés de ses alliés et entendu le formidable gloussement du Secrétaire. Jamais auparavant, et depuis ce jour, il n'avait entendu un rire aussi libre. Il résonna encore et encore, jusqu'à ce qu'ils éclatent tous en cris de peur et de rage.

« Seulement l'amour ! s'écria Shivani. Alors qu'elle veut me tuer !

– Ils se moquent de nous ! déclara Krishnan. Une moquerie dangereuse et mortelle !

– Enlevez-le ! réclama la voix de Pradhan. Ça suffit à présent ! »

Ils commencèrent à se rapprocher du message, peut-être pour le détruire. Puis, toujours en riant, mais d'un rire mourant et en leur faisant signe de se taire, le Secrétaire s'avança dans la lumière du projecteur. L'ombre de son impressionnante silhouette se répandit et obscurcit les mots. Ce faisant, ce fut comme s'il avait absorbé leur poison et retiré leur dard.

« Nous allons devoir nous en occuper nous-mêmes, dit-il calmement. On ne peut compter sur l'amitié de personne. Nous devons riposter maintenant avant d'être de nouveau blessés. Je pense, continua-t-il en regardant soudainement Madhav, que vous reconnaissez cette écriture. »

C'était une affirmation plutôt qu'une question. Surpris, Madhav plissa les yeux devant les lettres, mais ce n'était que du spectacle, car il les avait déjà clairement vus. Il sentit les regards de tout le conclave posés sur lui et, déconcerté, il ne put que secouer la tête rapidement avant de murmurer : « Non, non, je ne la reconnais pas ». Quand il regarda de nouveau, la carte de la ville était réapparue sur le mur et le Secrétaire la pointait du doigt.

« La bonne nouvelle, déclara-t-il, c'est que quand vous étiez parti, nous avons travaillé. Et nous tenons maintenant une piste solide. »

L'ombre de son doigt se posa sur la carte à un endroit où l'immense rivière stagnante coulait difficilement sous deux ponts. C'était un bassin inhabité sur le papier, mais en réalité, Madhav savait que ce lieu était défiguré par des rangées de taudis. Cet endroit ne ravivait chez lui aucun souvenir. Il regarda de nouveau les autres. Krishnan et Pradhan se fixaient étrangement. Shivani lui lança un sourire rapide.

11
LE JARDIN SECRET

Et soudain, il se souvint. Il se souvint vraiment. La grande boucle du « l », la parfaite préciosité du « u » et ce mot, « amour »… Combien de fois l'avait-il lu (amour !) dans des lettres traversant les continents, des lettres impossibles, le papier mouillé de larmes, les pages couvertes de prose ampoulée (amour, amour, amour !), des lettres qu'il avait lues, parcouru d'émotions partagées et indescriptibles, puis qu'il avait ensuite pliées et rangées.

Shivani était à côté de lui, leurs corps se touchaient à peine sur le siège rêche du pousse-pousse automatique. Un peu derrière, Danesh et Pradhan les suivaient, puis Krishnan et le Secrétaire. Ils roulaient deux par deux dans la circulation matinale, accélérant subitement et brusquement dans les véhicules bon marché et bruyants.

Il ne se souvenait pas de la dernière fois qu'il avait fait un trajet aussi turbulent ni, étrangement, de la dernière fois où Shivani s'était trouvée aussi majestueuse. Ses cheveux étaient tirés en arrière et elle portait des lunettes de soleil. Elle se tenait bien droite et en équilibre, indifférente aux vacillements de la route. Seule la courbure de ses lèvres indiquait ce qu'elle en pensait.

En la regardant, il se sentit gonfler de fierté… mais ce sentiment laissa immédiatement place à la colère et la honte. Qu'une telle femme fut amenée dans un endroit pareil, fût forcée, pour se défendre, d'aller du château au bidonville, était grotesque. Il se souvint qu'une fois, avant d'avoir des amis haut placés, ils s'étaient rendus au Thana[14] de la police locale pour signaler un vol de téléphone. Certaines paroles proférées par ces hommes, la manière dont ils s'étaient exprimés et l'apathie dans la pièce étouffante lui revenaient à présent en vagues moites de dégoût.

Il retrouvait cette même incohérence entre le décor et les personnages dans leur conversation actuelle. Elle lui expliquait leur mission, mais bien qu'elle lui parlât d'abord avec une calme détermination, elle dut bientôt affronter le bruit du moteur, ce cliquetis insolent et constant, et élever la voix pour se faire entendre.

« Tu vois, nous avons compris qu'ils utilisent ceux qui t'en veulent ! D'accord ? Nous l'avons compris avec ce Pant. Donc ensuite… donc ensuite je me suis souvenu de la voix sur la cassette ! »

Il prit sans doute un air confus, car sa voix s'impatienta.

« *The Dancing Queen*, dit-elle. *The Dancing Queen* ! Ce n'était pas Abba toute la chanson, tu te rappelles ? La partie du refrain qui a été remplacée par "*killing the dancing queen*" ? C'était elle !

– Tu veux dire Nisha ? demanda-t-il.

– Tu sais bien que je veux dire Nisha ! se moqua-t-elle. Et maintenant que nous avons son stupide mot, il n'y a plus aucun doute. »

Elle avait raison, bien entendu. Il se souvenait de la voix de Nisha, riche et chantante, résonnant à travers son corps minuscule ; une voix qui chantonnait, mais qui pouvait aussi montrer les crocs. Il était surpris de ne pas l'avoir reconnue avant, tout comme il aurait dû immédiatement reconnaître son écriture.

14. Ce terme désigne le commissariat de police. NdT.

Une fois de plus, il sentit ses pensées et ses membres fonctionner au ralenti, son esprit et son corps étrangement inhibés. Enveloppé de ces sensations, il demanda :

« Pourquoi Nisha ferait-elle ça ? »

Il leva les yeux vers Shivani qui retirait ses lunettes. Sous ses sourcils bien profilés, ses deux yeux reflétèrent une lueur significative et lui lancèrent un regard sévère et accusateur.

« C'était ta petite amie, dit-elle, tu devrais le savoir.

– Elle n'a jamais vraiment été… » Madhav s'arrêta de lui-même : pourquoi, après toutes ces années, était-ce si important de préciser cela ? Shivani continua, plissant les yeux.

« Elle est jalouse, bien sûr. Jalouse de toi et moi.

– Mais pour faire partie d'un groupe comme celui-ci… si fou et violent…

– Crois-moi, répondit-elle, c'est ce qui s'est passé. Donc ensuite, on a découvert où elle habite.

– Dans un bidonville.

– Tu as pitié d'elle ?

– Non, répondit-il immédiatement. Je suis juste surpris.

– J'espère que tu n'as pas pitié d'elle, déclara Shivani, étant donné qu'elle veut me *tuer*. »

Sa bouche s'entrouvrit pour laisser échapper un sanglot, ce qui la fit doucement rire. Ce son parcourut le corps de Madhav comme un courant électrique. Il voulut se rapprocher d'elle et l'envelopper de son bras.

Dans un rugissement, le moteur changea de vitesse. Ils sortirent brusquement d'un nœud de circulation pour se retrouver sur un tronçon ouvert. Les yeux de Shivani étaient de nouveau cachés derrière l'obscurité impassible de ses lunettes. Il détourna le regard vers les murs de briques sans peinture et l'horizon monotone. Le pont sous lequel se trouvait le lit de la rivière à sec et la petite mer de taudis devrait apparaître d'une seconde à l'autre. Comme toutes les autres voitures partaient dans une direction différente, seules les deux autos qui transportaient leurs alliés roulaient lentement derrière eux. Il se rendit soudain compte de l'importance de ces véhicules : l'anonymat. Ils ne pouvaient décemment pas se rendre dans le bidonville dans une flotte de voitures gouvernementales.

Puis, l'indignité de leur position le frappa de nouveau. Ils auraient dû être au travail… ou chez eux. On aurait dû veiller sur eux. La police aurait dû s'occuper de ce groupe d'agresseurs lunatiques dès la première plainte. Il y aurait dû y avoir un véritable tollé public continu, non pas les mots et les demi-gestes de quelques personnes vaguement impliquées. Mais voilà que le Secrétaire lui-même était engoncé dans le minuscule véhicule. Il y avait Pradhan et toute sa richesse ; Krishnan avec toutes ses connaissances et son crayon aiguisé ; Danesh Khan dont l'intelligentsia aimait adorer la « voix », mais où était donc l'intelligentsia à présent ? Et il s'agissait là de certains des hommes les plus puissants du pays ! Quelle chance avait un citoyen ordinaire s'il tombait sur des fous furieux ? Cette nation ne valait pas mieux qu'une république bananière ! C'était là une idée si intolérable qu'il ne pouvait supporter d'y penser. Il bouillonnait de rage.

À tel point qu'il se rendit soudain compte qu'il ne voulait plus y participer. Que le voyage se termine, que la ville et le ciel se fanent sous les rayons puissants du soleil, que le bruit du moteur disparaisse, que tout ce supplice se termine. À cette idée, une joie infinie se forma en lui mélangée à un sentiment quelque peu agréable d'irresponsabilité. Il eut la légère impression d'être un traître, mais il se sentit également puissant et supérieur. Il avait conscience de sourire. Se levant doucement de son siège, il se mit à visualiser son chemin sur le bord de la route derrière la fenêtre de l'auto, puis de plus en plus loin derrière dans le bleu de l'horizon. Il s'aperçut que Shivani le regardait derrière ses lunettes opaques. Les sons se mirent à s'éteindre. Il commença à partir. Ce fut alors, sur le côté de la route, qu'il remarqua un chien.

C'était un bâtard ordinaire avec un nez noir et le poil marron rendu rugueux par la poussière. Il était assis tout seul, la tête inclinée et les yeux écarquillés comme s'il essayait de toutes ses forces d'écouter des sons émanant de plus bas sur la route. C'était un chien ordinaire, mais alors que l'auto le dépassait en grondant, sa pupille figée croisa le regard de Madhav et, par une brève inclinaison de sa tête brune et sinistre, il sembla à la fois le repérer et confirmer qu'il sentait l'odeur de proie.

Comme les toutes premières notes d'un morceau de musique dont le rythme se cale sur le cœur, ce petit geste mit tous les sens de Madhav en alerte. Pendant un instant, le pousse-pousse ne fut plus un moyen de transport délabré, mais un grand cheval de chasse. Leur mission n'était pas due à une nécessité sordide. C'était une croisade sainte. Un frisson le parcourut, le métamorphosant sur place. Le paysage retrouva toutes ses couleurs et le son du moteur explosa dans ses oreilles comme les battements de son cœur.

Shivani émit un bruit sec et se détourna ostensiblement de lui. Il fut soudain envahi par un sentiment d'échec honteux qui atténua son moral d'acier. Le chien avait disparu depuis bien longtemps et la route devenait de pire en pire alors qu'ils pénétraient dans des endroits rarement visités. Une odeur nauséabonde flottait dans le vent. De nouveau, il méprisa tout. Mais il ne pouvait se débarrasser du sentiment que l'intelligence de cet animal avait instillé en lui : l'idée qu'ils étaient en chasse… qu'ils suivaient une piste. Il y avait un certain plaisir, pensa-t-il, de passer des chassés aux chasseurs. Leur persécution était une abomination, mais il y avait du plaisir dans le combat.

À quelques centaines de mètres des habitations, ils sortirent des véhicules, adaptant leur respiration aux odeurs dominantes.

Des bassins d'eau peu profonds s'étaient formés près du lit de la rivière, qui était écrasé de près comme de loin par les ponts imposants de la ville en développement. L'herbe et la boue grumeleuse abondaient, mais c'étaient les déchets (des montagnes entières d'ordures colorées) qui marquaient les limites de l'eau. La piste de ces immondices les mena à un vaste réseau de tentes, de bâches, de tôles ondulées, de cordes à linge suspendues et de chemins sinueux parsemés de poussière. Et sur toute l'étendue du bidonville, soufflant sur les plaines comme une parodie de brise vivifiante de rivière, se propageait la puanteur.

Pourtant, plus entêtante encore était l'idée que quelque part dans ce labyrinthe, leur cible attendait. Bien entendu, il n'y avait aucun besoin pour eux de tous entrer. Face à un endroit aussi étendu, il serait plus intelligent, déclara le Secrétaire, de se séparer. Il attendrait lui-même sur le pont où il pourrait observer tout mouvement suspect dans le bidonville et s'assurer que toute fuite vers la ville restât possible.

Puis, il se tourna vers Madhav, une question en suspens sur les lèvres. Mais Madhav connaissait la réponse : les ressources de Pradhan et la corrosivité brute de Krishnan n'étaient pas les alliés dont il avait besoin pour ce duel… pas encore.

« Danesh et Shivani, dit-il, vous venez avec moi. »

Le jeune artiste hocha immédiatement la tête. Il était dans son élément.

« Voilà la vie ! » s'écria-t-il, la voix teintée de dégoût, mais perçante d'excitation. Ils marchaient dans les allées à présent. Des formes et des couleurs étranges les entouraient de toutes parts dans une géométrie spatiale bizarroïde où n'existait ni largeur ni angle, seulement deux dimensions entortillées. Des corps les encerclaient : la peau noire, les membres dégingandés, de grands yeux apparaissant dans des encadrements étroits, le bruissement des saris et le cliquetis des bijoux bon marché. Il y avait de magnifiques visages parmi eux, de jolies couleurs également, mais tous étaient abîmés et empestaient la crasse accumulée. On entendait le sifflement d'une casserole, des chansons tonitruantes de films et les insultes lointaines de deux hommes qui se disputaient.

« C'est ici, continua Danesh, que se cachent les histoires ! Les véritables histoires humaines ! »

Ses yeux brillaient derrière ses lunettes à monture noire. Dans son t-shirt et son jean en polyester, il marchait en chancelant dans les allées comme un enfant extatique chez un chocolatier.

« Vous savez, dit-il, je respecte Krishnan. Il a de l'esprit… un esprit d'abnégation très puissant. Peut-être qu'il a raison et que nous sommes tous des ordures comparées à ces sauvages des plaines rouges et qu'ils devraient être tout ce qui nous importe. Mais je suis un raconteur d'histoires. J'ai besoin de sentir que mon matériel est proche de moi. Donc quand il s'agit de réaliser mes films, envoyez-moi *ces* personnes, n'importe quand. Parce que *ces* personnes… sont bien parmi nous ! Juste sous notre nez. On ne peut pas avoir de meilleur drame… de drame plus réel. »

Plus loin, une femme remuait une casserole au-dessus d'une flamme, la tête penchée et le visage dissimulé derrière son pallu[15]. Un sentiment d'appréhension envahit Madhav. Il y avait quelque chose de familier dans l'inclinaison de ses épaules.

« Des récits d'espoir, continuait Danesh. Des récits de lutte. Où d'autre les trouve-t-on ? Ce sont les récits de la nation. Les petites villes, les migrants, la recherche d'un avenir meilleur ! »

Alors qu'ils se rapprochaient d'elle, la femme leva les yeux. Les couleurs de l'allée se confondirent et semblèrent se précipiter vers elle. Madhav était nerveux. C'était une inconnue, pas Nisha… mais elle avait regardé à travers lui comme si elle le connaissait.

---

15. Partie du sari qui se rejette sur l'épaule et peut être utilisé pour dissimuler son visage. NdT.

« Je le vois comme une responsabilité, dit Danesh, de raconter des histoires qui ne sont pas entendues. Comme j'ai la chance de faire partie des privilégiés, le moins que je puisse faire est de donner une voix à ceux qui en sont privés. Et sans aucune fausse sentimentalité, je l'espère. Pas d'absurdité à la *Slumdog Millionaire* pour moi. Simplement l'entière et amère vérité de ces vies. Parce que la vie… la vraie… est *difficile* ! »

Il parlait avec un étrange enthousiasme inversé, une implosion d'énergie qui les accablait tous. Inquiet, Madhav regarda Shivani et une vague de fierté l'envahit. Il n'était pas accompagné d'une bimbo ou d'une étourdie. Elle était détendue derrière ses lunettes de soleil, toujours impeccable dans son haut blanc et son jean, mais une compassion raffinée lui plissait le front et elle hochait la tête aux mots de Danesh avec la compréhension mature d'une femme du monde.

Dans les profondeurs du chaos, entouré de toutes parts par la cohue humaine, il lui semblait nécessaire d'avancer. Tout paraissait indistinct. La seule chose qu'il entendait clairement était la conversation de Danesh et Shivani.

« La terre, les maladies, les espaces exigus.

– Oui, et aucun droit légal quel qu'il soit. Absolument aucune aide du gouvernement.

– C'est sans espoir ! C'est misérable !

– Encore plus désespéré et misérable que tout ce que l'on peut imaginer, je suppose.

– Et pourtant.

– Et pourtant.

– C'est un cliché, mais c'est vrai. L'esprit humain brille ici aussi.

– En effet.

– Il brille plus intensément encore que nulle part ailleurs !

– C'est bien là la tragédie.

– Le drame insupportable. »

Alors qu'ils parlaient, Madhav remarqua qu'ils flottaient tous les deux à quelques centimètres du sol, marchant sur l'air. Toujours en conversation, toujours en mouvement, ils débouchèrent sur un espace ouvert où un rythme sourd émanait du bord de l'eau. Une longue rangée d'hommes et de femmes battaient des vêtements mouillés contre la berge. D'autres pataugeaient dans les bassins d'eau stagnante pour essorer la saleté dans l'eau sale. Ses yeux scrutaient les corps en mouvement ; son esprit était en feu.

Ce fut alors qu'il la vit. Elle portait un sari d'un marron terne et décoloré et elle serrait un tas de vêtements contre sa taille. Ces derniers l'encombraient visiblement et elle les transportait sans aucune grâce. Son corps, devenu trapu et potelé, se dandinait à mesure qu'elle avançait. Elle quittait la berge.

Il fut choqué à sa vue. Il se souvenait d'elle allongée sur les canapés dans les salons, les cafés, les théâtres prestigieux et les restaurants raffinés. Elle était quelqu'un à l'époque où ils s'étaient rencontrés. Du moins, elle faisait partie d'un monde qui appréciait un certain confort et un certain style. Il la retrouvait à présent lavandière dans un bidonville. Mais il sentait déjà la satisfaction mentale de voir les pièces du puzzle s'assembler, les bons jugements émis sur les bonnes personnes. Après tout, il avait été correct avec Nisha. Dans un éclair de lucidité, il revit son jeune visage au-dessus d'une robe terne, ses doigts maladroits laissant tomber la nourriture de sa fourchette alors qu'elle mangeait (elle mangeait bien trop), puis la rattraper avec un rire nerveux et trop bruyant. Non, il ne s'était pas trompé. Il avait eu une bonne prémonition. Il avait voulu une femme belle, talentueuse, qui n'attendait que de déployer ses ailes, une femme qui pourrait être la femme rêvée d'une nouvelle nation moderne... et il y avait eu Nisha, qui le regardait avec des yeux pleins d'espoir, prête à tout pour plaire, et sans une once de talent artistique ou aristocratique dans le sang. C'était ce qui lui avait dit le jour où il avait rompu avec elle.

« Cachez-vous ! » dit Danesh. Il vit soudain le danger. Elle s'était arrêtée sur la boue, sa grosse tête ruminante s'inclinant lentement d'un côté et de l'autre. Elle pouvait se retourner d'une seconde à l'autre.

Ils se réfugièrent rapidement derrière un tas de déchets. Ils avaient tous agi comme un seul être et, tous ensemble, ils grimacèrent et patientèrent péniblement. De partager ce moment désagréable, Madhav se sentit encore plus en sécurité en leur compagnie. Il ne commettrait pas la même erreur une deuxième fois et ne pénétrerait pas en territoire ennemi tout seul. Il garderait ses alliés près de lui. Car au milieu de la crasse, Shivani n'en était que plus belle, elle était un lotus et Danesh, l'artiste, n'en était que plus inspiré.

Nisha reprit sa marche et ils la suivirent à bonne distance, empruntant de nouveau les ruelles sinueuses. Ses pieds se frayaient un chemin à travers les abris hétéroclites en ruines. Des groupes d'enfants aux pieds nus couraient autour d'eux sans aucune conscience des nombreux dangers ; des casseroles et des poêles brûlaient au-dessus de flammes nues ; quelqu'un cria, quelque chose se brisa et les ruelles étroites se divisaient dans toutes les directions comme les veines variqueuses d'un animal malade. Mais Nisha se déplaçait avec une facilité déconcertante. Elle paraissait être chez elle, pensa Madhav, aussi incroyable que cela puisse paraître. Elle leur ressemblait. Les rangées d'yeux qui se tournaient sur leur passage ne la remarquaient aucunement.

Elle n'était pas non plus ignorée. Sa progression, bien que non signalée, ne passait pas inaperçue. Au contraire, au milieu de tous ces bavardages et ces conversations incessantes, elle marchait comme si elle appartenait à un monde subtilement à part. Certains lui parlaient brièvement et de manière très formelle avant de la laisser passer. Personne ne la bousculait. Elle semblait posséder une qualité élémentaire, une sauvagerie insoupçonnée, comme le vent ou le feu qui, même lorsqu'ils sont connus et maîtrisés, ne doivent pas être pris à la légère.

Puis, arrivée à un croisement, elle tourna et ils la perdirent de vue.

« Par-là ? demanda Shivani en jetant un œil dans une ruelle.

– Je ne crois pas », répondit Danesh. Ils se retrouvaient dans les profondeurs du bidonville, accablés par le chaos humain si près d'eux et les petites cabanes grouillantes qui attiraient le regard et empêchaient de voir le ciel ou d'appréhender l'espace. Madhav n'avait qu'à lever les yeux pour apercevoir de nouveau la ville familière, mais lever les yeux le fatiguait trop, la gravité était trop forte.

« Elle ne peut pas s'être volatilisée, murmura-t-il. On était juste derrière elle.

– Eh bien, elle s'est volatilisée, fit remarquer Shivani. Demandons à quelqu'un. »

Émergeant de la foule, un petit homme grisonnant, un bidî[16] aux lèvres, se présenta devant eux. Deux poulets couraient à ses pieds. D'un air entendu, il les informa que trois Nisha habitaient dans le bidonville : l'une travaillait comme femme de ménage à la ville, la deuxième était une prostituée et la troisième, une lavandière. Il continua en décrivant, de manière plus ou moins obscène, leurs silhouettes respectives.

« Et la troisième femme ? demanda avec impatience Madhav. La lavandière ?

– La dhobin », traduisit Shivani avec obligeance.

Mais le visage du vieil homme, illuminé par une lubricité enthousiaste quelques secondes auparavant, s'assombrit soudainement. Il cracha par terre dans la poussière. Il répéta un grand geste dédaigneux de la main pour les enjoindre à partir.

---

16. Type de cigarettes en forme de cône. NdT.

Ils étaient éreintés. Madhav espérait que ces deux partenaires parlent à nouveau, que leurs mots dominent à nouveau cet endroit. Mais quand il les regarda, il vit que leurs pieds étaient profondément ancrés au sol. Les sandales de Shivani étaient couvertes de boue. Ce fut alors qu'une succession de scènes horrifiques se déroula devant ses yeux.

Il vit le vieil homme aux poulets se noyer sous des sables mouvants de déchets humides. L'homme lutta vigoureusement, mais la fange mouvante ne fit que l'engloutir de plus en plus avidement et il ne resta bientôt plus rien en dehors d'une seule main dramatiquement dressée dans l'attente d'un sauveur qui ne viendrait jamais. Puis, des monticules d'ordures s'entassèrent sur la scène macabre. Dans un endroit exigu et sombre, il vit des murs de boue se refermer sur un fouillis de visages, entassés comme des fruits exotiques ; des cheveux bouclés, des dents blanches, des yeux écarquillés et des joues luisantes de sueur se mêlaient horriblement dans la foule liquéfiante. Son estomac se retourna. Mais il vit aussi un jeune garçon et une jeune fille jouer avec une balle en plastique dans l'allée. Puis, il les vit lire, à la lumière d'une bougie, leurs lèvres formant les mots. La flamme illumina la couverture du livre : James Joyce. Et quand le garçon leva les yeux, son visage, sardonique et supérieur, était celui de Vinay.

Soudain, Shivani et Danesh se disputèrent bruyamment.

« Je ne peux pas être témoin d'un manque et ne rien faire !

– Je ne te laisserai pas gâcher mon plan ! »

Apparemment, Danesh était en train de filmer le frère et la sœur qui jouaient au football dans les rues quand Shivani était apparue dans le champ pour leur donner des copies d'*Ulysse*.

« N'as-tu donc aucun cœur ? se défendit-elle avec passion. Ces enfants n'ont rien !

– N'as-tu donc aucun sens artistique, du pathos, de la beauté ? déclara Danesh avec la même ferveur. Ces enfants jouaient avec une balle… une balle ! Au milieu de tout ça ! Tu ne comprends pas la portée de cette image ?

– J'ai vu qu'ils étaient pauvres et je leur ai donné des cadeaux. Pour les aider à sortir d'ici.

– J'ai vu qu'ils étaient pauvres… et j'ai pris la scène en photo ! Pour capturer à jamais leur beauté ! »

Alors qu'ils s'affrontaient, le bidonville devenant soudain leur champ de bataille, Madhav se sentit écartelé et angoissé. Cela ne faisait aucun doute, Shivani avait raison d'intervenir de manière si charitable et pourtant n'admirait-il pas le travail de Danesh et le point de vue respectueux qui lui permettait de prendre forme ? Comment ces deux opinions pouvaient-elles se réconcilier ? Une fatigue l'envahit, tout comme lorsque Krishnan et Vinay s'étaient disputés. Excepté que, cette fois, il ne pouvait même pas prononcer ces vieilles pensées rassurantes qui le submergèrent comme pour lui venir en aide : « Soyons ouverts d'esprit », « Acceptons ces différences ». Un lourd battement s'amplifia à ses tempes, comme une double migraine, comme un pendule se balançant sans cesse d'un côté à l'autre de son cerveau, une souffrance constante qu'il ne pouvait pas arrêter.

Puis, il oublia sa douleur, sa fatigue disparut et il resta debout, fixant ce qui venait d'apparaître devant eux.

*

Les rangs serrés formés par les habitations du bidonville avaient brusquement cessé. Devant eux s'étirait une étendue de terre ouverte sur la rivière et le ciel. Une cabane solitaire faite d'acier et de bâches s'y détachait. Elle était exactement identique aux autres, à l'exception de son isolement et du jardin digne d'une villa qui l'entourait. L'herbe verte et brillante était luxuriante et bien entretenue. À côté de la cabane, un seul arbre, un jeune manguier, étendait ses feuilles. Des haies délimitaient le jardin et un petit portillon blanc marquait l'entrée derrière laquelle se trouvaient des parterres de fleurs aux roses splendides ainsi que des chaises blanches en osier qui semblaient attendre l'heure du thé.

En observant la scène, Madhav prit conscience qu'il prenait de grandes bouffées d'air. Un fait d'autant plus étrange qu'il avait naturellement évité de trop inspirer depuis qu'ils étaient entrés dans le bidonville. Mais l'air était différent ici. La brise qui soufflait à travers le jardin arrivait jusqu'à lui et lui faisait goûter sa douceur.

Tout à coup, il fut avec Nisha, tout en haut d'un toit, sous la lourde brise marine, entourés de fenêtres à guillotine qui donnaient sur un nombre infini d'appartements. Elle lui racontait que tout ce qu'elle avait toujours voulu était une maison avec un jardin…

Quelque chose bougea à côté de lui. Sursautant, il se retourna et vit la jeune fille, celle qui avait reçu l'un des présents de Shivani. Elle se tenait à côté de lui comme si elle faisait partie du groupe, fixant la cabane d'un air grave.

« Vous allez là-dedans ? » murmura-t-elle si doucement qu'elle aurait aussi bien pu se parler à elle-même. Puis, elle leva les yeux vers Madhav avec ce même regard sombre et sérieux.

« Ne vous perdez pas. »

Ils la regardèrent retourner dans le bidonville, sautant tous les quelques pas d'après un schéma qui lui était propre.

« Elle a peur, dit soudain Shivani. Vous avez vu ? Cette enfant est effrayée ! »

L'idée s'imposa à lui. Quand il se retourna de nouveau vers le jardin, il eut l'impression de voir une abomination magnifique et perverse, comme des pommes pourries ou ces petites filles qui se déhanchent sur des airs racoleurs dans les émissions de télévision. La douceur de son souffle était la douceur de la décomposition. Puis, un mot germa dans son esprit, un mot qui remontait des cauchemars de son enfance et des sombres pages des contes de fées. Un frisson glacé le parcourut sous le soleil ardent de l'après-midi. *Sorcière*, se souvint-il. Nisha était devenue une sorcière. Cela expliquait la déférence des habitants du bidonville. Cela expliquait pourquoi elle vivait à l'écart.

Il regarda vers le pont. Au-delà des piliers de béton, parmi la foule des véhicules, il chercha une silhouette stable. Le Secrétaire surveillait. Il se tenait debout tout en haut, immobile au-dessus d'eux, comme un super-héros en cape dans l'univers des comics. Un héros, pensa Madhav, c'était exactement ce qu'il était dans notre univers bien réel et pitoyable. L'aura de calme de ce grand homme se déversa jusqu'à lui à travers les espaces vides, le purgeant et le ressourçant.

Libéré de ses angoisses, il fit un premier pas et les deux autres le devancèrent rapidement. Ensemble, ils passèrent le portillon du jardin.

12
LE LABYRINTHE

Ils entrèrent dans la cabane où l'obscurité se dissipa lentement. Mais les ombres qui s'amoncelaient leur indiquèrent que des ruses s'y dissimulaient. Ce n'était pas du tout une cabane. Ils se tenaient à l'entrée de ce qui apparaissait être, d'après la taille de la construction et la multitude de chemins qui se croisaient, un labyrinthe immense et imposant. Aucune source visible de lumière n'illuminait l'intérieur et pourtant une lueur continue et ocre adoucissait l'obscurité. Ce fut Shivani qui, d'une respiration brusque, découvrit l'origine de cette lueur : le sol, les murs et le plafond étaient faits d'un or solide et brillant.

S'enfonçant plus loin dans le hall d'entrée, autour duquel se trouvait le départ d'un grand nombre de chemins, ils trouvèrent un haut escalier qui montait en spirales pour disparaître dans les ombres dorées. Alors qu'ils montaient, les pistolets prêts à être dégainés (car ils étaient venus préparés), Madhav se rendit compte que ses pensées s'envolaient et que son cœur battait fort par anticipation. Elle devait vraiment le haïr pour s'être engagée à une telle vengeance, pour avoir rejoint un groupe si violent et destructeur ! Elle avait toujours été une si gentille personne, trop gentille peut-être, lente et renfrognée également. L'adage devait être vrai. L'Enfer n'a pas de fureur. Cependant, se souvint-il avec seulement une once de désespoir, il n'y avait aucun doute sur le fait qu'il l'avait bien traitée. D'ailleurs, son comportement envers elle se trouvait justifié par sa situation présente. Aurait-il pu aimer une femme capable de devenir une lavandière si accomplie ?

Un cri strident retentit. Shivani recula, tous les sens en alerte, et ils la regardèrent, perplexes.

« C'est un piège ! » s'écria-t-elle.

En faisant attention, il la dépassa et vit où les escaliers se terminaient : devant un vide abrupt, une obscurité totale et vertigineuse jusque vers le sol qui aurait pu tous les avaler.

« C'est un piège, répéta de colère Shivani. Elle essaye de nous tuer ! »

Pendant quelques instants, ils restèrent là, agglutinés bien audessus du sol, ébahis et effrayés par le désastre qui avait bien failli se produire. Toute l'étrangeté de ce lieu s'infiltra à travers les sens de Madhav. Depuis les escaliers, il vit des portes dans chaque couloir doré, chacune avait une taille différente dont certaines étaient si petites qu'il fallait sûrement ramper pour entrer. Plus étranges encore étaient les gravats dans l'entrée. Des briques d'or gisaient éparpillées dans un coin de la pièce aux côtés d'une bétonnière qui tournait au ralenti et dont le doux murmure semblait ne jamais cesser. Bien plus forts et envahissants résonnaient le grondement et le martèlement d'une lointaine machinerie. Les bruits d'une usine.

Puis, le cliquetis encore dans les oreilles, ils descendirent les escaliers et commencèrent leur exploration. Madhav ne pensa que très peu à la localisation de Nisha. Ce qu'il voyait autour de lui était toujours plus étrange, même lorsqu'il s'agissait d'éléments familiers. Il lui semblait parfois reconnaître des objets et des sensations, mais à partir d'un avatar bien plus petit et domestiqué, comme le lion dans la nature que l'on peut vaguement confondre avec un animal de compagnie. Derrière les portes dorées, certaines pièces étaient uniquement emplies d'une lumière colorée ; d'autres étaient décorées d'une texture qui prédominait tellement que l'air lui-même semblait être fait de velours. L'une des pièces exiguës transpirait lourdement la senteur du jasmin (son parfum favori), mais l'odeur était si concentrée qu'il ne pouvait la respirer plus de quelques secondes.

En essayant une autre porte, ils s'exclamèrent tous en chœur, couvrant leurs yeux et bouchant leurs oreilles. La pièce était en feu, une profusion de flammes furieuses qui bondissaient autour du son caractéristique d'un cri de femme.

Ils échangèrent des regards horrifiés et lourds de sens. Mais le cri n'était pas humain. Il continuait, inlassable, avec une cadence constante que ne pouvait avoir aucun cri humain. Alors qu'il levait de nouveau les yeux vers la scène, Madhav fut traversé par le souvenir des défauts de Nisha : son manque de courage, sa tendance à l'avarice et à la critique ; il regarda avec satisfaction alors qu'elle brûlait pour ses péchés. Puis, son humeur changea. En présence des souffrances intimes de Nisha, il eut soudain honte de lui et se sentit humilié. Il tira la porte pour la refermer sur la douleur infinie qu'elle dissimulait.

Sentant la parole lui échapper, il compta sur Danesh et Shivani pour comprendre cet endroit. Il attendait avec impatience leurs conclusions.

« Nous devons partir aussi vite que possible, déclara Danesh. On dirait une prison.

– Cet endroit est hostile, acquiesça Shivani. Hostile et perturbant. Regardez ça ! »

Un autre escalier qui ne menait nulle part, illuminé d'or, les dépassait sans aucun but, comme un piédestal extravagant et inutilisé. L'escalier incomplet semblait être une caractéristique du labyrinthe, tout comme les allées aux allures prometteuses qui se terminaient aussitôt commencées et les portes qui s'ouvraient sur des briques d'or blanc.

« Tout cet endroit est un dédale piégé ! dit Danesh. Pas étonnant que les habitants du bidonville restent à l'écart. Et vous imaginez toute l'hypocrisie ? Et le manque de considération ? Vivre dans un endroit pareil, à côté de gens qui n'ont rien, qui n'ont même pas d'espace pour se mouvoir ! »

Ils continuèrent d'avancer en s'agglutinant les uns les autres par peur de se perdre, bien que Madhav s'inquiétât déjà d'avoir laissé l'entrée trop loin derrière eux. Ils essayaient de suivre le bruit du martèlement. Il continuait, toujours aussi intense, alors que les carrefours du labyrinthe les menaient sur tel et tel chemin et les forçaient fréquemment à revenir sur leurs pas. Après un certain temps, suivant toujours les réverbérations, ils entrèrent dans une immense pièce où tout devint soudain calme.

La pièce s'étendait dans toutes les directions. Un plafond haut et voûté enfermait un espace parfaitement vide. Il n'y avait aucun meuble, le sol était nu et les murs blancs. Une quiétude imposante pesait dans l'air.

Près du centre de cette grande pièce désolée, la gueule posée sur ses pattes et le nez sur le sol, était allongé un petit chien marron. Il était si immobile que Madhav fut persuadé qu'il s'agissait d'une statue et non d'un véritable chien ou, une idée bien plus horrifiante, qu'il s'agissait d'un chien mort et empaillé. Alors même que leurs pas se rapprochaient du centre et résonnaient sur le sol scintillant, l'animal ne fit aucun mouvement.

Puis, une oreille se dressa. La queue remua. Le chien leva la tête de ses pattes et regarda Madhav qui marchait lentement à travers la pièce.

Il se rapprocha. Le regard du chien était fixé sur lui et seulement lui, et le doux grondement de supplication qui semblait s'élever de son ventre jusqu'à sa gueule se fit encore plus frénétique et incontrôlable. Ce son se répercutait à travers son cœur de manière étrange et douloureuse. Cette expression dans ses yeux ! À présent tout dans l'animal l'affectait : la queue qui tressautait, le ventre qui se bombait encore et encore, le regard de pitié scintillant d'espoir, de douleur et d'un espoir ardent à nouveau. Le chien se liait à lui de toutes les manières possibles, bien qu'il n'eût pas bougé d'un centimètre.

Pendant ce temps, la pièce avait pris vie. Des lumières arc-en-ciel clignotaient au-dessus de la morosité ; des couleurs sorties tout droit d'une transe rendaient les murs vertigineux.

Il prit conscience que son visage était déformé à force de résister et une dureté intérieure le tenait fermement. Un mot, il le savait, et ce chien était à lui. Un mot d'amour… mais c'était probablement une mauvaise idée… Cela reviendrait probablement à récompenser une pure servilité… Il était fort probable que l'animal montre une once de fierté, pensa-t-il. Et on ne savait jamais, s'il lui cédait maintenant, il le mordrait peut-être plus tard.

« Pathétique, murmura Shivani. Quelle créature pathétique et soumise. »

Ainsi, ils passèrent la pièce imposante dans un silence glacial. Une fois de l'autre côté, Madhav jeta un dernier coup d'œil derrière lui. Il était toujours allongé, immobile, tremblant parmi les couleurs de son monde qui s'évanouissaient, les yeux toujours fixés sur lui. Ce ne fut que lorsqu'il se détourna définitivement qu'il sentit la tête du chien retomber doucement sur ses pattes et la pièce redevenir nue et calme.

*

Ils débouchèrent alors dans une sorte de grenier. L'air y était épais, teinté des arômes des objets que l'on a longtemps préservés et beaucoup aimés. Il n'y avait aucune fenêtre. Le plancher en bois grinçait sous leurs pieds. Shivani trouva l'interrupteur et une ampoule répandit une lumière puissante sur des piles de livres, de vieilles vestes poussiéreuses et un grand nombre de cartons bien remplis.

Au hasard, il remarqua une anthologie d'histoires d'Isak Dinesen, des poèmes d'Emily Dickinson, une copie du *Petit Prince*, un livre de cuisine, une peluche, de vieux vêtements et une encyclopédie pour enfants qui avait été très populaire autrefois en ville chez les parents des classes supérieures. Il hocha la tête lentement et sagement.

« Elle a essayé de tout prendre avec elle. Tout ce qui lui rappelle ce qu'elle a été autrefois. C'est vraiment triste.

– Ce sont tous les mêmes, dit soudainement Shivani en regardant les livres. Ce sont les mêmes dix livres encore et encore. »

Comme si elle avait stocké toutes les dernières copies de Dinesen et Dickinson et les avait feuilletées jusqu'à leur épuisement. Madhav pensa soudain au bureau de Vinay : les rangées de titres bien conservés, les dernières revues littéraires et culturelles, fières et immaculées, invitant le passant à prendre connaissance de leur savoir. En comparaison, il y avait quelque chose de honteux dans ces livres plus qu'usés dissimulés dans ce grenier privé, comme une cache secrète de drogues. Et c'était une honte particulière pour une femme d'être seule et accablée dans cette obscurité miteuse, se dit-il tout à coup. Il regarda Shivani et se sentit à la fois reconnaissant et étrangement effrayé.

Quand ils ouvrirent les cartons, ils s'aperçurent que le reste des objets se répétaient également : les mêmes quelques jouets, les mêmes quelques vêtements et une pelote de laine argentée, des aiguilles chatoyantes coincées dedans. Entre toutes choses, elle avait aimé tricoter. En voyant cela, lui et Shivani s'échangèrent un autre sourire entendu.

Mais Danesh, resté seul, était amer de critique.

« Ce n'est pas simplement triste, dit-il, c'est idiot. Pensez-y. Le monde entier, vivant, agité, absolument fascinant est juste derrière la porte. Et la voilà qui s'accroche à ces vieux souvenirs de son statut de privilégiée. C'est comme ces gens qui n'ont rien accompli dans leur vie, mais chérissent toujours l'uniforme de leur vieille école. Regardez ça ! Elle doit venir ici tous les jours ! »

Ils n'y avaient pas fait attention auparavant : un plateau de biscuits et une tasse de café à moitié vide attendaient sur une table basse dans un coin du grenier. Pendant quelques instants, Madhav sembla la voir, dévorant la nourriture alors que ses lèvres bougeaient encore du récit de son passage favori et que des miettes tombaient sur sa robe. Puis, il se rendit compte du danger imminent.

Le clic de l'interrupteur se fit entendre et l'obscurité les engloutit. Le lourd martèlement du marteau revint comme une douleur physique, à la tête et au cœur. Le son se fit de plus en plus fort alors que les lumières se rallumaient et que Nisha se tenait devant eux.

Le choc de sa présence fut adouci par tous les changements étourdissants. Non seulement elle était apparue à leurs côtés, mais le grenier obscur empli de livres et d'objets personnels avait également cédé la place à la source même du bruit et de la fureur. Elle resta comme une silhouette dans la rage incandescente d'une fournaise, dont le tumulte faisait serpenter un tapis roulant qui recevait, à intervalles réguliers, le trépignement d'un piston. Il faisait chaud ; la graisse de la machine suintait dans l'atmosphère. Elle portait une salopette tachée de noir. Ses cheveux étaient détachés.

Beaucoup de choses se passèrent en même temps. Il s'aperçut qu'il ne pouvait plus bouger, mais tant qu'il la regardait dans les yeux, elle non plus. Danesh se précipita vers le tapis mais s'arrêta net en poussant un cri d'horreur. Roulant en dehors des flammes, rangées dans des boites par le piston infatigable, une file d'armes défilait devant les yeux de Madhav. Il y avait des pistolets, des grenades, des balles et des épées de toutes les formes et de tous les types. Shivani hurla. Il se sentit partir ; un brouillard opaque descendait sur lui et l'odeur de la graisse, si c'était bien de cela qu'il s'agissait, était devenue nauséabonde. Mais Danesh parla distinctement dans son oreille avec un surprenant regain d'énergie.

« On va faire sauter toute cette opération ! Je vais chercher de l'aide ! »

Par ses yeux il tenta de lui demander comment il comptait s'échapper. Mais le jeune réalisateur bouillonnait de la passion de son idée, cette même passion qui poussait des centaines et des centaines de personnes à aller travailler durement nuit et jour et sous tous les temps, cette passion qui produisait des dizaines de millions de roupies, au service de rêves complexes.

Alors qu'il faisait demi-tour et s'éloignait hors de vue, Nisha ne fit aucun mouvement pour l'arrêter. Son regard s'élargit pour intégrer Shivani qui trébuchait à côté de Madhav, encore plus belle sous son air terrifié. Dans l'obscurité croissante, Madhav vit sa petite amie se tenir la bouche avant que ses pieds ne l'abandonnent et que son corps ne s'effondre comme une fleur écrasée. Puis, il s'évanouit.

13
LE THÉ

Bientôt, une sensation fantastique l'envahit. Aussi plaisant qu'un bain chaud après des heures de dur labeur ou que le bonheur d'une bonne nuit de sommeil, c'était un arôme qui voyageait le long de son corps et faisait disparaître tout son poids. Il garda les yeux fermés pour mieux s'y baigner. Ce fut avec beaucoup de contrariété que, un peu plus tard, des voix de femmes le réveillèrent.

Ils étaient dehors dans le jardin, sous le sombre soleil et parmi les meubles en osier. Devant eux sur la table, se trouvaient une théière et un panier recouvert par une serviette qui disséminait une légère et délicieuse odeur de pain fraîchement sorti du four.

Shivani était à ses côtés et fixait Nisha de l'autre côté de la table. Mais d'autres personnes étaient présentes également : un petit homme svelte modestement habillé d'une chemise à carreaux et d'un pantalon discutait calmement mais de manière insistante avec la petite fille qu'ils avaient rencontrée auparavant. Elle portait ce qui devait être sa plus belle robe et lui faisait la grimace. Peut-être, pensa Madhav, s'agissait-il du père et de sa fille. Puis enfin, il regarda directement Nisha.

Elle avait échangé sa salopette contre une robe bleue éclatante. Elle était grosse, remarqua-t-il, bien plus grosse que dans ses souvenirs et son visage était marqué par des taches et des lignes où il y avait eu autrefois la lisse rougeur de la jeunesse. Ses cheveux étaient relevés en un chignon et, à sa connaissance, il s'agissait là aussi d'un nouveau style. Pourtant, cela ne faisait aucun doute, c'est indéfectiblement Nisha et cette révélation lui coupa le souffle.

Une brise du soir souffla. Les roses semblaient se trémousser de rire dans leurs parterres.

« On sait tout de toi, disait Shivani. On sait que tu fais partie d'un groupe de terroristes qui essaye de nous tuer. On a entendu la cassette et on a lu le message que tu nous as envoyé. »

Elle parlait sèchement, révélant à peine une légère agitation. Tout son corps était assis fièrement et posément, les cheveux bien peignés et les vêtements impeccablement repassés. Toute la férocité de sa beauté frémissait discrètement, comme une lame fraîchement tirée.

« Ta pauvre cabane est un labyrinthe et un piège mortel. Je parie que tu ne pensais pas qu'on en sortirait vivants.

– Oh, je suis désolée, répondit Nisha, mais je n'ai pas l'habitude d'avoir de la visite, vous voyez. La plupart des gens ne m'approchent pas d'aussi près. » Elle tourna son regard vers Madhav. « J'imagine qu'en s'approchant d'aussi près de quelqu'un, on ne trouve que du désordre… des améliorations en cours… et beaucoup de choses étranges.

– Tu devrais avoir honte de toi », continua Shivani. Des poignards semblaient émerger de ses yeux plissés, mais le regard de Nisha était toujours fixé sur Madhav.

« Comment vas-tu, Madhav ? » Son sourire semblait rougir de sous-entendus secrets. « Ta petite amie dit que je te persécute. »

Il glissa dans sa chaise. Il tenta de trouver son pistolet… il n'était plus là. Un rythme lent et séducteur, comme celui de danse des lutins, flottait autour de lui, étouffant sa capacité à parler. Il regarda le panier sur la table et se concentra de toutes ses forces pour éliminer l'arôme insidieux qui perturbait ses sens.

« Shivani a raison, dit-il. Tu devrais avoir honte. Regarde-toi. Qu'es-tu devenue ?

– Tu n'approuves pas mon nouveau voisinage ? » répondit-elle

Elle se tenait debout à présent et se dandinait autour d'eux en tenant un plateau plein de vaisselles.

« Je ne veux rien », déclara la petite fille de manière préventive.

Son père lui demanda de se taire. Nisha rit. « Tu dis toujours ça. Non, continua-t-elle en s'adressant à Madhav. Je n'en suis pas folle non plus. Mais c'est le seul que j'ai pu trouver qui voulait bien de moi. Et je suppose que c'est le meilleur qui soit… car j'y suis acceptée. »

Elle se rapprocha de Madhav avec son plateau. Un malaise le secoua et il parla rapidement pour y faire face.

« Ce groupe, dit-il. Je parle de ce groupe. Si tu es toujours amère envers moi, pourquoi n'as-tu pas pris le téléphone pour me parler, Nisha ? Pourquoi rejoindre des terroristes ? Tu es une femme éduquée, moderne, citadine… enfin, vraiment… ne vois-tu pas à quel point tout cela est ridiculement inacceptable ? »

Et, alors qu'il parlait, il se souvint de la pure folie qu'était tout cela. Tout le reste semblait pâle en comparaison. Un rêve déçu, une promesse brisée, toutes les blessures qu'un homme pouvait infliger au cœur d'une femme… étaient triviaux à côté de cette folle persécution.

Elle termina de mettre la table. Passant près du panier à l'odeur agréable, elle inclina la tête. C'était un geste qu'il connaissait bien. Mais sa voix était teintée d'une conviction étrange et délibérée qu'il ne reconnaissait pas du tout.

« Oui, je suis éduquée, répondit-elle. Je suis éduquée et moderne et tous les autres adjectifs que tu as utilisés, et cela m'a presque empêchée de les rejoindre. Heureusement, j'ai surmonté ces obstacles.

– Tu approuves leur violence constante ? Leur refus même de dialoguer ? De s'expliquer ?

– De tout mon cœur. »

L'odeur pénétra de nouveau ses narines alors qu'elle rapprochait le panier. Cette fragrance dégageait un tel aura de tentation qu'il sentit monter en lui une stupeur mortelle. Il se rendit soudain compte que sa mâchoire était lâche et qu'il souriait stupidement, mais il résista. Cela semblait pourtant absolument parfait, mais il savait que ce serait fatal. Il discerna le regard de Shivani, dur et chargé d'espoir, mais sa lutte était trop intense pour pouvoir s'exprimer.

Shivani l'interpella immédiatement elle-même.

« On ne mangera rien de ce que tu nous donnes ! »

Ses mots lui donnèrent de la force. « On a vu ! ajouta Madhav. À l'intérieur, on a vu toutes ces armes. Ces armes que tu stockes ! »

Ses paroles s'étaient voulues accusatrices, pourtant le visage de Nisha ne rougit d'aucune culpabilité, mais prit plutôt les couleurs d'une certaine modestie, comme s'il l'avait complimentée.

« Et tu penses que c'est bien, n'est-ce pas ? continua-t-il, abasourdi. Tu crois que c'est bien que des personnes s'arment ainsi ? Pour terroriser d'autres personnes ?

– Oh, Madhav ! » Elle s'assit brusquement, le panier sur les genoux. « Bien sûr que je possède les armes les plus puissantes du monde. Et bien sûr, je ne te ferais pas manger un bout de pain… tant que tu ne m'y auras pas autorisé. C'est ça, l'amour !

– Quel sentiment, ricana-t-il. Ça t'empêche de me tuer… donc ça doit être de l'amour.

– Non, répondit-elle, non, tu ne comprends pas. Ça me *pousse* à te tuer. »

Il fixa ses doux yeux bruns, si pleins de gentillesse.

« Ça me *pousse* à te tuer. Mais seulement quand tu l'auras choisi. »

De plus en plus incrédule, il ne put que se forcer à rire.

« Cela n'a aucun sens ! Et… quand j'ai été kidnappé par tes amis… personne ne m'a demandé si je l'avais choisi. Ou quand Vinay a été tué ! Est-ce que tu sais que mon ami Vinay a été tué ? Quand j'ai été forcé de me cacher, personne ne m'a demandé si je préférais faire autre chose !

– Nous ne t'avons blessé, répondit-elle doucement, que quand tu l'avais choisi. »

Se levant, Shivani frappa la surface de la petite table et le meuble se balança sur l'herbe.

« Assez ! s'écria-t-elle. Tu ne fais rien d'autre que de rejeter la faute sur la victime ! Qui vous a donné le droit de le menacer d'abord ? Qui êtes-vous pour persécuter sans cesse Madhav ? »

Toujours assise, Nisha parut désolée et embarrassée, comme elle le faisait toujours quand une confrontation semblait inévitable.

« Mais bien sûr que nous devons le persécuter, dit-elle en un murmure. Comment pourrions-nous ne pas être là pour lui ? C'est la même chose pour nous, ajouta-t-elle de manière cryptique. Mais n'est-ce pas le moment de prendre le thé ? »

Nisha se leva avec le panier à pain et Shivani étendit son bras pour lui arracher des mains.

« Écoute, siffla-t-elle. C'est très simple. Il ne t'aimait pas. Il t'a quittée. Et il avait de très bonnes raisons. Tu étais une femme ordinaire. Madhav n'est pas comme ça. Donc passe à autre chose et arrête de le *harceler*. »

Il vit la douleur apparaître sur son visage et il sentit subitement un sentiment similaire l'envahir. Pourtant, Shivani n'avait fait que dire la simple vérité. Ce n'était pas un amour sain, c'était du harcèlement obsessionnel. Prenant conscience de cette distinction habituelle, il endurcit son cœur. Puis, il remarqua que Nisha n'était plus embarrassée pour elle-même, mais que ses yeux confus étaient tournés vers ses invités : l'homme en chemise à carreaux et la petite fille en robe.

« Shivani, articula-t-elle distraitement, pourrais-tu leur servir du pain et du beurre, s'il te plaît. Voici Vikram, il travaille comme charpentier en ville et la petite s'appelle Maithili. »

Pour la première fois, Madhav comprit ce qu'impliquait leur présence. Il regarda Nisha, une question silencieuse dansant dans ses yeux, mais elle ne lui rendit pas son regard. Elle était allée chercher la théière et versait des tasses à chacun d'entre eux.

De nouveau, Shivani rompit le silence.

« Il fait partie de ton gang aussi, j'imagine ? »

Nisha ne répondit pas. Madhav regarda l'homme qui détournait les yeux presque timidement. La petite fille, au contraire, les fixait. Il essaya soudain de jauger la couleur de ses yeux.

« Eh bien, dit lentement Madhav. Eh bien, eh bien. Nisha, je suis heureux pour toi. »

Il souriait à présent. Il échangea un regard avec Shivani. Voyant où il voulait en venir, elle se rassit à ses côtés. Le panier était assez loin d'eux, bien couvert. Ensemble, ils firent face aux autres.

« Tu as trouvé quelqu'un que tu aimais, continua chaleureusement Madhav. Quelqu'un qui est plus ton type ! C'est super... et écoute... m'écoutes-tu ? »

Les tasses étaient pleines. Elle se tenait au-dessus d'elles, le visage baissé. Du lointain bidonville, des cris discordants de voix ivres montèrent.

« C'est vraiment extraordinaire que tu sois avec quelqu'un qui vient d'ici. Tu as brisé les barrières des classes sociales et tu es sortie de cet univers étouffant et élitiste de la classe moyenne. Tu t'es exposée à un nouveau monde fascinant. Vraiment, je t'admire pour ça. Et je le pense vraiment, ce n'est pas pour te flatter, ajouta Madhav en étant particulièrement soucieux. Peu de personnes auraient ce courage.

– Oh, absolument, renchérit Shivani de manière enthousiaste. Et c'est merveilleux aussi pour la petite ! Avec tous les privilèges que tu as eus, tu peux lui donner une chance d'avoir une vie meilleure ! C'est chouette de prendre le thé dans le jardin, n'est-ce pas, ma chérie ? »

La petite Maithili ne lui sourit pas en retour. Elle regarda plutôt Nisha dont les yeux étaient fermés de douleur et de concentration avant de lever enfin la tête.

« Vous vous contredisez tous les deux. »

Ils durent se pencher, car sa voix n'avait été qu'un murmure.

« Si le thé dans le jardin est étouffant et élitiste, alors en quoi est-il chouette de le partager ? Si j'ai de la chance de vivre dans ce fascinant bidonville, comment puis-je offrir à qui que ce soit ici une vie meilleure ? Vous vous contredisez… vous vous contredisez toujours. »

De manière instinctive, Madhav se mit à rire et à secouer la tête.

« Non, non, non, il n'y a aucune contradiction. C'est un peu des deux, bien sûr. Tu as des choses à apprendre et des choses à offrir aussi. C'est tout. »

Bien que la réponse lui fût venue aisément et naturellement, il sentit un malaise grandir en lui. Ce dernier ne disparut pas quand Nisha ouvrit les yeux. Ils étaient mouillés de larmes ; elle pleurait silencieusement.

« Tu aimes ça ? demanda-t-elle. Tu aimes que tes opinions se contredisent toujours les unes les autres, te remplissant toujours de haine et de confusion ? Tu aimes te dire que tu es ouvert d'esprit, que tu peux trouver une issue aux points de vue contradictoires quand, en réalité, tu ne crois simplement en aucun d'entre eux ? Tu ne crois en rien, Madhav ! Tu aimes ça ? »

Désormais le malaise croissait et tintait en lui. Il pensa brièvement à Krishnan et Vinay qui se disputaient dans l'hélicoptère ; à Shivani et Danesh, qui se querellaient dans le bidonville ; au débat télévisé cacophonique lors du conseil de guerre, mais il suivit son premier instinct protecteur.

« Quoi que je puisse être, énonça-t-il avec un calme absolu, je respecte la liberté individuelle et j'en suis fier. J'ai choisi de ne pas être avec toi, je te demande de respecter gentiment ce choix. Et de gentiment me laisser partir. »

Un long silence tomba. Il faisait nuit à présent, la lune était haute dans le ciel et les tasses de thé étaient froides. Nisha secoua la tête.

« Je ne te laisserai jamais partir. »

Ils remarquèrent à peine l'homme silencieux, Vikram, se mouvoir de manière étrange autour de la table pour récupérer le panier et sa tasse de thé. Les larmes ruisselaient sur les joues de Nisha et retombaient sur un sourire. Un tremblement lui cassait la voix.

« Tu peux me transformer en dhobin. Tu peux me mettre ici dans le bidonville. Et tu m'aimeras toujours.

– Il ne t'aime pas ! dit Shivani avec colère. Regarde-toi ! Comment pourrait-il t'aimer ?

– C'est incroyable, je sais, acquiesça Nisha, les yeux brillants. Tu nous vois sous la pire lumière possible, et pourtant nous brillons. Tu me vois dans ce bidonville et tu espères que je déteste ça, et que donc je te déteste toi, ou que j'épouse mon sort et devienne distante envers toi. Mais rien de tout cela ne s'est produit. Vikram est mon ami, pas mon amant, et Maithili n'est pas ma fille, bien qu'elle soit comme une fille pour moi. Je reste seule, j'ai toujours besoin de toi, Madhav et pourtant j'aime et je suis aimé de toutes parts. C'est ainsi car je t'appartiens. Tu as mis Siddharth dans le désert et il reste ton ami, car il t'appartient aussi. Et c'est toi qui es dehors dans le froid, toi qui n'arrives pas à reconnaître les tiens. Mais on reste beaux et vrais et la seule manière de nous détester est de détester la beauté et la vérité. »

Dans leur coin silencieux, sous le clair de lune et la lumière électrique diffuse du bidonville, Vikram disposait les tranches de pain et le beurre. La petite fille avait arrêté de faire la tête et se tenait assez près pour observer et approuver attentivement.

« Plus de beurre sur celle-là », dit-elle brièvement, et Vikram et Nisha se sourirent avant qu'il ne se dépêche d'obéir.

L'arôme du pain flottait de nouveau dans l'air. Madhav éprouva soudainement des difficultés à parler, mais Shivani continua dans un autre registre.

Elle roula les yeux et, éclaircissant sa gorge d'un léger son plein de confiance en elle, elle transforma son expression pour refléter un air de tolérance quasi béatifique.

« Calme-toi, dit-elle. Calme-toi, Nisha. Personne ici ne déteste la beauté et la vérité. Bien sûr, ta vie est certainement belle et vraie dans ce bidonville. On l'accepte. Mais nous aussi nous avons de belles vies. Je suis danseuse, et c'est tout aussi vrai et beau, tu sais. Madhav ne t'aime pas, parce que c'est comme ça. C'est seulement une question de goût. Tu fais trop… ménagère pour lui, c'est tout. Mais ce n'est pas un jugement. C'est simplement une question de goût. »

Nisha s'assit et sirota son thé en regardant pensivement Madhav qui évitait tous les regards. De plus en plus de bruits montaient du bidonville. Il s'efforçait d'écouter : la voix de Danesh résonnait-elle parmi ces cris ?

« Il était toujours si inquiet d'être laissé pour compte, sourit-elle soudain, quand tous les autres s'amusaient comme des fous. Mon cher fonctionnaire ! Mais il y a ceux qui sont faits pour rester derrière, pour prendre soin des affaires domestiques, de la cuisine, du ménage et du roulement des ouvriers et des dossiers dans les très grosses entreprises, ou les plus petites. Cela pourrait être tel que tu l'as dit. Mais ce n'est pas le cas. C'est un argument. Ce n'est pas la vérité.

– Eh bien, dit Shivani, c'est en établissant des arguments que l'on décide de la vérité, quand on est civilisés.

– Alors je ne suis pas civilisée », répondit Nisha.

L'attitude enflammée de Shivani se craquela légèrement.

« Non, répondit-elle, apparemment aucun d'entre vous – aucun de tous ceux qui *appartiennent*. Parce que ceux qui *appartiennent* décident des choses en utilisant la force et l'intimidation !

– Par amour, expliqua Nisha. Seulement par amour. Rien d'autre, ajouta-t-elle doucement. Rien d'autre que l'amour… peu importe à quel point il apparaît précieux. Tu comprends ? »

Shivani se redressa de tout son corps.

« Je pense que vous êtes un genre de secte *new age*, répondit-elle sommairement. Peu importe l'amour, si tu avais une once de dignité, tu aurais oublié Madhav. Nous n'aurions pas eu à venir ici !

– Vous n'auriez pas eu à venir ici, répliqua Nisha, si Madhav m'avait oublié. »

Shivani fut très temporairement distraite. Madhav était affalé sur la chaise et écoutait leur conversation dans un état proche de la paralysie. Son visage affichait l'expression étranglée d'un homme que l'on torture… ou qui connaît l'extase. Mais à l'instant même où Shivani se retournait, Nisha se déplaça et se tint soudainement au-dessus d'eux, le panier dans les mains.

« Et maintenant, chantonna-t-elle joyeusement, vous devez vraiment manger ! »

Une tranche épaisse de pain était apparue devant chacun d'eux.

« Mangez ! » ordonna Nisha d'une manière horriblement polie.

À travers le voile de sa propre lutte, Madhav s'aperçut que Shivani était aussi de plus en plus mal. Une pâleur maladive se répandait sur ses joues, une teinte qui ne rappelait pas la couleur des lys mais plutôt celle des os. La poussée de courage qui l'avait jusqu'à maintenant soutenue semblait s'éteindre à la source. Il n'était pas difficile d'en comprendre la raison. Cela faisait longtemps qu'ils étaient désarmés, et quant à leurs ennemis… il se souvenait très bien de la file d'armes dans la salle des machines.

Pendant ce temps, l'odeur du pain exerçait toujours son pouvoir de séduction sur lui. Elle le gagnait lentement. Mais, à la vue de l'impuissance de Shivani, à la pensée des terribles armes de Nisha, quelque chose en lui s'éveilla férocement. Il était trop faible pour combattre son envoûtement, mais il avait encore assez de force pour la haïr ! Il l'avait entendue parler, elle avait parlé de beauté ! De vérité ! Mais qu'en était-il de sa maison... ce labyrinthe caverneux empli d'objets et d'or ? Qu'en était-il de la distance entre elle et le bidonville, la tromperie qu'elle utilisait sur ses habitants en vivant différemment d'eux et en stockant ce qu'ils n'auraient jamais ?

La regardant d'un nouveau mépris enflammé, il vit son sourire s'effacer et ses yeux marron de chien battu s'assombrir de surprise.

Puis, arrachant son regard de la table, il vit Danesh qui rassemblait la foule vers la cabane.

*

Krishnan et Pradhan étaient avec lui alors que toute la population adulte du bidonville semblait se déverser dans la nuit pour se répandre dans les espaces vides entre leurs cabanes et le jardin de Nisha. Quels héros ils avaient dû être, pensa Madhav, pour avoir réussi à guider cette foule ! Il vit Danesh grimper sur le sommet d'un grand rocher, une torche enflammée tendue au-dessus de lui pour éloigner les ténèbres.

Le vent faisait danser ses cheveux et la couleur montait à ses joues.

« Tant de méchanceté, s'écria-t-il, la voix frémissante, c'en est presque incroyable. Vous voilà tous, travaillant dur et aspirant à devenir quelque chose, à apprendre l'anglais, à gagner un peu d'argent, à avancer dans la vie. Et juste à côté de vous, vit cette femme privilégiée qui fuit votre compagnie tout en accumulant sa richesse financière et culturelle, la cachant à l'aide de magie noire, sans jamais prendre la peine de la partager avec vous qui en avait tant besoin ! »

Un grondement parcourut la foule, une grande agitation née de la colère et de l'agressivité. Madhav vibra. Danesh était en train de les conquérir, c'était son public ! Il avait toujours eu un doigt sur leur pouls et maintenant il le faisait accélérer.

Ce ne fut qu'après plusieurs minutes qu'il se rendit compte qu'ils ne criaient pas en l'honneur de Danesh. Certes, ils déferlaient vers lui, mais pas pour le soutenir. Puis, la foule si uniforme éclata en plusieurs endroits. Quelques silhouettes, qui avaient peut-être apprécié le discours, lançaient des injures à leurs camarades, mais après plusieurs mouvements internes, comme lorsque l'on écrase brutalement un vêtement pour le défroisser, la foule se referma sur eux et ne forma plus qu'un à nouveau.

« Mais peut-être avez-vous peur ! hurla Danesh. Vous pensez que c'est un monstre, une sorcière, avec toutes ses armes ! Vous avez raison d'une certaine façon, mais n'ayez pas peur. Ensemble, nous pouvons la vaincre !

– Nous n'avons pas peur, gronda la foule. Nous aussi, nous avons des armes. »

Madhav, choqué, eut un mouvement de recul. Tous ces hommes et ces femmes pitoyables élevaient à présent des armes à feu au-dessus de leur tête. Ces gens dont les possessions se résumaient à des casseroles et des poêles et qui ne mangeaient qu'une fois par jour étaient noyés sous les fusils. Tout cet endroit était-il aux mains de leur ennemi ? Il se tourna vers Shivani et son visage lui renvoya sa propre terreur. Bien au-dessus d'eux, il sentit s'agiter quelque chose de gigantesque.

« Et nous aussi, nous sommes riches ! déclara en chœur la voix de la foule.

– Vous vivez dans un bidonville ! haleta Danesh. Vous vivez dans des cabanes !

– On vit chez nous ! »

Il y eut du mouvement au proche horizon. Un martèlement distant faisait trembler les roches. Certaines personnes de la foule se retournèrent pour voir, mais Madhav était trop éreinté pour regarder, alors que le jeune artiste tenait désespérément bon et s'écriait, confus.

« Je ne comprends pas !

– Tu comprendras quand tu rentreras à la maison, lui répondit la voix de la foule. Et la première étape pour rentrer est de revenir sur terre. »

Une pierre vola à travers les airs et percuta la monture des lunettes du jeune réalisateur. Alors que Danesh titubait sur le large rocher, Madhav baissa les yeux vers les rives et vit une forme noire s'approcher inexorablement. Le Secrétaire courait vers eux. Une autre pierre, accompagnée de cris d'encouragement, frappa la lèvre supérieure de Danesh. Madhav eut l'impression de goûter lui-même le goût du sang. Mais le Secrétaire arrivait. Même cette foule enragée ne pouvait freiner son avancée. Ils reculaient à son arrivée, la bouche impassible, les yeux mi-clos dans une concentration absolue. Il écarta les bras et ce fut comme s'il déployait de grandes ailes protectrices. Dans leur sombre étreinte, elles emportèrent Krishnan et Pradhan.

Pour Danesh, il n'y avait pas d'échappatoire. Ses pieds glissèrent, la torche tomba de ses mains. Madhav observa alors les deux autres prendre leur envol sur les ailes déployées du Secrétaire vers la sécurité du pont. Toujours concentrée, la foule s'obstina. Les pierres pleuvaient sur Danesh de plus en plus vite et de plus en plus fort ; leurs cris se faisaient encore plus enragés.

À la toute fin, une image étrange s'immisça dans l'esprit de Madhav, occultant tout le reste. Il semblait être en présence non pas d'une populace lapidant un homme, mais d'une foule extatique dans une salle de cinéma, jetant des pièces sur le grand écran. Soudain, il se demanda si, pour l'un ou l'autre de ses films,

Danesh n'avait jamais connu un amour aussi indéfectible. Il se sentit sourire, alors qu'il regardait son ami tomber.

*

Il retrouva alors ses esprits. Agrippant le bord de la table, il surveilla du coin de l'œil le regard terrifié de Shivani.

La foule avait disparu. Les rives de la rivière étaient presque vides et la nuit parfaitement calme. Vikram et Maithili étaient partis aussi ; seules restaient les miettes éparpillées sur leurs assiettes. Assis en face d'eux, le visage empreint de gentillesse et d'encouragement, la brise du jardin faisant voleter ses cheveux, Nisha parla de nouveau.

« Mangez. »

Sur la table attendaient les tranches de pains dorés, doux et morcelés. Madhav savait qu'il devait résister, mais plus il attendait, plus il sentait l'envoûtement le dominer de nouveau.

« Sorcière, murmura Shivani. Tue-nous si tu veux, mais on ne mangera pas ta nourriture empoisonnée !

– Le pain n'est pas empoisonné, dit Nisha. Empoisonné ! » répéta-t-elle, fascinée.

Elle se mit à rire convulsivement. Son hilarité fut forte et soudaine, comme un brûleur à gaz que l'on allume à fond. Son corps potelé tremblait d'allégresse. Tiraillée de manière incontrôlable par ses muscles en pleine convulsion, son visage était un joyeux désastre.

« Je ne suis pas un personnage… de… d'Agatha Christie ! » Les mots se frayèrent un chemin à travers ses gloussements. « Et puis, j'aurais… j'aurais plutôt empoisonné le thé, non !? Avec de l'arsenic ou quelque chose dans le genre !? »

Elle termina sa phrase d'un cri parfait. De l'autre côté des soixante centimètres qui les séparaient d'elle, Madhav sentit quelque chose l'empoigner.

Il força son esprit à se concentrer sur les faits. C'était une tueuse armée, tout comme les habitants du bidonville et le reste de son groupe assoiffé de sang. Ils avaient poignardé Vinay et lapidé Danesh. Ils allaient maintenant tuer Shivani et lui-même. Avec toute la rage dont il était capable, il se rappela toutes les disputes amères qu'il avait eues avec Nisha, son inélégance et combien cela le dégoûtait. Il se rappela qu'il avait eu raison de se débarrasser d'elle et que ses représailles étaient malhonnêtes et injustes. Enfin, il se dit qu'elle n'avait rien dit de drôle, mais ses pensées étaient sans défense face à la marée de ses sentiments. Il fut immergé. Ses yeux rieurs soudain emplis de nouvelles larmes de joie se noyèrent dans les siens. Ils furent bientôt bloqués dans une unité ridicule et déstabilisante.

Pourtant, sa santé mentale n'était pas complètement perdue. Quand Shivani, complètement impassible, se pencha vers lui avec son mouchoir parfumé, il eut la présence d'esprit de s'en emparer. Il plongea son visage dedans.

Il fut ensuite saisi d'effroi. « Arrête ça, cria-t-il. Arrête ça, Nisha. Je n'en mangerai pas ! C'est empoisonné, j'en suis certain ! »

Repoussant l'assiette, il redressa ses épaules, alignant parfaitement son corps avec celui de Shivani. S'ils devaient mourir, ce serait en la défiant comme un couple. Il avait du succès ; elle était belle. Nisha n'avait rien de tout ça. Qu'elle en soit témoin, qu'elle ressente la douleur méritée, la honte de son ambition indigne.

Il jeta un coup d'œil à Shivani. Son esprit fut traversé par l'espoir d'un moment d'union sublime, d'ébats amoureux dans un glorieux cocon dans lequel rien ne pourrait les atteindre. Cependant, Shivani fronçait les sourcils et le regard qu'elle lui lança en retour était marqué d'une urgence qu'il ne comprit pas. Dès lors, quand il échoua à agir, elle fit claquer rapidement sa langue de dégoût et se tourna vers Nisha.

« *Toi*, mange d'abord. Mange ce qu'il y a dans mon assiette ! »

Sous leurs yeux, Nisha prit une tranche de l'assiette de Shivani et la mangea paisiblement pendant une minute entière.

« Ce n'est pas empoisonné, dit-elle doucement en ravalant un autre gloussement qui montait à ses lèvres. C'est du simple pain, tout juste sorti du fou. Il n'a en aucun cas été altéré. Maintenant, j'ai l'impression d'être une hôte horrible à manger seule devant votre nez. »

L'odeur agréable atteignit de nouveau ses narines et un souvenir de la bouchée qu'il avait déjà goûtée lui revint en mémoire. Il coupa un morceau du pain et commença à mâcher. Il était conscient que Shivani faisait de même, bien que son nez fût plissé et que sa bouche mâchât de dégoût.

Il ne pouvait trouver aucun adjectif adéquat pour décrire le goût... on aurait dit la lumière même du soleil. Il l'enveloppa comme un bon bain. Pendant un long moment, peut-être, il ferma les yeux et il ne ressentit aucune sensation à part une sorte de flottement fragile, comme s'il buvait doucement sous une surface qu'il pouvait briser à tout moment. Il semblait ne rien vouloir. Il se rendit compte qu'il était en train d'étouffer seulement quand la pensée qu'un homme ainsi submergé ne pouvait pas respirer lui traversa l'esprit.

Il ouvrit les yeux. Le regard effaré, une main s'agitant dans tous les sens près de sa gorge blanche, Shivani luttait également contre les affres de la suffocation.

« Du pain, seulement. Le plus simple du monde », déclara Nisha. Puis elle le regarda, soudain consternée, en se mordant doucement la lèvre inférieure.

Madhav était incapable de parler, mais étrangement sa lutte physique n'interférait pas avec le processus de ses pensées, ni ne les remplissait de haine et d'horreur. Il ressentit seulement une grande tristesse vis-à-vis de l'état auquel ils étaient réduits, une douleur dans son cœur qui semblait presque noble. Récitant intérieurement une prière, il regarda leur tourmenteur droit dans les yeux. Il voulait la lui envoyer directement dans son esprit.

« Épargne-nous, disait la prière. Je comprends que je t'ai mal traitée. Et j'en suis désolé. J'aurais dû être plus honnête avec toi, plus courageux. Mais pardonne-moi aujourd'hui. Ne te venge pas aussi brutalement sur nous, simplement parce que j'ai échoué à t'aimer. Et si tu ne peux pas… si tu n'arrives pas à trouver dans ton cœur le courage de me pardonner, au moins épargne Shivani. Après tout, c'est entre toi et moi, Nisha. Elle n'a rien à voir avec tout ça. Regarde-la, elle est belle et sans défense ! Épargne-la, je t'en prie ! »

Par le papillotement de ses paupières et la contraction de ses muscles, il comprit que Nisha répondait à chacune de ses phrases. Quand il eut fini, elle respira une fois, profondément… et tristement. Son visage, pendant un court instant, fut la définition même de la déception.

« Shivani, dit-il en s'apercevant qu'il pouvait de nouveau parler. Shivani », s'écria-t-il en un court moment de soulagement.

Pour toute réponse, il entendit des bruits venant de sa gorge. Les bras de Shivani pendaient le long de son corps ; elle avait cessé de lutter. Il vit une expression dans ses yeux qu'il n'avait jamais vue auparavant, comme un dernier ordre mystérieux.

Il fixa Nisha. Une ombre était tombée sur son visage, le rendant ténébreux et implacable.

« Shivani ! »

Encore et encore, sa beauté flotta devant ses yeux, puis elle s'évanouit pour toujours. Sa toute dernière pensée, avant de perdre connaissance et après son cri enroué de désespoir, fut qu'il pouvait de nouveau aisément respirer.

14
LE TERRAIN DE FOOTBALL

Une fois seul, il pesa ses pertes. Son appartement, ses amis, son amour… tant en si peu de temps qu'il avait peine à y croire. Il savait une chose. C'était cette chose dans le noir qui les avait pris. Des larmes floutèrent sa vision alors qu'il grimaçait de peur dans le vide. Et toujours, la chose se rapprochait. Il sentit un frisson sur sa main, comme la caresse de quelqu'un, et il recula d'effroi. Une lumière sembla briller près de son œil. L'obscurité mouvante tourbillonnait autour de lui, plus vite et plus épaisse. Pendant quelques instants, il ne put sentir sa propre respiration. Puis, il se rendit compte que sa respiration et celle de la Chose s'étaient synchronisées sur le même rythme et, le souffle coupé, il s'écarta…

Il ressentit d'abord la douleur cinglante du froid de l'air nocturne puis, le ronronnement strident des crickets dans son oreille et, alors qu'il essayait de se mouvoir, la rugosité du tissu qui lui bâillonnait la bouche et celle de la corde qui lui liait les membres.

Des formes ombrées longeaient un long terrain vide. Des vagues d'arbres se propageaient de tous les côtés, comme des spectateurs silencieux, ce qui ne fit qu'accroître son sentiment d'être absolument et complètement seul. Y avait-il de la lumière, en dehors des étoiles, qui brillait au loin ? Était-ce bien la forme de bâtiments au-delà des arbres ? Il n'en était pas certain. Mais à force de se tortiller et de se tourner dans tous les sens à la lumière du croissant de lune, il comprit bientôt où il se trouvait.

Le poteau blanc auquel il était attaché était un poteau de but. Au-dessus et autour de lui, ces contours familiers se détachaient. Son pendant brillait légèrement un peu plus loin et entre deux, il le savait, s'étendaient une herbe irrégulière et éparse et une terre toujours poussiéreuse. Il s'agissait du terrain de football des tournois de son lycée, le terrain qu'ils louaient à l'université d'à côté ; la scène d'un grand nombre de triomphes et, parfois, de quelques désastres.

C'était un lieu spécial pour lui. Même à présent, il pouvait sentir la terre voler sous ses pieds, le vent dans ses cheveux, le ballon bien en sa possession. Il sentait également l'excitation provoquée par toutes ces réactions chimiques foudroyantes et addictives qui s'élançaient à travers tout son corps jusqu'au battement de son cœur. Tout ralentissait autour de lui alors qu'il s'attardait, analysant les comportements des défenseurs, communiquant en silence et de manière complexe avec les joueurs démarqués, se concentrant sur le duel entre lui et celui qui allait tenter de le tacler, goûtant la liberté agile de la feinte et la satisfaction du contact parfait. Il n'y eut pas de hors-jeu, le ballon était passé, sa mission était remplie, le choix entre le triomphe et le recommencement dépendait maintenant de quelqu'un d'autre. Et cela aussi faisait partie du plaisir : le plaisir de regarder, associé au plaisir de jouer. Oh, qu'il avait aimé ce sport ! Surtout, se rappela-t-il, sous la pluie.

Et il pleuvait ! Crachant à travers les feuilles des arbres et fouettant la boue, la pluie tombait en grandes vagues aiguisées. Il était trempé, ses vêtements et ses bras ruisselaient, ses cheveux étaient plaqués sur son crâne, des gouttes tombaient sur son visage et un grondement emplissait ses oreilles. Puis, succédant une fois de plus au bonheur du rêve éveillé, vint le torrent de peur. Alors qu'il se tenait au milieu du but implacable, son estomac commença à lui faire mal. La simple agression du vent et de l'eau… c'en était trop. Et il se souvint… comment avait-il pu oublier ?… Shivani !

Il ne pleura pas. Il devait rester fort, c'était important. Il y aurait un temps pour les larmes plus tard, une fois que justice aurait été faite, une fois qu'il aurait eu sa vengeance. Et si cela n'arrivait jamais, s'il devait mourir ici, sous la pluie battante, aux mains de ces bigots et de ces lunatiques, alors il ne leur donnerait pas la satisfaction d'avoir cédé. Il fut presque surpris de sa propre force et il se sentit soudain invincible, alors même qu'il criait et tirait sur ses liens.

Il resta ainsi un long moment peut-être, la voix étouffée par le bâillon et les muscles tremblant contre la dure corde. Il savait seulement qu'après un certain temps, l'orage s'était arrêté, tout était devenu calme et froid autour de lui et la lune brillait dans le ciel clair.

Le jeune journaliste, Sachin Menon, marchait vers lui.

« Ressens-tu toujours, dit Sachin, ton sentiment d'ennui si sage et mature ? »

Doucement, il retira le bâillon tandis que Madhav fixait ce visage juvénile briller sous le clair de lune.

Le terrain était maintenant noyé sous la lumière, comme un pâle flamboiement sur une herbe fantomatique. D'autres silhouettes s'approchaient du poteau de but, leurs visages rougis par la bonne humeur. Il les reconnut tous. Il y avait Siddharth, toujours habillé de ses haillons du désert ; Nisha, dans son sari sans couleur et un tas de vêtements sous le bras, et deux autres, un homme grand et un autre petit, en uniforme.

« Mais vous êtes morts ! s'exclama Madhav. Le Secrétaire vous a tiré dessus ! »

Les policiers ne dirent rien. Face à leurs visages souriants, Madhav sentit une poussée d'irritation… et de fatigue. Quel tour lui avaient-ils joué là ? Il avait vu ces hommes tomber dans le château de Vinay. Néanmoins, il était vrai qu'ils étaient tous partis immédiatement dans le bureau. Avaient-ils vérifié les corps ? Qui s'en était débarrassé ? Leurs blessures n'avaient peut-être pas été mortelles. Quant à Sachin, ils n'avaient jamais eu que la parole des policiers concernant sa mort.

Levant les yeux, il vit une cinquième silhouette en uniforme rouge et blanc, qui planait dans les airs comme s'il s'agissait là d'une habitude et se tenait à courte distance des autres. C'était le serveur à la fête de Jonathan Carry. Absolument personne n'aurait pu survivre à une telle chute ! Et pourtant, maintenant que Madhav y pensait, le manteau du serveur était bien rembourré et l'herbe des pelouses était douce. Il se souvint du corps, gisant recroquevillé sous les lumières. Mais l'homme se tenait devant lui.

Ils l'avaient tous trompé. Ils étaient impitoyables. Ils s'abaisseraient à n'importe quoi. Il ne faisait aucun doute qu'ils l'avaient amené sur ce terrain, là où il avait été autrefois si innocemment heureux, pour qu'il pût, au contraire de ses souvenirs, ressentir sa défaite de manière encore plus cinglante.

Une nouvelle humeur l'envahit. Il eut envie de lever la tête noblement, sinon tragiquement, comme s'il leur était supérieur, comme un lion blessé face à une meute de hyènes en chasse. Il leur jeta un regard glacial.

« Très bien, dit-il avec seulement un léger tremblement dans la voix. Ainsi je suis seul ici, à votre merci. Votre groupe est-il au complet ? »

Il n'y eut aucune réponse, seulement leurs six regards fixés sur lui. Étrangement, ils lui faisaient penser à des enfants se faisant réprimander dans une salle de classe.

« Vais-je rencontrer votre chef ce soir ? rit Madhav. Ce serait intéressant de voir le visage d'un fou pareil. Il doit être très laid… mais peut-être suis-je trop conventionnel ? Il a probablement le visage d'un baba bien-pensant. Eh bien, ces gens *sont* laids ! » rit-il de nouveau. Le rire et le fait de parler l'aidaient à calmer ses nerfs. « Et pourquoi, continua-t-il, est-on sur ce terrain… de tous les endroits du monde !

– Car, répondit Siddharth, tu constateras que nous sommes bien plus puissants ici. C'est du moins ce que nous espérons. Quant à notre chef… »

Il s'interrompit, une expression étrange sur le visage. Puis, il haussa les épaules.

« Je ne sais pas, dit-il d'un air très honnête. Je suppose que notre chef nous observera. Mais tu connais déjà notre chef.

– Tu dis toujours ça ! rit de plus belle Madhav. Et je n'en sais toujours pas plus ! Alors donc ! continua-t-il sur le ton débridé d'un homme légèrement imbibé. Alors donc, ce ne sera que vous six, hein ? Vous devez être les Dons de la mafia de Bombay, vous partageant votre règne de terreur !

– Nous sommes plus que six, s'exprima le serveur.

– Nous sommes infinis, ajouta Sachin.

– N'essaye même jamais de t'échapper, précisa le grand policier.

– Nous te retrouverions, acquiesça le petit.

– On s'introduirait chez toi, sourit Siddharth.

– On te kidnapperait, termina tendrement Nisha. Où que tu ailles ! »

Madhav sombra dans une longue crise de rire confus. Ils parlaient comme au cirque ! Avec leur coordination théâtrale et leurs sourires partagés, ils irradiaient une joie si intense qu'elle projetait même une note clownesque d'autoparodie. Et pourtant, malgré toute leur bonhommie, le sens de leurs mots n'en était pas moins intimidant. Au contraire. C'était comme si l'épée en bois d'un enfant avait été équipée d'une lame ensanglantée.

Il riait, mais il savait que tous ces visages, tous ces sourires, alors même qu'ils représentaient l'horreur, étaient l'emblème même de la démence.

« Eh bien, répliqua-t-il enfin, voilà une scène bien répétée ! Quelle est la suivante ? Je suis tout seul ici. Vous pouvez faire ce que vous voulez.

– Tu n'es pas seul, corrigea Siddharth. Pas encore. »

Il regarda de nouveau et eut le souffle coupé. Un autre groupe d'hommes traversait le terrain sous le clair de lune. Ils étaient entourés par les policiers et leurs bras étaient attachés derrière leurs dos. Même à cette distance, il put voir les bajoues de Pradhan trembler d'indignation et la tête grise et fière de Krishnan se jeter en arrière en signe de défiance. Mais ce fut la silhouette du milieu, attachée et poussée comme les autres, qui le perturba au point de ne plus pouvoir parler.

Le Secrétaire était leur prisonnier. Cela semblait impossible. Mais il avançait calmement. Un simple effort physique venant de ce corps immense et il serait libre, sans aucun doute ; jamais il n'aurait pu être fait prisonnier, sans aucun doute ! Sa force n'était pas simplement contenue dans son corps et son esprit, elle se répandait à travers le grand réseau des hommes et des machines qui répondaient à ses ordres. Il était vrai qu'ils n'avaient pas fait grand-chose pour Madhav, mais Madhav était loin. Il était vrai qu'ils étaient incompétents, mais ils devaient sûrement être bons à quelque chose ! Comment avaient-ils pu laisser tomber leur propre maître ? Il considéra toutes les possibilités avec désespoir. Y avait-il eu des ordres venant d'encore plus haut ? Après tout, ils se battaient pour la liberté et dans un système politique aussi divisé et oppressif que celui de l'Inde, cela revenait à se mettre en danger… peu importait que la personne fût soi-disant importante. Mais à quel point leur ennemi avait-il le bras long ?

« Tu n'es pas seul, répéta Siddharth. Pour le moment. Voici donc ton équipe. Vous êtes quatre contre nous quatre. Sachin ne joue pas et Nisha déteste le football, ils resteront donc assis pendant le match. Vous prenez ce but, nous prenons l'autre. On commence quand vous êtes prêts. »

En plus de ces mots perturbants, un son résonna qui alerta étrangement Madhav. Un lourd bruit sourd, répété deux fois, puis abruptement interrompu. Sous le talon de la chaussure du serveur attendait un ballon de foot. D'un bond et d'une pirouette, l'homme commença à dribbler, donnant des petits coups dans le ballon vers le centre du terrain.

Madhav sentit quelque chose gronder en lui, mais il se reprit vite.

« Mais qu'est-ce que vous faites ? maugréa-t-il en fronçant les sourcils.

– Allez, répliqua Siddharth. Jouons. »

Lui et les autres étaient déjà en train de se replier de l'autre côté du terrain tandis que Sachin et Nisha se dirigeaient vers l'abri obscur formé par les arbres. Madhav jeta un regard rapide vers ses alliés, à présent alignés près de lui sous le but. Puis, riant, il s'écria :

« Qu'est-ce que ça veut dire !?

– Jouons ! répondit Siddharth.

– Pour… pour quoi jouons-nous ? »

Il n'eut qu'un sourire et un haussement d'épaules pour toute réponse. Les quatre autres hommes s'étaient lancés dans un exercice dynamique consistant à se faire des passes en avant, des dribbles et des talonnades.

« Ridicule, soupira Pradhan. C'est complètement ridicule. Ça suffit à présent !

– J'ai bien peur, sourit tristement Krishnan, que nous n'ayons pas le choix. Tous les tyrans sont fantasques.

– À quoi bon ? demanda Pradhan. Si nous gagnons… alors quoi ? Ils nous laisseront partir ? Si nous perdons… alors quoi ? Ils nous tueront ? Mais ils le feront de toute façon ! Il ne s'agit pas que de faire un match ! »

C'était en effet ridicule, se dit Madhav. Leurs voix s'élevaient pleines d'excitation et de rires, entrecoupées de plaisanteries brutes et rythmées. C'était tellement absurde qu'il n'arrivait pas à savoir ce qu'il ressentait. Il regarda le Secrétaire qui se tenait silencieux et impassible. Puis, un grand désespoir le submergea. Ses yeux posèrent la question que ses pensées n'arrivaient pas à formuler, mais la réponse fut claire et s'accompagna de reproches.

« Ne soyez pas surpris, dit le Secrétaire. C'est tout à fait ce que vous devinez. Ce n'est pas simple. Vous m'avez admiré comme une source de force, mais je ne suis qu'un seul homme, Madhav. Posez-vous la question. Quand, dans ce pays, le gouvernement n'a-t-il jamais traité ce genre de fanatiques comme ils le méritaient ? Des femmes sont violées, des artistes tabassés… et maintenant trois personnes sont mortes sans que cela soit leur faute, et les tueurs courent toujours. Vous voyez, tous nos idéaux ne sont que des idéaux de papier ! Ceux d'entre nous qui aiment véritablement la liberté ne forment qu'une toute petite minorité et bien que nous luttions du mieux que nous pouvons, nous sommes toujours forcés d'être sur la défensive. À chaque fois, nous sommes obligés de nous rendre ! »

C'était donc ça. Le grand homme avait été trahi, laissé sans défense par un système qui n'avait pas le courage de ses convictions. Mais la tristesse qui balaya Madhav semblait également les rapprocher. Quand il avait cru le Secrétaire invincible, il n'avait ressenti pour lui que la plus grande des admirations ; à présent, son cœur s'ouvrait à lui.

« Toujours est-il, ajouta doucement le Secrétaire, que nous devons continuer d'essayer, toujours. Nous ne sommes pas encore battus.

– Vous êtes tous prêts ? lança une voix sur le terrain.

– Non ! » cria Pradhan.

Il se retourna soudain vers eux. Habillé de son ample costume et de ses lunettes à monture dorées, il était l'opposé parfait du footballeur.

« Je suis un homme sérieux, siffla-t-il. S'ils veulent nous tuer, laissons-les-nous tuer. Je n'ai pas le temps pour ça.

– Pas le temps ? rit Krishnan d'un rire sec et sans humour. Pourquoi ça ? Vous devez vous rendre à une réunion d'affaires ?

– Ne vous moquez pas, monsieur ! »

Un discours, apparemment longtemps réprimé, se déversa furieusement de sa bouche.

« Je suis un faiseur, dit Pradhan. Je n'ai pas eu une grande éducation. Pas de talent particulier. Mais je vais au bout des choses ! »

Il raconta ensuite à quel point il avait dû travailler dur, à quel point il avait réussi, avec des origines plus humbles que n'importe lequel d'entre eux, et à quel point il devait toujours travailler dur… chaque heure de chaque jour. Il profita de son discours pour se glorifier lui-même, mais il fut également très factuel. C'était un homme riche et accompli, un homme sérieux et organisé, expérimenté, un homme qui faisait bouger les choses. Qu'on l'appréciât ou pas, ce n'était pas un homme qu'il fallait traiter à la légère.

Et c'était là, déclara-t-il, précisément ce qu'ils étaient en train de faire avec cette comédie frivole autour d'un match de football. Quand il avait décidé d'aider Madhav à combattre ses persécuteurs, il l'avait fait par amitié, et il était prêt à faire face aux conséquences. D'ailleurs, il ne désirait pas dresser la liste de tout ce qu'il avait fait (les hélicoptères, les armes, les pots-de-vin à la police et aux médias), mais rien de tout cela n'avait été facile et seuls son éthique professionnelle et le sérieux de l'objectif avaient rendu cela possible. Et c'était à présent ce qui était moqué. Cependant…

« Atul Pradhan peut être victime d'un assassinat… mais pas de la moquerie ! »

À contrecœur, Madhav comprit le sens de ses mots. Malgré ses airs quelque peu répugnants, il représentait des valeurs que Madhav chérissait : la passion, l'ambition et l'esprit volontariste d'une nation progressiste.

Tournant la tête, il jeta un coup d'œil au petit policier. Ce dernier était penché en avant, le ballon de foot en équilibre sur le crâne pendant que les trois autres souriaient par anticipation. Ils ressemblaient un peu à des adolescents dissipés, démontrant une langueur et un esprit de groupe, une énergie diffuse qui semblait n'avoir aucun but à part se délecter de sa propre folie. Alors que Madhav regardait, le mépris monta lentement en lui noyant le bref désir de sentir le ballon sous ses propres pieds. Non, ils étaient allés trop loin. Ils s'étaient rendus ridicules.

Ils le regardaient à présent, leurs visages bouche bée passant du plaisir à l'appréhension. Le ballon était tombé de la tête du policier et avait roulé dans l'indifférence. Le ciel nocturne était troublé par la lueur des étoiles qui semblait également se déverser sur le terrain. Il sentit un fort soulagement le saisir, les faisant disparaître de sa vue comme si une flèche arrachée de son cœur avait répandu une essence occultante. Il sentait la respiration calme du Secrétaire, disposé à refuser de jouer… une fin à leur calvaire !

Ce fut Krishnan qui s'assura que leur supplice continuât.

« Épargnez-nous, supplia-t-il. S'il vous plaît, épargnez-nous.

– Quoi ? dit Pradhan.

– Épargnez-nous votre air de sainteté. Tout le monde sait comment vous avez eu votre argent. Les entreprises et le gouvernement sont des voleurs aux mains gantées, rit-il brièvement.

C'est une chose d'être un escroc… mince, tout le monde l'est. Mais épargnez-nous vos discours moralisateurs. Je dis toujours, continua-t-il surfant à présent sur la vague de la polémique, je dis toujours qui si seulement nos hommes d'affaires passaient plus de temps sur le terrain de golf, on serait tous bien plus en sécurité. Le football, c'est pareil. »

Puis, presque furieux, Pradhan, dont tout le corps bouillonnait et le visage devenait rouge, descendit du haut piédestal sur lequel son discours l'avait placé et se dirigea dans une colère maladroite vers Krishnan. Plus loin derrière eux, les footballeurs riaient de nouveau. Tout aurait pu arriver, mais le Secrétaire prit le contrôle de la situation.

« Arrêtez ! C'*est* effectivement une farce. Mais, ajouta-t-il en regardant Madhav avec une expression étrange et indéchiffrable, mais si on ne peut pas l'éviter, alors faisons au moins de notre mieux. Rappelez-vous, pour que nous jouions, ils vont devoir nous détacher. C'est peut-être un jeu pour eux, il se tourna précipitamment vers Pradhan, mais c'est une opportunité pour nous. On peut les faire souffrir de leur autocomplaisance. Nous ne devons pas forcément jouer, nous devons juste jouer le jeu. D'accord ? »

Pradhan s'était éloigné d'eux, tremblant toujours de tout son corps, mais il était trop intelligent pour ne pas comprendre. Krishnan rit faiblement, les yeux plissés et la voix particulièrement sèche.

« Jouons, jouons. Allons taper dans ce putain de ballon ! »

Un autre bruit sourd retentit et le ballon de foot, comme une deuxième lune, se retrouva haut dans le ciel nocturne. Il tomba en arc dans la direction de Madhav. Son corps fut de nouveau parcouru d'une frénésie innommable. La corde glissa de ses poignets. En désespoir de cause, il tenta de se raccrocher à ses pensées comme un mantra sacré prêt à être récité à la dernière minute. C'était là leur chance de s'échapper, leur chance d'être libre, leur chance… puis le ballon tomba devant lui. Quand il fit un bond pour faire un amorti poitrine, toutes ses pensées s'envolèrent.

Au début du jeu, il ne ressentit qu'un formidable plaisir. Courir pieds nus sur l'herbe chatouilleuse, entrer en contact fièrement avec le ballon, reprendre son souffle et sentir la grande persévérance de son cœur et la sueur sécher doucement sur sa peau, revendiquer la nuit, la partager et sentir l'intelligence des arbres ondulants, tout en continuant à avancer dans un espoir toujours vacillant de voir apparaître quelque chose d'encore invisible et intangible… oh, c'était une orgie !

Son propre plaisir tintait tellement fort dans ses oreilles qu'il lui fallut un certain temps avant de prendre conscience de la foule. Des gens les regardaient, dissimulés parmi les eucalyptus. Le clair de lune illuminait des visages familiers. Il vit les hommes et les femmes du désert se mettre soudainement à chanter ; Vikram, applaudissant avec une gentillesse comique et Maithili suçant son pouce. Mais le grondement joyeux de la foule semblait venir d'une source bien plus profonde, de bien plus loin dans l'obscurité, où il ne pouvait voir absolument aucun visage.

Assez curieusement, il se dit que tout ce bruit devait être majoritairement pour lui. Quand une de ses passes réussissait, quand il arrivait à remonter ne fût-ce que la moitié du terrain, alors seulement toute l'arène résonnait du son des encouragements de la foule.

Mais ils perdaient, et alors que l'excitation de Madhav se transformait de plus en plus en frustration, il se souvint à quel point tout ce match était injuste. Le sentiment d'oppression avec lequel ils jouaient était un obstacle plus contraignant que toutes les cordes qui auraient pu entraver leurs membres. Dans l'autre équipe, il voyait des yeux concentrés, écarquillés de détermination, des corps comme huilés pour la bataille, une attention absolue sur l'action immédiate. Mais Krishnan souriait toujours à lui-même dans une douce moquerie. Le regard du Secrétaire était perdu à l'orée de la forêt, en quête d'une aide qui ne venait pas. Et Pradhan se déplaçait seulement par à-coups soudains et éphémères, comme si on le poussait physiquement. Ce n'était pas une manière de jouer. Cela ennuyait Madhav, mais il savait pertinemment que c'était la faute de leurs ravisseurs.

Il avait perdu le compte du nombre de buts d'écart quand Siddharth demanda à faire une pause.

« Tu ne t'amuses pas, dit-il en regardant Madhav.

– Tu t'attendais vraiment à ce que je m'amuse ?

– Oui, répondit-il simplement. Je propose, continua-t-il, que nous recommencions. Peu importe quelle équipe, le prochain qui marque a gagné. Mort subite. Jouons ! »

Une épaule poussa violemment Madhav sur le côté ; Pradhan passa devant lui. « Dites-nous maintenant, demanda-t-il d'une voix rauque, que se passe-t-il si on perd ? Que se passe-t-il si on gagne ? Vous nous laisserez partir ?

– Jouons », répéta Siddharth.

Le ballon fut lancé comme le voulait la tradition de son école. Une première mêlée déterminait qui prenait le ballon en premier. Ce fut l'équipe de Madhav. Il s'avança, impassible, puis fit une passe à Krishnan qui prit habilement le ballon et s'élança étonnamment vite. Dévalant le terrain sous les encouragements de la foule, devant Nisha et Sachin qui s'ennuyaient, Krishnan évita le serveur qui s'avançait vers lui, puis envoya le ballon d'une frappe sur le côté droit vers le Secrétaire. Le but était en vue quand le Secrétaire fit une pause pour faire le point.

Les huit hommes étaient maintenant en avant du terrain. Madhav était défendu par le petit policier, mais il fit à peine attention à lui. Ils étaient concentrés sur le jeu. Leurs visages arboraient un effort mutuel et discret qui les transformait comme Madhav ne l'avait vu qu'une fois auparavant, au conseil de guerre dans le château de Vinay. Mais désormais, même le visage du Secrétaire était creusé de légères rides d'espoir. D'un geste habile, il envoya le ballon vers Madhav.

Courant pour le récupérer, Madhav considéra toutes les options possibles. Il pouvait tenter le but, mais il était probablement plus sûr de refaire une passe au Secrétaire qui se faufilait subrepticement vers l'avant. Après quoi, un simple tir rasant et ils rentreraient chez eux. Il pouvait également faire une passe haute à Pradhan qui se tenait dans le coin droit du terrain. Il jeta un coup d'œil à Pradhan. L'homme d'affaires en surpoids, les lunettes sur le nez, sautait et agitait les mains pour attirer son attention. Il était ridicule. Sa place était dans une salle de conseil. Soudain, Madhav prit du recul sur ce qu'ils étaient en train de faire et son incrédulité, qui avait été jusque-là suspendue, fit voler en éclats toutes pensées stratégiques. À quoi bon ? Ils allaient mourir.

Puis, il leva de nouveau les yeux ; il avait perdu le ballon et le policier courait rapidement vers leur but. D'instinct, il se tourna et courut, mais de nouveau l'idée que tout cela n'avait aucune importance ralentit sa course. En réalité, il ne fit que regarder tandis que le ballon traversait le terrain en direction de leur but sans défense. Quand Siddharth se stabilisa pour tirer, Madhav ne ressentit que de l'amertume.

Mais Pradhan, courant à toute vitesse sur ses courtes jambes, les dents en avant dans une expression de violence comique, se rapprocha du ballon.

« Allez ! hurla Madhav. Foncez-lui dessus ! »

Il se rappela alors joyeusement que Pradhan n'en était pas à sa première action douteuse. Il savait faire le nécessaire. Il était impitoyable et à présent, il allait le montrer.

Il y eut un cri de surprise quand les corps se percutèrent, puis un cri de douleur méconnaissable. Le ballon roula tranquillement en dehors du terrain. Chancelant, Siddharth fit un pas en avant et tomba vite de nouveau, se tenant la cheville. Les membres de son équipe, ainsi que Nisha et Sachin, accoururent vers lui.

Madhav sentit le Secrétaire s'approcher de lui.

« Maintenant, vint l'ordre murmuré, suivez-moi !

– Attendez ! répondit-il. On ne peut pas partir… la foule regarde ! »

Mais la foule était partie. Un silence absolu régnait autour du terrain.

Il s'arrêta un moment, observant l'obscurité environnante. Il n'y avait que l'air vide de la nuit, se dit-il, mais il eut l'étrange sensation qu'il était en réalité bien rempli. La seule vie se trouvait dans les arbres aveugles et indifférents. Pourtant, il se sentait à la fois observé et attendu.

Quand Krishnan se précipita, Madhav eut le réflexe de le suivre. Il s'attendait à tout instant à entendre un cri de rage leur ordonnant de s'arrêter, suivi par des bruits de poursuite et peut-être même un coup de feu. Rien ne vint. Mais alors qu'ils s'approchaient du bord du terrain, une autre pensée l'arrêta.

Où était Pradhan ? Se retournant, il vit la scène aussi clairement que s'il avait été parmi eux.

Ses ravisseurs étaient là, accroupis ensemble sur l'herbe, s'occupant toujours de Siddharth.

Et là, à quelques mètres d'eux, aussi immobile que depuis le moment où ils s'étaient percutés, gisait le petit corps en costume.

15
LES GRANDS REMPARTS

Ils n'avaient pas le temps de s'arrêter. Ils fuirent le terrain et se retrouvèrent soudainement face au château. À la vue de cette vision inattendue, Madhav ralentit légèrement, mais il était encore sous le choc. Les grilles étaient ouvertes et ils se précipitèrent à l'intérieur.

« Attendez », dit le Secrétaire.

Il se retourna. Les muscles de ses bras se gonflèrent et il y eut un long et faible grincement quand il repoussa les grandes grilles pour les fermer derrière eux. Madhav le remarqua à peine. Il pensait toujours à Pradhan et à ses yeux morts et aveugles. Puis, soudain, se frayant un chemin à travers l'horreur grouillante, un sentiment de honte le fouetta. Ça avait été un tacle horrible, n'est-ce pas ? Ce n'était pas une manière de jouer. Et il l'avait encouragé.

Une poigne puissante se referma sur son épaule. Le visage du Secrétaire se pencha près du sien.

« Ils l'ont assassiné, dit-il. Ils l'ont devancé et *assassiné.* Et ils vont tous nous tuer s'ils le peuvent. »

La cour défila autour d'eux, puis le mur en pierres de l'escalier qui montait en spirales vers l'air plus calme et plus élevé de la terrasse. Des grands remparts, ils pouvaient voir à des kilomètres à la ronde. Aucun ennemi ne pouvait s'approcher sans être vu. Néanmoins, rien ne bougeait dans la nuit, pas même les feuilles des arbres. Une lueur immobile et paisible, qui semblait se distiller à la fois des froides étoiles et des lumières immobiles de la ville, tomba sur les derniers membres survivants de leur conseil. Ils se firent face tous les trois sous cette claire lumière, affichant le sang-froid parfait des martyrs. Mais quelques instants plus tard, comme une pierre qu'on lance vient flouter la surface lisse d'un lac, le froncement de sourcils de Madhav se répandit parmi eux.

« Quelle mort étrange, dit-il. Il l'a taclé par-derrière… et puis voilà.

– Pourquoi étrange ? demanda le Secrétaire. Un homme peut être tué d'un simple coup.

– Un coup de malchance, vous voulez dire ? Un accident ?

– C'était un meurtre, répondit le Secrétaire. Quand ils se sont percutés, Siddharth l'a fauché.

– Mais c'est Pradhan qui l'a taclé.

– Cela a-t-il de l'importance, répliqua le Secrétaire, de savoir si c'est votre main qui touche les crochets du serpent ou l'inverse ?

– C'est possible, concéda Madhav. Je n'ai pas vu comment c'est arrivé.

– Pradhan est-il le seul d'entre nous à être mort ? » dit-il en se rapprochant encore plus près.

Il y avait comme un reproche dans ses paroles. Sur son visage, d'habitude si serein, apparaissaient des lignes profondes de concentration, comme une armée de flèches perçantes. L'expression de Krishnan avait également changé et son regard habituellement dédaigneux et qui ne se posait sur rien à part s'il voulait asseoir sa supériorité, le fixait directement, amer.

« Il n'y a rien d'étrange, continua le Secrétaire, à ce que Pradhan ait été tué, après que Vinay, Danesh et votre propre petite amie, Shivani, aient déjà été tués ! Vous n'avez pas oublié, je l'espère !

– Bien sûr que non ! »

Mais peut-être était-ce le cas ? En réalité, le chagrin n'était pas ce qui dominait ses émotions, et il dut même plonger profondément en lui pour aller le chercher. Et quand la douleur de ces véritables tragédies le saisit enfin, une autre idée non désirée fit surface. Les autres morts n'avaient-elles pas été tout aussi étranges ? Pourquoi Vinay n'avait-il pas rejoint l'hélicoptère à temps ? Ils les devançaient largement. Pourquoi Shivani s'était-elle étouffée avec le pain ? Ce n'était que du simple pain. Pourquoi Danesh n'avait-il pas fui quand la première pierre l'avait atteint ?

Il fut tiré de sa rêverie par une vision qu'il eut du mal à croire. Le Secrétaire tenait sa tête dans ses mains. Son dos était courbé et ses épaules reposaient contre le mur du parapet. Perturbé, Madhav se tourna vers Krishnan. Un visage proche et tiré lui rendit son regard, les yeux si enfoncés dans leurs orbites qu'on avait l'impression que plus jamais la lumière ne les atteindrait. Pourtant, il lut une sombre accusation dans leurs profondeurs. Humilié et en panique, comme un enfant qui a imploré pour effectuer une tâche au-delà de ses capacités, il saisit le Secrétaire par l'épaule.

« Qu'est-ce qu'on fait ? » s'écria-t-il.

Lentement, le Secrétaire leva la tête et se retourna.

« À votre avis ? »

La question n'était pas posée de manière rhétorique. On lui demandait réellement son avis.

« Peut-on appeler de l'aide ? continua le Secrétaire. Peut-on appeler la police ? Les chaînes de télé ?

– Mais tout cela a échoué jusqu'à maintenant !

– On peut réessayer, répondit-il. Il doit y avoir des limites à toute cette folie. Il y avait peut-être des doutes auparavant.

Nos idiots de politiciens et de commentateurs télé ont pu vouloir fomenter ces doutes, dénigrant et médisant au lieu d'unir pour défendre une valeur ! Mais maintenant ? Après qu'ils aient tant détruit ? »

Il fixait Madhav et attendait sa réponse. Tout autour de lui, la nuit semblait tendue et étirée, comme si l'air même s'enveloppait autour de sa gorge. Il ressentit à nouveau la faiblesse d'un enfant dépendant, teintée à sa grande surprise d'un sentiment de trahison, du fait même que le Secrétaire lui demandât à lui. Pourquoi n'avait-il pas pris les devants, passé les coups de téléphone dont il avait besoin pour tirer les ficelles qu'il pouvait ? Mais il ne fit qu'incliner la tête, plissant les yeux comme si sa patience avait atteint ses limites. Encore plus accablé, Madhav ne put que détourner les yeux.

« Regardez là-bas », dit Krishnan au même moment.

Ils arrivaient. Tournant au coin de la rue, les figures sombres et monotones avançaient doucement et rapidement dans l'obscurité. Oh, il était inutile de faire quoi que ce soit ! La peur l'assaillit et quand il entendit le Secrétaire demander à nouveau, insistant calmement : « Qui peut-on appeler ? »

Il hurla : « Personne ! Regardez ! Ils sont déjà ici ! Ils ne s'arrêtent jamais ! »

Reculant du parapet, il remarqua une autre expression étrange dans les yeux de ses deux compagnons, comme si un furieux jet de flammes s'était éteint en cendres maussades.

« Très bien, dit le Secrétaire d'un ton obscur. Dans ce cas… nous sommes seuls. »

Tout en bas, ils entendirent frapper aux grilles et le son se transforma avec une rapidité monstrueuse en un martèlement fort et insistant. Les persécuteurs eux-mêmes étaient hors de vue, mais ils réussissaient, on ne savait comment, à avoir la force d'un bélier. Le battement fit trembler l'immobilité de la nuit et se répercuta à travers les murs du château. Madhav regardait devant, ses doigts se serrant involontairement en poings. Il savait qu'à tout moment, le verrou se casserait et que les grilles s'ouvriraient en grand. Mais elles tenaient. Après quelques instants, le silence retomba.

« Ils sont partis ? demanda Krishnan.

– Impossible, répondit Madhav. Non, ils ne partiront pas. Ils ne nous laisseront pas tranquilles ! »

Il avait conscience du regard foudroyant du Secrétaire et de sa propre lâcheté insidieuse. Mais la peur était profondément ancrée en lui, si profondément qu'y succomber semblait requérir bien moins d'effort que de la combattre. Les oreilles aux aguets, prêtes à entendre de nouveaux martèlements, il prépara ses nerfs pour la brèche inévitable et violente. Mais il n'y eut aucune brèche. Et sa préparation se révéla inutile, car le son qui suivit le paralysa comme une petite mort : le cliquetis métallique du verrou que l'on ouvrait.

L'homme à la moustache en trait de crayon se tenait dans la cour. Ses mouvements étaient lents et fragiles et pourtant, de là où ils se tenaient, aussi incoercibles que ceux d'une machine. Il était en train d'ouvrir les grilles en grand.

« Je vous l'avais dit, murmura Madhav. J'avais vu cet homme avant… il est de mèche avec eux depuis le début… oh, je vous l'avais dit ! »

Il se tourna vers les autres, les yeux brillants, mais étrangement ils ne semblaient pas surpris. Il perçut plutôt leurs regards attentifs qui l'observaient avec déception comme s'il était un jeune protégé prouvant par son excitation qu'il avait mal compris la leçon.

Montant les escaliers, ils approchaient inexorablement. Puis, ils atteignirent la terrasse et ils se retrouvèrent dos au mur.

Leur présence physique fit étrangement disparaître sa peur, ou peut-être se retrouva-t-elle seulement enfouie. Il se rendit compte qu'il était capable de les regarder dans les yeux. Chaque silhouette arborait un sourire plein de gentillesse et restait immobile et disciplinée tout en bloquant la sortie. Soudain, une idée le frappa. Oui, ils étaient fous. Et c'était ce qui leur permettait d'avoir cette folle confiance en eux, mais cela lui ouvrait également une porte. Comme des animaux sauvages, ils avaient à peine conscience de ce qu'ils faisaient, ils étaient simplement tenus de le faire. Un homme réfléchi et raisonnable pouvait sans aucun doute tourner cela à son avantage. Il les regarda tour à tour dans les yeux et leur sourit.

« Très bien, dit-il joyeusement. Vous m'avez eu. Je le reconnais. Vous avez gagné. Mais je suis fatigué maintenant. Vraiment fatigué. Arrêtons de jouer, d'accord ? Ce n'est pas amusant quand je suis fatigué. On peut peut-être recommencer demain ! »

Quelques secondes plus tard, il sentit son enthousiasme décliner et ses certitudes vaciller. En apparence, rien n'avait changé : seul un reflet rapide du clair de lune avait illuminé chacun de leurs yeux comme un maillet tapant sur un xylophone. Et tout comme l'âme absente de l'animal brille dans la profondeur de son regard, il aperçut le scintillement d'une terrible intelligence dans les leurs. Mais ils ne bougèrent toujours pas.

Il eut alors l'impression d'être face à un peloton d'exécution et qu'ils étaient les victimes, alignées contre le mur, attendant. Bien entendu, ils tenaient tous une arme dans leur main quand il regarda de nouveau. Quelqu'un parlait également, il n'aurait su dire lequel d'entre eux ou peut-être parlaient-ils tous en même temps, mais en tous cas, les mots résonnaient dans ses oreilles.

« Comprends-tu cela, Madhav ? entendit-il. L'acceptes-tu ? »

Il se rendit compte qu'il ne craignait pas de répliquer. « Accepter quoi ? cria-t-il ou pensa-t-il crier. Vous nous avez tous tués !

– Pas encore, répondit la voix. Pas du tout.

– Pourquoi devrais-je accepter cela ?

– Parce qu'on l'a décidé », répliqua l'ennemi.

Il rit : « Quel genre de raison est-ce là ?

– La seule et unique raison.

– Je la comprends, interrompit une troisième voix. Je l'accepte. »

Madhav se tourna, étonné. Le Secrétaire avait fait un pas en avant du parapet, ses yeux étaient à demi clos et un grand sillon creusait son front.

« On le mérite, dit-il. Du moins, on en mérite une partie. C'est vrai. »

Un brouillard s'immisça dans la nuit. Il fit disparaître les lumières au loin, flottait au-dessus du sommet des arbres et humidifiait l'air sur leur peau. Comme un être vivant, il se répandit parmi eux, s'insinuant doucement. Puis, ils ne distinguèrent plus les formes des objets. Le tableau dramatique s'évanouit dans l'obscurité et une douce brume. Les mots du Secrétaire furent portés à l'intérieur et à travers ce voile.

« Peut-être avons-nous fait certaines erreurs. Peut-être avons-nous abusé de nos privilèges, échoué à respecter vos demandes. Après tout, vous êtes le peuple et nous tous, au sein du gouvernement, des médias, des entreprises, partout, nous sommes ici à votre service. Si nous vous avons laissé tomber de quelque façon que ce soit, nous nous excusons sincèrement. Mais vous auriez pu nous le dire, nous l'expliquer, au lieu d'en venir à une telle violence. Enfin, ce qui est fait est fait. Ne poussons pas les choses encore plus loin. Nous avons commis des erreurs, vous avez commis des erreurs. On peut tous décider de faire mieux. Restons-en là. Soyons enfin raisonnables… nous tous. »

Il termina son discours dans un brouillard tourbillonnant. Personne, pensa Madhav, n'aurait pu parler de manière plus juste. Il y avait eu des fautes des deux côtés, voilà tout.

« Je pense, reprit le Secrétaire, qu'on devrait tous rentrer chez nous, maintenant. »

Sur ce, comme s'il était aspiré par un aspirateur, le brouillard fuit la terrasse. Le ciel étoilé fut de nouveau clair et l'air vif et dégagé.

« Non, répondit l'ennemi, toujours en rang face à eux et l'arme au poing. Les fautes ne sont pas des deux côtés, seulement du vôtre. Il n'y aura aucun compromis… seulement un paiement complet.

– Maintenant, les entendit-il dire une fois de plus, comme s'ils parlaient à la fois dans son oreille et du monde entier. Maintenant, comprends-tu ? »

Les sourcils apaisés et les yeux brillants, les visages inclinés vers les cieux, ils attendirent sa réponse. Quelques secondes avant de comprendre que leur extase apparente ne faisait que prouver leur folie, il se dit qu'il n'avait jamais vu de personnes aussi belles. Puis, il sentit un mouvement sur le côté et il se tourna. Du haut du mur du parapet, Krishnan les regardait tous de haut.

Il est bien connu que l'homme qui arbore un air renfrogné lors des dîners mondains, qui enfouit son visage dans des verres à whisky, se transforme en conquérant imposant sous la lumière du podium. À présent, monté au bord du précipice, faisant face à la mort devant et derrière lui, Krishnan semblait s'élever encore plus… s'élever au-dessus de toutes choses.

« Oh, je comprends, dit-il. Et j'ai pitié de vous. Vous voulez améliorer les choses, hein ? Vous voulez changer les choses. Oh, vous devez adorer les films, vraiment. Vous devez adorer les films de Bollywood ! »

Il rit en rejetant sa tête en arrière. Ses pieds glissèrent sur le bord étroit. Il était instable, proche de la chute, et même le plus haut des arbres se trouvait bien plus bas.

« Oui, on est un groupe vérolé, continua-t-il. Oui, nous retournons nos vestes, nous faisons des compromis et nous débitons nos belles philosophies tout en vivant dans la peur, l'avarice, l'hypocrisie et la médiocrité. Mais tout ça fait de vous les grands idiots ! Qu'est-ce que vous faites donc à *nous* courir après ! »

Madhav regarda le Secrétaire, mais ce dernier écoutait attentivement et, à sa grande surprise, hochait la tête d'approbation. La confusion régnait sur le visage de leurs ennemis.

« On. N'en. Vaut. Pas. La. Peine, dicta distinctement Krishnan de manière dramatique. On n'en vaut pas la peine. Si votre colère était vraiment puissante, je l'applaudirais. Mais elle ne l'est tout simplement pas assez ! Elle doit se transformer en une indifférence enragée. Vous devez nous ignorer ! Nous fuir ! Comme les créatures de la forêt. Comme la forêt elle-même, les mers, les arbres et les montagnes et toutes les bonnes choses de ce monde. Font-ils attention à nous ? Non, ils nous ignorent, et c'est tout ce que nous méritons : être ignorés, non pas cette chasse incessante d'un lieu à un autre ; être ignorés, non pas cette persécution, oh combien méticuleuse ! Oh, c'est vraiment trop drôle ! J'ai bien peur que vous ne nous preniez bien trop au sérieux ! On. N'en. Vaut. Pas. La. Peine ! »

Les armes avaient été baissées le long de leur flanc. La propre tête de Madhav pendait. Il se sentait ravagé… par les larmes ou le rire, il ne savait pas. Il lui semblait qu'il venait de faire une course atroce jusqu'aux limites de ses capacités, pour en fait découvrir qu'il n'y avait personne dans les tribunes, personne pour chronométrer, et rien à l'exception de sa propre respiration effrénée. C'était comique, ou pitoyable. Mais il était impossible d'aller plus loin.

Krishnan écarta les bras et laissa son corps s'incliner vers l'arrière.

« Être assassiné, dit-il doucement, est un trop grand compliment. *Voilà* tout ce que je mérite. » Puis, en un dernier violent éclat, il ajouta : « C'est tout ce que chacun d'entre nous mérite ! »

Il tomba. Madhav attendit attentivement le choc qui l'emporterait dans un oubli bienvenu. À la place, il vit le Secrétaire se ruer brusquement vers le parapet.

Vers le haut, la grande canopée des arbres rugissait. Pris dans le feuillage, rattrapé avant qu'il ne pût tomber, gisait le corps de Krishnan. Le tronc dépassa la terrasse, de plus en plus haut, jusqu'à ce qu'il fût à plus de trois mètres au-dessus de leur tête. Puis, les branches s'enroulèrent comme des bras vivants et enserrèrent l'homme. Son visage n'était pas visible, mais à travers ses cris et ses tortillements, il évoquait un tout petit enfant récalcitrant, pensa Madhav. L'arbre écrasa ses protestations, écrasa son corps contre son écorce. N'était-ce que son imagination ? Ce ne pouvait être que le tremblement violent des membres ravagés. Ou l'homme avait-il enfin rendu l'étreinte ?

Puis, il entendit les voix calmes des autres dans sa tête.

« Vous avez tort, disaient-ils. Même les arbres vous aiment. »

Le Secrétaire saisit son bras. L'ennemi ne faisait que regarder à présent, calme et patient, comme un grand maître satisfait de lui-même. Quand ils se dirigèrent vers la sortie, personne ne leur barra le chemin. Se sentant quelque peu perdu, Madhav se retourna, mais le Secrétaire avait déjà repris les commandes.

« Courez, hurla-t-il. Mais courez ! »

16

LE VISAGE DANS L'OBSCURITÉ

Il n'y avait pas d'obscurité. La chose était l'obscurité. Depuis le début, il s'était trompé. Elle n'était pas cachée, elle était la substance même qui emplissait ses poumons. Telle était l'étroitesse de leur étreinte. Mais quand il se rendit compte de cela, il s'écarta de nouveau. Jusqu'où s'était-il déjà rendu ? Elle prenait tout de lui, elle l'engloutissait tout entier, l'écrasant comme l'arbre avait écrasé Krishnan. Il sentit un nouveau pli lui tomber dessus comme une chaude couverture. Elle était si chaude et il se sentait tellement en sécurité. Puis, il se souvint de lui-même et la rejeta.

Comment avaient-ils voyagé ? Il n'en savait rien, ni jusqu'où ils étaient allés. Il avait seulement conscience d'un mouvement constant et, dans l'obscurité environnante, de la présence chaleureuse et imposante du Secrétaire. Parfois, il entendait un cliquetis, comme celui des roues d'une calèche victorienne ou le gémissement aigu d'un moteur d'avion ou encore le grondement de la mer.

« Comment vous sentez-vous ?

– Je ne sais pas », dit Madhav.

Ils se tenaient alors au coin d'une rue, sous la lumière des lampes à vapeur de sodium. Les routes éclairées étaient vides tout autour d'eux.

« Êtes-vous en colère ? demanda le Secrétaire.

– Je ne sais pas.

– Ils ont tué tout le monde de sang-froid, continua le Secrétaire. Et pourquoi ? Sans aucune raison ont-ils avoué. Et quelle raison aurait pu justifier une telle violence ?

– Je sais tout ça, répondit Madhav. Je me sens… pourchassé, mais pas en colère. Peut-être, ajouta-t-il peu sûr de lui, peut-être, ne suis-je pas assez courageux pour les combattre plus longtemps. »

Entouré par les ombres, le visage du Secrétaire paraissait étrangement long et étroit. Il brilla d'une lueur jaune sous la lumière de la lampe, tandis qu'il s'approchait de Madhav.

« C'est compréhensible. Avez-vous peur d'eux ?

– Oui. »

Les pavés étaient déserts et ils étaient seuls, mais il avait l'impression du contraire. Regardant le long des grandes routes qui se croisaient au loin et disparaissaient dans toutes les directions, il les vit soudain se tourner et se précipiter vers lui.

« Vous avez peur, dit le Secrétaire, et la peur est un sentiment horrible. N'est-ce pas une terrible oppression qu'un homme libre soit effrayé de manière si déraisonnable ? »

Le goudron scintillant était désormais une marée montante. Alors qu'il baissait les yeux, elle lui balaya les pieds.

« Ils sont ici ! » s'écria-t-il. Il tomba et seule sa main s'élança pour trouver l'étreinte ferme de celle du Secrétaire.

*

Quittant les rues, ils se rendirent à la campagne ; s'arrêtant sur un chemin poussiéreux qui traversait les rizières luxuriantes, Madhav sentit le soleil et la fraîcheur du vent sur sa peau.

« Vous vous sentez mieux ? »

Il hocha la tête. Quand il ouvrit la bouche pour parler, il ne s'attendait pas à y trouver encore de l'inquiétude.

« Non, dit-il. Non, nous ne sommes toujours pas en sécurité. Ils ne s'arrêteront jamais. »

L'ombre du Secrétaire le recouvrit. Son visage était sombre, car le soleil lui tapait dans le dos.

« Laissez-les, dit-il. Et nous continuerons à leur échapper jusqu'à ce que nous soyons assez forts pour nous défendre.

– Mais ils sont si puissants ! soupira Madhav. Ils sont infatigables ! Je sens… je sens que je serais presque heureux de me rendre. Pensez-vous… » une idée lui vint à l'esprit, « … que les autres ont aussi ressenti ça ? »

Le Secrétaire se leva de toute sa taille, surplombant Madhav et bloquant le soleil. « Et que signifierait votre reddition ? demanda-t-il. Qu'ils avaient donc raison ? Que nous devons abandonner nos libertés simplement parce qu'ils ne cessent de nous terroriser ? »

Madhav détourna le regard. Les tiges de riz inondées se balançaient sous une brise nouvelle. Puis, il remarqua une chose étrange : de l'autre côté du chemin, le vent soufflait à l'envers. Et en réalité, peu importait de quel côté il pivotait, que ce soit au loin ou derrière lui, le champ se balançait toujours dans sa direction. Ils l'avaient encerclé. Il émit un cri de surprise alors qu'il sentait les premières secousses légères de l'air, qui bientôt, il le savait, deviendraient de plus en plus violentes et de plus en plus fortes jusqu'à ce qu'il ne puisse plus respirer.

Mais bien avant la fin, un grognement se fit entendre à côté de lui et un éclat douloureux du soleil l'aveugla. Le Secrétaire l'engloutit dans une étreinte protectrice.

*

Dans un café à Paris où il avait autrefois mangé avec Shivani, ils continuèrent leur conversation. C'était une belle soirée pleine des doux sons de Paris : le bruissement tranquille des voitures, l'élégance de la langue française et la musique des musiciens de rue qui leur faisaient la sérénade des rues pavées.

« Voyez cela comme une aventure », dit le Secrétaire

Sa voix était optimiste, mais le lourd poids de cette fuite permanente se faisait de toute évidence sentir. Son visage, autrefois absolument impassible, arborait à présent une grimace constante. Il le maintenait à un certain angle comme si un tic nerveux désormais incontrôlable l'avait déboité du reste de son corps.

« Il y a de la beauté dans notre situation, continua-t-il. Une beauté triste et éculée, une beauté douce-amère, qu'ont connu tous les nomades et les itinérants à travers l'histoire humaine. Nous sommes peut-être des réfugiés, mais nous sommes en vie.

– Vous avez raison », acquiesça Madhav.

Pendant quelques instants, il fut apaisé. Quoi qu'il eût perdu, il se dit que son ennui essentiel était intact. Mais alors que les portes du café s'ouvraient et que le serveur, plateau en main, se décalait, son cœur se serra dans sa poitrine. L'homme n'avait pas été un danger, il était parti de l'autre côté, mais il ne pouvait plus détourner les yeux des portes.

« Non, dit-il. Nous sommes en sécurité maintenant, mais pour combien de temps ? Paris est charmant, mais quand ils nous trouveront ici… alors quoi ? Combien de temps peut-on rester en déséquilibre ?

– Pour toujours, si nous le souhaitons, répondit le Secrétaire, les mots s'échappant étrangement d'un côté de sa bouche. On peut fuir pour toujours, Paris est une ville, le monde est plein de villes ! On peut aller partout !

– Mais nous les verrons de moins en moins.

– Mais on peut continuer, dit-il. Réfléchissez-y. Notre perte constante du plaisir du repos sera constamment compensée par le plaisir du mouvement. Vous comprenez ? »

Il crut comprendre et pourtant cette pensée ne lui procurait aucune joie. Le Secrétaire avait incliné sa tête et regardait Madhav avec attention. Ses yeux étincelaient comme ceux d'un oiseau de proie et ils se mirent à briller quand Madhav répliqua :

« Mais ce n'est pas *mon* plaisir. Voyager pour toujours, ce n'est pas pour *moi*. »

Il prit ensuite une très longue inspiration, fraîche et libre. La soirée prit bruyamment vie comme si ses oreilles venaient d'exploser. Il aperçut deux filles portant des bérets passer devant le café, comme une paire de fleurs qui s'agitait.

Quand il reposa son regard sur le Secrétaire, le menton de ce dernier était pointé vers lui. Il avait rejeté sa tête en arrière pour ruminer longuement.

« C'est une erreur, finit-il par dire, de se restreindre ainsi. Quand vous insistez comme ça sur vos propres goûts au lieu d'accepter les bonnes choses du monde, vous devenez alors égoïste, tout comme eux, et vous vous mettez en leur pouvoir. Oh ! s'exclama-t-il soudain presque désespéré. Si seulement on pouvait être vraiment ouvert d'esprit !

– Écoutez, poursuivit Madhav. Je n'arrête pas de me demander… qu'est-ce qui est arrivé à Krishnan ? Cet arbre… c'était incroyable ! »

Le Secrétaire bougea la tête. Son menton et sa gorge formaient une falaise infranchissable, se dit Madhav.

« Oui, ils sont ingénieux, répondit-il, ils ont plus d'un tour dans leur sac.

– C'était comme de la magie !

– Oubliez leurs tours de magie. Souvenez-vous de leur but. C'est de l'hostilité pure, ils veulent tout tordre pour que tout se passe comme ils le veulent, eux. Ce sont des fanatiques, des tyrans étroits d'esprit. Le pays en regorge. »

Néanmoins, il semblait fatigué alors qu'il parlait, la tête toujours levée vers le ciel.

« Ils nous attaqueront toujours. Des censeurs autodésignés. Des gardiens de la moralité. Des fondamentalistes religieux. »

Ils regardaient maintenant tous deux dans la même direction alors que l'un des cauchemars récurrents de Madhav se jouait devant eux. Un groupe d'hommes, petits, basanés, hurlant des injures grossières en argot hindou, attaquait un bar de la ville, frappant les clients et traînant les femmes dehors. Il aurait pu y boire lui-même avec Shivani et Vinay. Ils avaient des visages de rakshasas, des yeux de feu et de longues dents crantées comme des couteaux. Bientôt, leurs mots aussi furent réduits à un bruit guttural. En regardant la scène, il sentit tout son corps s'agiter de haine avant que les habituelles larmes de peur et de colère ne lui montent aux yeux et lui floutent la vue, jusqu'à ce que seule la violence se fasse ressentir et qu'il s'éloigne en chancelant, aveuglé.

« Regardez-les, dit gravement le Secrétaire. Tellement dérangés. Tellement inhumains. »

Par habitude, il s'apprêta à hocher la tête, mais à sa plus grande surprise, il répondit : « Non. »

Le brouillard se dissipa. Il les vit tous. Un homme avait un grain de beauté sur son front et une mauvaise coupe de cheveux. Un autre portait un jean avec des motifs à fleurs et un bandana rose. Leurs dents ressemblaient à des dents, bien que mal alignées, et leurs yeux, férocement noirs, étaient aussi aveugles que les boutons d'un ours en peluche. Détournant le regard, non pas par timidité mais à cause d'une certaine délicatesse de goût, il s'avança dans la mêlée. Se déplaçant avec une rapidité inconsciente, il plaqua au sol l'homme au grain de beauté. Pendant ce temps, une silhouette imposante à ses côtés, le Secrétaire supposa-t-il, neutralisait un autre assaillant.

Mais ce n'était pas le Secrétaire. C'était Siddharth qui s'occupait de l'homme au grain de beauté. C'étaient Siddharth et

Sachin et le reste de leurs ennemis qui mettaient les fanatiques à genoux.

La soirée parisienne scintillait de vie et Madhav regarda son compagnon.

« Non ! cria-t-il. Ne voyez-vous pas ? Ils sont autre chose ! Ce ne sont pas les fanatiques que l'on pensait !

– Alors ce sont des fanatiques différents », répondit le Secrétaire. Son visage qui se balançait vers le bas brilla soudainement, comme s'il avait été fraîchement poli.

« Différents des fanatiques ordinaires, continua-t-il. Opposés à eux, peut-être même. Et alors ? Il y a toujours plusieurs camps opposés du côté de ceux qui ont tort. Mais l'ennemi de votre ennemi n'est pas votre ami. Vous le savez bien. »

Ses sourcils, remarqua Madhav, s'étaient amincis de façon alarmante et ses yeux étaient devenus deux fentes étroites. Une unique texture lisse s'étendait lentement vers le haut et l'extérieur de ses joues.

« J'imagine que c'est vrai, réfléchit Madhav.

– Souvenez-vous qu'ils haïssent notre liberté. Ça, ils nous l'ont dit, et c'est tout ce qu'ils nous ont dit.

– Mais ils sont si puissants, répéta-t-il. Ils sont partout.

– Nous aussi. »

Doucement, le Secrétaire se pencha vers lui de l'autre côté de la table et posa sa main sur son épaule. Un choc raidit Madhav ; un instant électrique qui ramena à toute vitesse le souvenir du policier. Néanmoins, les vagues cauchemardesques qui l'avaient frappé de plein fouet semblaient désormais s'arrêter et voleter dans l'obscurité comme des fantômes amicaux, comme du satin noir séducteur, doux et sonores comme la voix du Secrétaire.

« Nous aussi, conclut le Secrétaire, nous pouvons nous battre pour toujours. Mais vous le savez, Madhav. Vous le savez déjà. Vous l'avez toujours su. Pensez-vous que nous aurions pu aller si loin sans constamment nous battre ? Ils ont toujours été là, cette terrible société, martelant à nos portes. On les a combattus ensemble, sans arrêt, vous et moi. Vous le savez, non ? »

La soirée s'obscurcissait autour de lui ; Paris s'estompait dans l'obscurité.

« Bien sûr que vous le savez, compléta le Secrétaire. Mais tout allait si bien, nous n'avions pas besoin de nous attarder dessus. La victoire inconsciente est la meilleure de toutes et on était en train de gagner. Maintenant, malheureusement, vous avez décidé d'en devenir conscient. Mais c'est tout aussi bien. Être conscient de la lutte n'est pas une mauvaise chose. » Madhav vit un doux sourire se répandre sur son visage. « Après tout, continua-t-il, être bon signifie d'être toujours assiégé.

– Shivani ! » cria-t-il dans un sursaut. Elle était là, pirouettant sur le tapis de leur salon dans les rayons matinaux du soleil.

« Bien sûr qu'elle est en vie ! dit le Secrétaire et maintenant sa voix était forte et sonore. Sont-ils les seuls à posséder des ressources illimitées ? Le conclave se réassemblera. Pas seulement Shivani, on les fera tous revenir ! »

Madhav cria de nouveau devant une nouvelle série d'images chocs. Vinay fumait sur la terrasse, Krishnan aussi. Pradhan était avec eux, en vie et prospère alors qu'il tapotait son estomac. En bas, dans la salle aux vitraux, Danesh attendait les autres. Shivani entra et le rejoignit.

« Vous voyez ?

– Mais… » Madhav sentit une idée informe et accablante monter en lui. « Mais alors personne n'a vraiment été tué ?

– Ils ne peuvent pas nous tuer. C'est tout l'intérêt. C'est pourquoi nous devons riposter maintenant.

– Mais, continua-t-il faiblement, mais… pourquoi ? On perdra encore une fois… comme la dernière fois.

– Nous n'avons pas perdu la dernière fois ! s'exclama le Secrétaire. Oui, ce n'était pas loin, mais nous avons aussi failli gagner, si souvent. Vous rappelez-vous ? Dans le pousse-pousse pour nous rendre au bidonville, quand vous avez ressenti si vivement l'indignité de notre position ? Quand Pradhan pensait que le match de foot était vraiment trop ridicule ? Oh, il y a eu de nombreuses fois, de nombreuses fois où nous avons failli rejeter leur attaque et retrouver nos esprits. »

Quand il regarda Madhav de nouveau, il y lut une sorte de déception.

« Mais vous n'arrêtiez pas de revenir vers eux, continua doucement le Secrétaire. C'est votre décision, vous savez. Ça l'a toujours été.

– Je ne peux rien faire, répliqua Madhav. Ils n'arrêtent pas de me poursuivre.

– Vous pouvez *décider* de les ignorer. Vous pouvez *décider* de vous libérer d'eux, sans arrêt ! Je vous l'ai dit, on peut les éviter pour toujours, partout dans le monde et ce serait une victoire tout aussi entière et satisfaisante. Mais puisque vous insistez, on peut aussi tenir bon pour toujours. Enfin, presque, rit-il soudain amèrement. Presque. Mais on peut rester ici et ils ne franchiront pas les grilles du château. S'ils y arrivent, on construira d'autres grilles juste derrière les premières. Et s'ils les franchissent aussi, nous resterons intouchables, tout en haut des remparts. Et s'ils nous atteignent tout en haut, nous irons encore plus haut. S'ils viennent encore, nous monterons encore.

– Plus haut et plus haut, plus près et plus près, s'écria Madhav. On rétrécira pour toujours !

– Mais pour toujours ! affirma le Secrétaire. Ce qui est pour toujours ne peut qu'être infini et que voulez-vous de plus ? Et vous nous aurez *nous*, Madhav, toujours et indéfiniment, ceux que vous aimez et que vous respectez. Nous serons avec vous encore plus que maintenant. Jusqu'à ce qu'enfin vous nous voyiez dans toutes choses. »

De retour à l'extérieur, la rue et le café furent soudain de terribles endroits, comme si l'air était empli de poison et que tout se flétrissait. Puis, la soirée s'effaça. Il se vit de nouveau dans le château de Vinay, assis à la longue table de la salle, regardant chacun des visages familiers, un à un.

« Il suffit de décider, disait le Secrétaire. Quand vous aurez décidé, aucune puissance de ce monde ne pourra vous arrêter. »

À l'instant, les visages de ses alliés disparurent, comme il l'avait ardemment souhaité. Dans l'obscurité, seul le visage du Secrétaire resta suspendu, lisse et sans couleur.

« Maintenant que je vous ai tout expliqué, émergea une voix de lèvres qui n'étaient pourtant plus visibles. Nous sommes aussi imbattables qu'eux. La différence réside dans le fait que nous défendons quelque chose de précieux. Ils voudraient que vous vous pliiez à leurs règles, nous aimerions que vous vous délectiez de votre liberté. Nous avons la raison, la discussion et le débat de notre côté. Ils ont la brutalité compulsive sans un seul mot d'explication. Notre manière de faire vous a donné une maison, un travail, vos meilleurs amis ! La leur vous les aurait arrachés pour les remplacer par tout un tas d'échecs. Leur manière de faire *vous* détruirait. Le choix est facile, n'est-ce pas ? »

Madhav sentit quelque chose ramper dans sa gorge. Le visage horrifique et complètement lisse du Secrétaire emplissait son champ de vision. Peu importait où il se tournait, il le voyait, terne et infini, un néant éternel. Mais son cri silencieux érupta seulement plus tard, quand sa texture changea à nouveau et que le visage devint un miroir.

*

Puis, il conduisait de nouveau. Étrangement, il ne ressentit aucunement la panique que l'on peut avoir après un réveil brutal et il n'eut aucun sursaut d'éveil en ouvrant les yeux. Il contrôlait toujours sa voiture qui glissait le long d'une route calme du centre-ville.

La dernière chose de sa vision dont il se souvenait était la confrontation avec ce terrible miroir et son désir de le détruire. Mais il n'aurait su dire ce qu'il y avait vu, ni les conséquences de son désir. Il savait seulement que pendant ce trajet quelque chose de très important et de vraiment merveilleux lui était arrivé. Quelque chose qui emplissait maintenant tout ce qui l'entourait d'un scintillement secret et chantant. C'était la source d'un soulagement ineffable, car il n'aurait su dire le poids qui venait de se soulever de son cœur, mais il savait qu'il pesait là depuis longtemps.

Plus tard, il attendait à un feu rouge pour tourner vers le chemin qui le mènerait chez lui. Il se dit qu'il serait très vite auprès de Shivani, qu'ils planifieraient ensemble son trentième anniversaire. Demain, il recevrait de nouveaux dossiers du Secrétaire.

Madhav baissa les fenêtres de sa voiture. L'air sur sa peau le fit vibrer comme jamais auparavant ; son toucher était comme chargé de la réciprocité des amants. Le moteur tournait au ralenti et il regardait les lumières à travers des yeux qui s'humidifiaient doucement. Et, comme poussée par un autre souffle, la brise s'accentua en un vent violent.

DANS LA MÊME COLLECTION

Deux vertiges, Dominique Douay
Lisière du Pacifique, Kim Stanley Robinson
Kallocaïne, Karin Boye
Les Pilleurs d'âmes, Laurent Whale
Rite de passage, Alexei Panshin
Les Étoiles solitaires, Roland C. Wagner
L'Art du vertige, Serge Lehman

Les Moutons électriques

Imprimé en République tchèque,
en janvier 2023